법에도 심장이 있다면

법에도
심장이
있다면

법정에서 내가
깨달은 것들

박영화 지음

행성B

법이란 무엇인가

자유롭고 행복하게 살고 싶은 우리는 국가라는 공동체를 이루며 함께 어울려 살아간다. 국가를 구성하는 원리를 정하고 구성원들이 조화롭게 살기 위해 지켜야 할 행동의 기준을 정한 것이 바로 법이다.

법조인은 재판이라는 제도를 통해 공동체 안에서 발생하는 분쟁과 사회문제에서 진실이 무엇인지 밝혀내며, 법을 해석하고 이를 적용함으로써 문제를 해결하고 정의를 실현하는 역할을 한다. 마치 의료인이 의학적 치료법에 따라 몸에 생긴 병을 치료하는 것과 비슷하다.

그런데 병을 고치는 모든 치료법이 의학서에 나와 있지 않을뿐더러, 치료법이 나와 있다 하더라도 병이 완치될 수 없는 경우도 많다. 이와 마찬가지로 법도 예상되는 여러 상황을 고려해 최선의 해결책을 마련해놓지만, 모든 문제를 완벽하게 해결할 순 없다. 이는 인간 지능의 한계 때문이기도, 세상이 끊임없이 변하기 때문이기도 하다. 따라서 완벽한 법을 만들기는 불가능하다.

아리스토텔레스도 이런 입법의 한계는 입법자의 잘못이라기보단 법의 성격상 그럴 수밖에 없다고 주장한다. 그래서 그는 '법관은 법문에 따라 판결을 내림으로써 임무가 끝나는 것이 아니라 형평에 맞는 온당한 판결을 내려야 한다'고 말한다.

전쟁 중에 '성문을 닫아 두시오'라는 일반적 포고령(법)이 내려졌다. 전장에 나간 아군이 적에게 쫓기다 성문 앞에 이르러 문을 열어달라고 부탁한다. 수비병이 절대 성문을 열지 말라는 포고령을 어기고 성문을 열었다. 당신은 수비병에게 포고령 위반으로 형을 선고할 것인가?

중세의 철학자 토머스 아퀴나스가 《신학대전》에서 든 사례다. 여러분이 재판관이라면 어떻게 판결하겠는가?

국가가 형성된 이래 법과 재판이라는 제도가 존재했지만 우리에게 법은 늘 무섭고 차가운 존재로 느껴지는 게 사실이다. 과거 위정자들은 국가와 국민을 이끌어가기 위한 수단으로 법을 만들어 시행했고, 그 대상인 국민은 자신의 행동과 재산에 제약을 가하는 법을 위협적 존재로 느낄 수밖에 없었다.

근대에 이르러 의회제도와 민주주의가 실현되면서 국민과 국민의 대표들이 법을 만들고 법은 국민의 자유와 권리를 보호하게 되었다. 하지만 여전히 국민이 체감하는 법의 온도는 차갑다. 그 원인은 무엇일까?

법을 통치 도구로 이용하는 위정자들의 잘못이 오늘도 계속되고 있기 때문이라고 흔히 말한다. 일리 있는 이야기다. 우리 헌법 제1조 제2항은 "대한민국의 주권은 국민에게 있고, 모든 권력은 국민으로부터 나온다"고 규정하고 있다. 하지만 아직도 정파적 이해관계에 따라 법을 만들거나 집행하는 모습을 우린 때때로 보게 된다.

이런 잘못을 바로잡기 위해선 입법에 관여하는 사람들의 인식이 우선 변해야겠지만, 더욱 근본적인 해결책은 이들을 선출하고 감독할 권한을 가진 국민의 의식이 깨어나 그들의 권한을 제대로 행사하는 것이다. 위정자들의 윤리 의식이나 배려만 기대한다면 국민에게 법은 늘 차가운 존재일 수밖에 없다.

법의 온도가 차갑게만 느껴지는 중요한 원인에는, 재판절차나 변론 과정에서 법이 온전히 국민을 위한 것임을 국민이 체감하게 하지 못한 법조인들의 잘못도 적지 않다. 법이 국민을 위해 존재한다는 믿음으로 따뜻한 법을 실천하려 나름 노력했지만 나 또한 그 책임에서 자유롭지 못함을 고백한다.

요즘엔 어느 때보다도 법과 재판에 대한 국민적 관심이 증폭되고 있다. 나는 한때 판사로서 재판절차를 통해 사회 질서를 유지하고 분쟁을 해결하는 합리적 방안을 모색했고, 언젠가부턴 변호사로서 법정 한 편에 서서 국민의 인권과 권리를 보호하는 활동을 이어왔다. 그 과정에서 난, '법조인으로서 나는 과연 어떤 모습이었을까'를 되돌아보게 되었다.

이 책에선 그동안 판사와 변호사로서 내가 겪은 에피소드를 중심으로 이야기를 풀어보았다. 보는 관점에 따라 평가가 달라질 수 있겠다. 칭찬보다는 꾸지람이 더 많을 수도 있다. 다만 판사나 변호사가 어떤 고민을 하는지 알고 '이런 판사, 이런 변호사도 있구나!' 하고 너그럽게 봐주신다면 고맙겠다.

이 책이 출간될 수 있도록 도움을 주신 여러 고마운 분께 감사드린다. 아울러 생명을 주시고 길러주신 부모님, 삶의 든든한 동반자인 지헌 최경애 선생, 그리고 바쁜 일정에도 기꺼이 교정을 봐준 두 아들 선용, 준성에게도 고마움을 전한다.

2019년 7월

박영화

1

법봉의
무게

세계 최고의 걸작으로 불리는 〈최후의 만찬〉엔 놀라운 일화가 숨겨져 있다. 이 작품을 그린 화가 레오나르도 다 빈치는 예수의 모델로 세상에서 가장 선한 얼굴을 가진 사람을 찾아다녔다. 그리고 자신이 상상한 예수의 이미지와 일치하는 열아홉 살 젊은이를 보곤 작품 속 예수의 모습을 그려냈다.

몇 년에 걸쳐 작품을 완성해가던 다 빈치는 예수를 밀고한 배신자 가룟 유다의 모습을 그리기 위해, 이번엔 세상에서 가장 악하고 잔인한 얼굴을 찾아 나섰다. 그는 잔인하게 살인을 저질러 사형수가 된 사람들 중에 분명 그런 얼굴이 있으리라 생각하고 로마의 지하 감옥으로 향했다. 그리고 수백 명의 죄수 중 자신이 상상한 유다의 이미지와 일치하는 사형수를 찾아내 그림을 완성했다.

유다의 얼굴이 완성돼 다시 감옥으로 향하던 사형수가 갑자기 화가에게 놀라운 고백을 했다. 자신이 그림 속 예수의 모델이었던 그 청년이라는 것이다. 몇 년이 지나면서 급변한 청년의 성향처럼 그의 얼굴도 완전히 상반된 이미지로 변해 있었다.

이 일화가 꾸며진 이야기라는 추측도 있다. 하지만 사실 여부와는 별개로, 세월이 흐르고 나서 한 사람의 성향이 정반대로 바뀌는 일은 현실에서도 충분히 가능하다고 본다. 예컨대 행복한 가정에서 충분히 사랑받으며 선한 품성을 키운 아이가, 불운의 사고로 부모를 잃고 친척과 이웃 들로부터 외면당하며 모진 세월을 살았다고 생각해보자. 그렇다면 그 아이는 어른이 돼서도 제 안의 선한 품성을 온전히 지켜내기란 쉽지 않을 것이다.

나는 선한 사람, 악한 사람이 따로 있다고 생각하지 않는다. 모든 사람의 마음속엔 선과 악이 공존하며, 이 중 어느 것을 더 끌어내 살아가느냐에 따라 선한 성향의 사람이 되기도, 악한 성향의 사람이 되기도 한다고 믿는다.

대학생이었을 때의 일이다. 당시 형사정책학을 가르친 교수님은 인간의 본성이 선한가, 악한가에 대해 '성악설'을 굳게 믿는 분이었다. 교수님은 '인간의 본성은 원래 악하다'고 생각하셨고, 인간의 모든 문제를 그에 입각해 풀어가셨다.

중간고사에서 교수님은 '인간의 본성을 논하라'는 묵직한 논제를 던져주셨다. 난감했다. 교수님이 강의하신 대로 성악설로 풀어내면 최고점이 보장된 문제였다. 하지만 인간을 바라보는 내 시각은 교수님의 견해와 달랐다. 짧은 고민 끝에 나의 논리로 시험지를 채워나갔다. 당시 써냈던 내 주장의 논지는 대강 다음과 같다.

인간의 본성을 성악설 혹은 성선설로 단정 짓는 것은 잘못이라고 생각한다. 인간의 본성은 선악이라는 하나의 잣대로 나눌 만큼 단순치 않다. 인간의 본성은 다양한 빛깔이며, 한 인간은 백지상태로 태어나 성장과정에서 선하거나 악하게도 될 수 있다. 그러니 인간의 본성을 선악의 이분법적 잣대로 규정하는 건 옳지 않다.

이같은 논지로 생각을 풀어가다 보니 어느새 시험지 앞장은 물론이고 뒷장까지 빼곡하게 채워졌다. 당시 교수님은 바라던 답이 아니어선지 그리 좋은 점수를 주지는 않으셨다. 그래서 성적과 상관없이 내 생각을 소신껏 풀어냈다는 사실에 만족해야 했다.

인간의 본성에 관한 나의 견해는 지금도 오래전 그때와 다르지 않다. 모든 사람은 지킬 박사처럼 점잖고 선할 수도 있지만 어느 날 갑자기 하이드 씨로 돌변해 사람을 죽이는 악행을 저지를 수도 있다. 이런 인간의 양면성을 모두 인정한다면 내 안의 좋은 면이 지속적으로 표출되도록 스스로 성품을 닦는 노력을 기울여야 한다. 사회도 더 많은 사람이 선하게 살아가도록 이끌어야 한다. 그러면 사람들은 얼마든지 선하게 살 수 있다.

법도 도덕처럼 사람을 선한 방향으로 인도하기 위한 제도 중 하나다. 죄질에 따라 엄벌로 다스리는 것만이 반성과 계도를 가능하게 하는 경우도 있을 테고, 용서와 관용이 선으로 이끄는 데 더 큰 힘을 발휘할 때도 있다. '죄를 지으면 벌을 받아야 한다'는 엄벌주의의 절대공식에 따뜻한 온정이 끼어들 수 있는 것도 그런 이유에서다.

끝나지 않은
이야기

　나는 16년이 넘는 긴 세월 동안 법대에 앉아 최선을 다해 판결을 내렸다. 그럼에도 당시에 내린 모든 결론이 진실과 정의에 부합하는 판단이었다고 확언할 순 없다.

　판사는 검사와 피고인, 또는 원고와 피고가 사실관계에 대해 서로 다른 주장을 하는 사건을 수없이 만난다. 자신은 사실을 직접 체험하거나 보지 않았음에도 누구의 주장이 진실에 부합하는지 판단해야 한다. 또 법전엔 깨알 같은 글씨로 수많은 법령이 실려 있고 법률 서적과 판례는 나날이 쌓여가고 있다. 하지만 정작 법을 현실에 적용하려면 애매하기만 하다. 그래서 판사는 끊임없이 어느 이론이 법의 정신이나 정의에 부합하는지 판단해야 한다.

판사는 정답을 알 수 없는 문제들을 가지고 끝없이 고심하며 최선의 답을 찾아가는 사람이다. 정답을 알기 어려운 문제뿐 아니라 아예 정답이 없는 문제를 풀기 위해 머리를 싸매기도 한다. 어쩌면 판사는 주어지는 문제들을 끊임없이 풀어야 하는 영원한 수험생인지도 모른다. 그래서 판사의 하루는 길고도 고된 시간이다.

판사는 현재 주어진 사건과 관련해 최선의 판단을 내리기 위해 깊은 생각을 거듭하지만 때로는 과거의 판결에 대해 '과연 더 나은 선택은 없었나?'를 곱씹으며 묵은 고민을 이어가기도 한다. 덕분에 법복을 벗은 지 오래됐지만 나는 지금도 그 시절의 사건 보따리를 가슴 한편에 묶어두고 살아간다.

판사 대부분이 그렇겠지만 나 역시 짧지 않은 세월 동안 판사로 일하며 단 한 건의 사건도 가벼이 여긴 적이 없다. 온종일 사건기록과 관련 자료 들을 살펴보고 늦은 밤까지 어느 주장이 맞는지 저울질하다가 어렵게 판결문을 완성했다. 하지만 아침에 눈을 뜨면 다시 고민이 시작됐다.

과연 내가 어젯밤 내린 결론이 옳은 것일까? 최선의 답일까?

그렇게 출근길에서도 내 결론이 타당한지 스스로 묻고 답하길 거듭했다. 결국 사무실에 도착해 그게 아니다 싶으면 결론을 바꿔 판결문을 고친 다음 선고하기도 했다.

판사는 수많은 사건을 심리해 판결을 선고한다. 메스를 집은 의사가 수술대에 누운 환자의 살을 도려낼 때처럼 판사의 판결은 누군가의 인생을 하루아침에 바꿔놓을 만큼 날카롭고 중대한 결정이다. 그러니 판사는 마지막까지 신중에 신중을 거듭하며 고민할 수밖에 없다.

텐트 속에 남겨진
아이들

　20대 후반에 판사로 부임하고 얼마 지나지 않았을 때의 일이다. 그날은 당직 근무를 하는 날이라 퇴근 시간이 지나고도 사무실에 남아 구속영장 발부 업무를 처리하고 있었다. 당시엔 영장실질심사제도가 도입되기 전이었다. 그래서 영장이 청구된 피의자를 판사가 심문할 기회 없이 수사기록만으로 구속영장 발부 여부를 판단했다.

　그날 영장 청구 대상자 중엔 40대 아주머니 한 분도 포함돼 있었다. 지인들에게서 많은 돈을 빌린 후 약속한 날짜를 훌쩍 넘기고도 갚지 않아 사기죄로 구속영장이 청구된 것이다. 수사기록에 나온 사진과 피의자신문조서를 보니, 아주머니는 살던 집이 경매에 넘어가 산속에 텐트를 치고 어린 자녀들과 함께 지내고 있었다.

남의 돈을 빌렸다가 사기죄로 처벌받는 걸 '차용사기'라고 부른다. 그런데 빌린 돈을 갚지 못했다고 무조건 사기죄가 되진 않는다. 비록 형편이 어려워 돈을 빌린 다음 갚지 못해도, 빌릴 무렵 갚을 의지와 능력이 있었다면 사기죄가 성립되지 않는다.

처음부터 남의 돈을 떼먹으려고 돈의 사용처를 속이거나, 수입 또는 재력을 과장하는 등 거짓말로 돈을 빌리면 당연히 사기죄다. 하지만 돈을 빌릴 당시 꼭 갚겠다고 마음먹었다 하더라도 경제적 상황에 비추어 갚을 능력이 없었다면, 이 경우에도 사기죄가 성립된다. 일반적으로 돈을 빌려줄 땐 '선의로 돈을 보태는 것이 아닌 한' 돈을 빌리는 사람이 갚을 능력이 있다고 믿기 때문인데, 갚을 능력 없이 돈을 빌리면 상대방을 속이는 행위로 보는 것이다.

이렇듯 가진 재산보다 빚이 많은 상태, 즉 채무초과 상태에서 돈을 빌리면 사기죄가 된다. 사업하다 부도나서 사기죄로 처벌받는 경우를 많이 볼 수 있는데 그것은 자금 사정이 악화된 상황, 즉 갚을 능력이 없는 상황에서 돈을 빌렸기 때문이다. 영장이 청구된 아주머니는 빚을 잔뜩 진 상태에서 돈을 빌린 뒤 돌려 막기를 하다가 드디어 문제가 터진 셈이다.

구속 여부를 판단하는 첫 번째 사유는 '증거인멸의 우려'다. '증거인멸'은 사건과 관련된 증거를 없애거나 조작하는 것이다. 물적 증거를 망가뜨리거나 조작하는 경우는 물론, 증인을 꾀거나 겁을 주어 거짓 진술을 하게 만드는 경우가 이에 해당한다. 두 번째 사유는 '도주 우려'다. 피의자가 도망가서 연락이 닿지 않거나 찾을 수 없으면 수사나 재판을 제대로 진행할 수 없다. 살던 곳을 떠나 어딘가에 숨거나 사는 곳이 일정치 않으면 도주 우려가 있다고 본다. 그밖에 중형을 받을 가능성이 높거나, 자살 또는 피해자를 해칠 가능성 등도 고려 사항이다.

그런데 아주머니는 이미 경찰에 거처가 노출된 상태라 구속하지 않으면 아이들을 데리고 또 다른 곳으로 숨어버릴 가능성도 있었다. 그러면 아이들도 위험해질뿐더러, 이어진 도피 생활에 아주머니 역시 극단적인 선택을 할 수도 있는 염려스러운 상황이었다.

구속 이유가 명확했지만 나는 어쩐 일인지 구속영장 발부 신청서에 서명하기가 망설여졌다. 아주머니는 남편 없이 홀로 어린아이 둘을 키우고 있었다. 사기죄로 고소당하긴 했지만 집도 잃고 어린아이 둘을 데리고 산속에서 도피 생활을 하는 것으로 보아, 소위 '잘 먹고 잘 살기 위해' 사기 친 것은 아닌 듯했다. 어쩌면 아이들을 굶기지 않으려는 최선의 선택이었는지도 모를 일이었다.

이런저런 상황을 고려하면 아주머니에게 구속은 너무 가혹한 처사였다. 그럼에도 피해자는 피의자에 대한 처벌을 강력히 원해 아주머니에게 온정을 베풀 수만도 없었다. 피해자의 억울한 심정을 풀어주고 피의자인 아주머니의 딱한 처지까지 헤아릴 수 있는 지혜로운 선택이 무엇일지 고민했지만, 결국 영장 담당 판사인 내가 제시할 수 있는 답은 없었다.

"아…!"

짧은 탄식을 내뱉으며, 판사란 이처럼 깊은 고뇌와 힘께 실아가는 사람이라는 생각이 들었다. 내 손끝에 누군가의 인생이 달렸다고 생각하니 움켜쥔 펜이 불현듯 너무나 무겁고 날카롭게 느껴졌다. 영장 발부는 기록 검토를 마치면 바로 판단을 내려야 하는 성격의 업무라서 오래 고민할 시간적 여유도 없었던 데다, 초임판사의 짧은 경험에 기대어 스스로에게 솔로몬의 지혜를 구할 수도 없는 노릇이었다. 고민 끝에 구속영장에 내 이름을 쓰고 도장을 찍었다(구속영장엔 반드시 판사의 서명과 날인 두 가지가 있어야 유효하다). 이로써 영장이 발부됐고 아주머니는 그날부터 구속 상태로 수사와 재판을 받게 되었다.

막상 구속영장을 발부하고 나니 마음이 더욱 무거워졌다. '좀 더 신중히 생각하고 판단해야 했을까?' 하는 후회가 밀려오기도 했다. 갚을 능력이 없으면서 남의 돈을 빌려 쓰곤 갚지 않았으므로 사기죄가 성립됐고, 도주 우려까지 있었으니 아주머니는 법적으로 구속을 피할 수 없는 상황이었다. 하지만 영문도 모른 채 숲속 텐트에서 오지 않는 어머니를 기다리며 깜깜한 밤을 보내야 했던 아이들은 도대체 무슨 죄란 말인가.

돌봐줄 다른 가족이 없으니 엄마는 아이들을 데리고 산속에서 텐트 생활을 했을 테다. 그런데 엄마가 갑자기 구속되면 아이들은 어디로 가야 할까? 낯선 숲속 텐트에 남겨질 아이들에 대한 염려가 차오를수록 '과연 그때 나는 옳은 판단을 했던가?', '더 나은 선택은 없었던 것일까?'를 곱씹어보게 된다. 물론 돌봐줄 친족이 없다면 아이들은 법이 지정한 보호시설에서 지낼 것이다. 하지만 당장의 거처가 텐트에서 보호시설로 옮겨졌을 뿐, 아이들은 세상의 유일한 울타리였던 엄마의 부재를 느끼며 하루하루 슬픔을 안고 살아갈 게 분명했다. 아이들 역시 또 다른 의미의 피해자가 되진 않을까?

아주머니의 죄가 아니라 남겨질 아이들의 상처를 먼저 살폈어야 하진 않았나, 법을 기계적으로 적용하지 말고 이 가족을 생각해 더 깊이 고민했어야 하지 않았나, 30년이 지난 지금도 난 그날의 판단을 되돌아보며 '그때, 나는 옳았던가?'를 되묻는다.

깊은 밤 스르르 풀려버린 오랜 고뇌로 가득한 보자기를 다시 묶으며, 나는 그 아이들이 부디 큰 상처 없이 잘 자라주었길 소망해 본다.

주검으로 변한
의뢰인

오랜 기간 판사로 근무하다가 사직하고 변호사로서 새로운 길을 걷게 됐을 때, 무거운 법복을 벗어서인지 내 마음의 무게도 한결 가벼워진 듯했다. 그런데 얼마 지나지 않아 난 그것이 잘못된 생각이었음을 알게 되었다. 선택하고 결정을 내리는 고민에서 변호사도 결코 자유로울 순 없었다. 사건을 수임할지 결정하고 승소 포인트를 잡아내는 건 물론, 나의 판단이 사회에 끼칠 영향도 고려해야 하는 등 매 단계마다 고민하고 최선의 결정을 내려야 했다.

몇 년 전의 일이다. 중년 여성인 K가 이혼소송을 의뢰하러 나를 찾아왔다.

"남편과 이혼하고 싶어요."

변호사로 일하며 이혼소송을 종종 의뢰받긴 했지만 나는 사연을 들어본 후, 이혼만이 능사가 아니라고 판단되면 일단 소송을 만류한다. 특히 미성년 자녀가 있는 경우엔 부부 관계가 완전히 파탄에 이르지 않았다면 조금 더 노력해보길 권한다.

"왜 남편분과 이혼하려고 하십니까?"

"무능해서요."

K는 이혼을 바라는 사유로 남편의 무능함을 꼽았다. K의 남편은 결혼 후 몇 년 동안 작은 사업체를 운영했다. 그런데 경영이 점점 어려워지자 아내인 K에게 이 사업체를 넘기고 다른 사업을 시작하게 되었다.

엉겁결에 맡아 시작한 사업이지만 K는 수완이 좋았던 덕분인지, 피나는 노력의 결과였는지, 나를 찾아왔을 때 창업 무렵보다 10배 가까이나 사업체를 성장시켰고 재산도 제법 일구었다. 이에 비해 남편은 손대는 사업마다 적자를 면치 못했다.

"능력도 없는 사람이 기어이 사업을 하겠다고 우겨선 10년이 넘도록 계속 돈만 까먹고 있어요. 저와 애들을 위해서도 남편은 없는 편이 나아요."

사실 경제적인 부분만 보자면 K는 아쉬울 게 없는 상황이었다. 지난 몇 년간 사업을 성장시켜 번 돈으로 본인 명의의 재산을 제법 마련해둔 상황인 데다 사업가적 면모까지 뛰어나, 딱히 남편의 도움이 필요 없어 보였다. 하지만 부부의 인연을 경제적인 부분만 따져서 맺고 풀고 할 순 없다. 그뿐만 아니라 아직 어린 자녀들을 생각히면 좀 더 현명한 방법을 찾아볼 필요가 있었다.

나는 혹시나 해서 그녀에게 재혼할 남자가 있는지, 아니면 다른 이유가 있는지 물었다. K에게 이혼을 결심할 만한 또 다른 사연이 있다면 이를 참작해야 했다. 그런데 K는 남편의 무능함 외에 다른 이유는 없다고 했다.

"소송을 한다고 해도 이혼이 받아들여질 가능성은 높지 않아요. 배우자가 경제적으로 무능하다고 해서 이혼 사유가 성립되는 건 아니니까요. 부부는 서로 부양할 의무가 있으므로 어느 한 사람이 돈을 벌지 못하면 다른 사람이 도와줘야 합니다. 게다가 이혼하면 재산분할을 해야 하는데, 두 분이 가진 재산은 모두 의뢰인 명의로 돼 있어요. 결국 본인 재산 중 상당 부분을 남편에게 나눠줘야 해요.

그러니 이혼하지 않으면 견디기 어려울 정도로 특별한 사정이 있지 않다면, 지금처럼 본인이 재산을 관리하고 혼인관계를 유지하는 편이 더 낫지 않을까요?"

변호사로서 내 소견을 충분히 설명하고 K에게 좀 더 신중하게 생각해보라고 조언했다. 그리고 오래 고민해봐도 꼭 이혼해야겠다고 판단되면 그때 다시 찾아오라고 했다. K는 내 말에 고개를 끄덕이며 돌아섰고, 그 뒤로 다시 찾아오지 않았다.

"이런…."

두 달쯤 뒤 신문기사에서 K를 다시 만났다. 남편과 잘 살아보려 노력하고 있겠거니 짐작한 K가 살해당했다는 소식을 접한 것이다. 그것도 남편에 의해……. 아내의 지속적인 이혼 요구에 앙심을 품은 남편이 청부 살인을 했다고 한다.

나는 한동안 초점 잃은 눈으로 멍하니 신문만 바라보았다. 그날 그렇게 K를 돌려보내선 안 되었던 것인가, 그날 K의 이혼소송을 맡아줬더라면 결과는 달라지지 않았을까, 고인에 대한 안타까운 마음과 함께 '내가 좀 더 세심하게 상담하고 부부 관계를 회복시키는 조언까지 했어야 하지 않을까?' 하는 깊은 자책감이 밀려왔다.

부부는 경쟁자도, 적도 아니다. 일생동안 한 지붕 아래 자식을 낳고 키우며 하나의 운명체로 살겠다고 약속한, 세상에 둘도 없는 동지이자 반려인이다. 그러니 행복한 부부 생활을 이어가려면 서로의 마음을 읽고 배려하며, 보듬는 노력이 필요하다. 내가 잘나고 유능하다고 좋아할 게 아니라, 상대방이 나 때문에 소외감이나 열등감을 느끼지는 않는지도 살펴야 한다.

내가 잘나간다고 배우자를 무시하거나 홀대하면 상대방의 마음은 점점 멀어지고 결국 차갑게 식어가기 마련이다. 게다가 정도가 심해지면 증오의 독초가 자라기 시작한다. 또 어느 한쪽이 힘들 땐 상대방에게 터놓고 도움을 청해야 하고, 상대방은 그가 느끼는 힘든 감정에 공감하고 배려해야 한다. 가정의 한쪽 기둥이 기울면 다른 쪽 기둥이 버텨줘야 한다. 그래야 기울어진 기둥이 다시 바로 서고, 그렇게 세워진 가정의 집에서 사는 자녀들도 올바르게 성장할 수 있다.

모든 인간관계가 그렇지만 상대방에 대한 이해와 배려 없이는 좋은 결혼 생활이 이어질 수 없다. 비록 어느 한 쪽이 멋지고 능력 있더라도 상대방을 배려하지 않으면 결혼은 비극으로 끝나기도 한다.

변호사는 법률적 조언과 재판을 통해 의뢰인의 고충을 해결해주는 직업이다. 하지만 문제 해결 방법이 적절한지, 더 좋은 방안은 없는지 생각해야 하고, 의뢰인의 숨은 사정도 헤아려야 한다. 그리고 필요하다면 법률적 조언 이상의 무엇도 제공할 수 있어야 한다. 환자의 병든 몸뿐만 아니라 지친 마음도 함께 보듬는 의사가 좋은 의사듯, 변호사도 주어진 사건을 해결하는 것 외에 의뢰인의 무거운 마음도 잘 풀어줘야 한다.

판사에서 변호사로 직업이 바뀌면서 '천근만근 무거운 고뇌의 짐을 벗어버리고 이제 홀가분하게 살리라' 기대한 내 생각이 잘못됐음을 깨달은 사건이었다. 변호사는 남의 고충을 머리에 이고 사는 사람이다. 의뢰인의 이익만 대변하는 것이 아니라 깊은 성찰과 고뇌가 필요한 직업이다. K는 내게 그런 가르침을 주고 떠났다.

천근보다 더한
판결의 무게

　모든 판사가 그렇겠지만 나 역시 가장 피하고 싶은 판결이 사형 선고였다. 요즘엔 사형제를 폐지해야 한다는 사형 폐지론이 비등하고 있지만 악랄한 수법으로 여러 사람의 목숨을 앗아간 극악무도한 흉악범은 사형선고를 피할 수 없다고, 나는 생각한다.

　인간은 국가사회라는 공동체를 이루어 살고 있다. 이 공동체의 뼈대라 할 수 있는 우리 헌법 제10조는 "모든 국민은 인간으로서의 존엄과 가치를 가지며 행복을 추구할 권리를 가진다"고 규정한다. 그런데 같은 인간의 존엄과 가치를 말살하는 살인 행위, 특히 방법이 흉악하거나 명백히 다수의 피해자를 낳은 경우엔 공동체 유지를 위해 부득이하게 사형을 선고할 수 있다고 본다. 다만 오판의 위험은 없는지 철저히 심리해야만 하고, 정치적 배경이 깔린 사건에서 사형을 선고하는 일은 절대 없어야 한다. 물론 공동체를 위한 선택이라고 해도 판사로서 사람의 목숨을 끊는 사형 판결을 내리는 일은 무척이나 어렵고 괴롭지 않을 수 없다.

난생처음 사형판결을 선고할 때가 생생히 기억난다. 벌써 30년 전의 일이다. 당시 나는 합의부 배석판사로 근무하고 있었는데, 주심은 아니었지만 사건을 함께 논의하고 사형을 선고하는 판결문에 서명해야 했다. 사안이 사안인 만큼 재판장이었던 부장님은 배석판사들에게 선고기일 두 달 전부터 해당 사건 기록을 상세히 읽고, 어떻게 판결을 선고할지 깊이 고민해보자고 하셨다.

그 사건 피고인의 죄명은 살인과 살인미수였다. 그는 동거녀와 그녀의 부모를 흉기로 살해하고 동거녀 여동생의 가슴을 찔러 장애가 남을 정도로 치명적인 상해를 입혔다. 겉으로 드러난 행위론 여느 흉악범 못지않은 악행이라 사형이 마땅해 보였다. 그러나 사건의 내막을 살펴보니 사형선고를 당연시하기엔 다소 안타까운 사연이 숨어 있었다.

사실혼 관계에 있던 아내가 다툼 끝에 집을 나가자 피고인은 처가에 찾아가 아내를 내놓으라고 했다. 그런데 처갓집 식구들이 아내가 있는 곳을 가르쳐주지 않고 오히려 자신을 비난하자, 순간적으로 이성을 잃고 돌이킬 수 없는 범행을 저지른 것이었다. 극악무도한 흉악범 수준으로 판결하기엔 다소 안타까웠지만, 사람을 셋이나 죽이고 살아남은 한 명은 평생 장애인으로 살게 만들었으니 피고인의 처지만을 생각할 순 없었다.

두 달이 넘도록 고심해도 결론을 내리지 못한 부장님은 결국 선고기일을 한 달 뒤로 연기하기까지 하셨다. 그럼에도 결국 우리 재판부는 그에게 사형선고를 내려야 했다. 훗날 항소심과 상고심을 거친 후 사형이 집행되었다는 언론보도를 접하며, 새삼 법복에 내려앉은 애환이 천근처럼 무겁게 느껴졌다. 과연 그 판결은 정당했던가?

이 소년범을
어찌할까

적지 않은 세월 동안 법대에 앉아 재판했지만 나는 단 한 건의 재판도 쉬웠던 적이 없다. 오히려 재판은 하면 할수록 어렵다는 생각이 들었다. 선고기일 바로 전까지 정답을 찾지 못해 고심했던 적도 한두 번이 아니다. 특히 행위만으로 봤을 땐 최대한 엄하게 처벌해야 마땅했지만, 피고인의 사정과 사회에 끼칠 영향을 생각하면 그럴 수만은 없는 사건도 있었다.

가정법원에서 소년부 판사로 근무할 때였다. 수능시험을 코앞에 둔 고등학교 3학년 남학생 B가 1심에서 징역 장기 3년, 단기 2년의 중형을 선고받고 항소했다. 고등법원 재판부는 피고인이 고등학생으로서 미성년자인 점을 감안해 가정법원 소년부로 송치하는 판결을 내렸고, 내가 그 소년의 재판을 맡게 되었다.

B는 학급 반장을 맡을 정도로 평소 교우관계와 학교 성적 모두 좋았다. 물론 가정환경도 남부럽지 않은 수준이었다. 수능을 몇 달 앞두고 B는 하굣길에 한 동네 병원에 들렀고, 때마침 젊은 간호사가 혼자 돈을 헤아리는 모습을 보게 되었다. 순간적인 욕심에 B는 간호사를 위협해 돈을 빼앗았고, 저항하던 간호사를 밀쳐 6주 정도 치료받아야 하는 골절상을 입혔다.

피고인이 아직 미성년자인 데다 우발적으로 벌어진 사건이긴 했지만, B의 행위는 강도상해죄에 해당해 5년 이상의 징역형으로 다스려야 하는 중범죄였다. 나는 그의 행위만 보면 소년 재판부에서 내릴 수 있는 가장 무거운 처분인 소년원 송치가 적절하다고 판단했다. 벌을 받음으로써 '모든 행동엔 반드시 책임이 따른다'는 사실을 이 기회에 B도 깨달아야 했다. 무엇보다 일반인이나 다른 학생 들에게 법의 엄정함을 보여줘야 할 필요가 있었다.

그런데 미성년자인 소년범은 성인과 달리 정신과 육체가 아직 성숙하지 않은 상태다. 따라서 소년법은 법을 어긴 청소년에게 응분의 벌을 주기보다는 개선 가능성을 중시해 보호처분을 하게 돼 있다. 그래서 가정법원에서 열리는 소년재판에서 판사가 내리는 판단은 '판결'이 아닌, '보호처분'이라는 용어를 사용한다. '보호'라는 말이 붙은 만큼 보호처분은 죄에 대한 응징보다는, 청소년이 건전한 사회인으로 성장시키는 교육 또는 보호를 위한 처분이라는 개념으로 이해돼야 한다.

청소년에 대한 보호처분엔 여러 가지가 있다. 가장 가벼운 처분이라 할 수 있는 '보호자 위탁'은 다시 부모에게 청소년의 교육을 맡기는 것이다. '수강명령'이나 '사회봉사명령'은 교육과 봉사활동을 통해 청소년이 잘못을 깨우치도록 하는 제도다. 전문가의 강의를 듣거나 국립묘지, 요양시설 등에서 봉사활동을 하게 된다. '보호관찰'은 청소년이 일정 기간 보호관찰관에게서 올바로 생활하는지 지도 및 점검을 받아야 하는 제도다. 보호시설 위탁이나 소년원 송치는 청소년을 보호하는 시설이나 소년원 같은 시설에 청소년이 일정 기간 들어가 생활하면서 교육받게 하는 것이다. 청소년이 시설에 들어가는 경우도 잘못에 대한 응징보다는 청소년을 올바른 길로 인도하는 데 더 큰 의미를 둔다.

이 사건에 어떤 처분을 내릴까 고민하던 중, '이 사건을 소년부로 송치한 고등법원 재판부는 어떤 생각을 가지고 있었을까?'를 추측해보았다. 1심에서 실형을 선고받은 사건을 고등법원 재판부에서 가정법원 소년부로 송치한 데는 분명 선처의 여지가 있다고 판단했기 때문일 것이다. 만약 그렇지 않다고 판단했다면 고등법원에서 항소를 기각하면 될 일이었다. 짐작컨대 재판부도 깊은 고심 끝에 가정법원 소년부로 사건을 송치해 소년보호처분을 내림으로써 선처할 기회를 줄 것인지 판단해달라는 의도가 엿보였다.

결국 나는 이 사건에 소년원 송치가 아닌 보호관찰처분을 내렸다. 재판이라는 것이 사건이 벌어진 뒤에 치르는 사후 수습의 단계이기 때문에, 이미 일어난 불운한 사건을 지우고 원점으로 되돌릴 순 없다. 그러니 그 상황에서 최선의 방안이 무엇인지 고민해야 한다. 이때 진심 어린 사죄와 충분한 배상을 통해 피해자의 용서를 얻었는지도 매우 중요하고, 이와는 별개로 법이 어느 정도까지 관용을 베풀 수 있는지도 고려해야 한다.

그리고 비록 범죄를 저질렀지만 가해자도 사람이기에 인간으로서, 또 사회 구성원의 한 명으로서 어떤 벌을 내리는 것이 모두에게 최선인지도 생각해야 한다. 즉 나는 B에게 일체의 관용 없이 엄중하게 실형을 내려서 세상의 낙오자로 만든다면, 과연 우리 사회에 도움이 되는 일인지도 판단해야 했던 것이다. 또 성인이 돼야만 내릴 수 있는 합리적인 판단을 하기엔 B가 아직 미숙한 소년이라는 특수한 사정도 염두에 두어야 했다.

소년보호사건에선 합의 여부와 보호자의 보호 능력, 개선 가능성 등이 보호처분을 결정하는 중요한 요소가 된다. 이 사건 역시 피해자와 가해자가 모두 합의한 상황이었다. 아무리 미성년인 소년범이 저지른 범죄라고 해도 합의가 이루어지지 않은 상태에서 판사가 마음대로 선처할 순 없다. 피해자가 억울함과 원통함에 피눈물을 흘리고 있는데 판사가 '가해자가 아직 어린 학생인데 안타깝지 않느냐, 선처하는 게 어떻겠느냐'고 생각한다면 형평에 맞지 않는다. 판사는 눈앞에 보이는 가해자만 보고 판단해선 안 된다.

B는 자신의 잘못을 진심으로 뉘우치고 있었고, 판사로서 한 번 선처해주면 다시는 나쁜 짓을 하지 않으리라고 판단되기도 했다. 이런 다양한 측면을 고려해 나는 B가 수용시설에서 지내는 시간을 면

하고 학교로 돌아갈 수 있도록 선처해주었다. 물론 그때 나의 판단이 틀렸을 수도 있다. 피해자가 겪었을 고통에 대한 배려가 부족하지 않았는지, 가해자가 미성년자라는 이유로 개선 가능성에만 무게를 두고 판단하진 않았는지 말이다. 그러나 신이 아닌 이상 완벽하게 옳은 판단을 할 순 없다. 단지 당시 상황에 비추어 모두가 덜 불행할 수 있는 차선의 판단을 내린 것이다.

실제로 선처해주고 관용을 베풀면 과거의 잘못을 깊이 반성하고 올바른 삶을 살아가는 사람도 많다. 하지만 이를 기대하며 감형하고 선처해줘도 자신이 처한 환경이나 성향 때문에 또다시 그릇된 길로 빠지는 이도 없지 않다. 판사는 그런 것들까지 예측하며 과연 정의로운 판결이 무엇인지 고심한다. 과연 실형을 선고하는 것이 정의인지, 관용을 베풀어 기회를 주는 것이 정의인지를.

나는 한때 큰 잘못을 저질러 벼랑으로 떨어지던 그 소년이 지금은 올바른 사회인으로 성숙했을 거라 믿고 싶다.

사실과 진실,
그 안타까운 틈

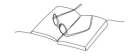

"제 말엔 한 치의 거짓도 없습니다!"

"아니요. 새빨간 거짓말입니다. 오히려 제 말이 진실입니다!"

서로 내 말이 옳다며 진실 공방을 벌이는 풍경은 법정에서 흔히 볼 수 있다. 같은 사실을 두고 원고와 피고가 서로 다른 말을 하며, 각자 자신의 말이 진실이라 주장한다. 그런데 이 경우 둘 중 한 명은 거짓을 말한다고 볼 수도 있겠지만 반드시 그렇다고 단정할 수도 없다. 어쩌면 양측의 말이 모두 사실임에도 불구하고 보는 시각에 따라 사실을 서로 다르게 인식하거나, 각자 불리한 사실은 숨기고 거짓을 말하는 것일 수도 있기 때문이다.

모두에게 똑같은 사건은 없다

1950년에 제작된 일본 고전 영화 〈라쇼몽〉에선 같은 살인사건을 증언하는 사람들의 진술이 모두 엇갈린다. 영화 속에서 중년의 사무라이는 아내와 함께 말을 타고 숲속을 지나다 도적을 만나, 아내는 겁탈을 당하고 사무라이는 죽게 된다. 사무라이의 아내와 도둑은 둘 다 자신이 사무라이를 죽였다고 진술하고 사무라이(사무라이로 빙의한 무속인)는 자살했다고 진술하는, 다소 황당한 일이 벌어진다. 그리고 이 사건을 목격한 나무꾼 역시 이들과는 또 다른, 엇갈린 진술을 한다.

이 영화에서 살인사건과 관련된 인물들은 거짓을 말한다기보다 각자의 시선에 따라 자기중심적인 사실을 진술한다. 그러다 보니 목격자나 사건 당사자 들의 진술이 엇갈릴 수밖에 없다. 덕분에 가장 객관적인 태도를 유지하는 관객들조차 이렇다 할 분명한 답을 얻지 못한다. 그저 등장인물들이 늘어놓은 사실을 바탕으로 제각각 진실을 유추해나갈 뿐이다. 물론 영화도 누구의 증언이 진실인지 끝까지 명확한 답을 주진 않는다. 누가 거짓을 말하는지, 누가 진짜 범인인지는 각자의 판단에 맡긴다.

영화가 끝나면 '도대체 뭐지?' 하며 고개를 갸웃거리게 된다. 선과 악을 분명히 가르거나 권선징악으로 명쾌하게 끝맺지 않으니 마지막에 마침표가 아닌 물음표가 남는 것이다. 대신 영화는 긴 물음표의 끝에 굵직한 느낌표를 하나 남겨둔다. 같은 사건임에도 서로 다른 시각으로 해석될 수 있음을 인정하고, 사건에 개입된 당사자들이라 할지라도 결코 온전한 진실을 알 수는 없음을, 그래서 누구나 판단이 틀릴 수 있음을 경고한다.

판사는 법정에서 끊임없이 제2, 제3의 라쇼몽을 만난다. 모두가 진실이라 주장하지만 어느 쪽도 완벽한 진실일 수 없는 이 아이러니한 상황에서도, 최선을 다해 실체적 진실을 찾는 것이 판사의 임무이다. 판사는 사건을 심리하면서 드러난 사실과 자료를 바탕으로 최대한 진실에 가깝게 사실의 퍼즐을 맞추고, 그를 토대로 법적인 판단을 한다. 그 때문에 판사의 판단이 절대적으로 진실이며 옳다고 단정할 수 없다. 사실과 진실 사이에 미처 밝혀내지 못한 안타까운 진실의 조각이 남아 있을지도 모르기 때문이다.

더 난감한 사실은 사실이라 밝혀진 것들조차 실제론 사실이 아닐지도 모른다는 점이다. 영화 〈라쇼몽〉처럼 지극히 개인적인 주관이 개입되기도 하고, 아주 단편적인 사실 하나하나와 진실 사이엔 분명한 간극이 존재할 수 있기 때문이다.

우리는 진실을 볼 수 있을까

사실 1. 민원인 A가 자신의 사업 허가를 담당하는 공무원 B의 방에 찾아가 대화를 나누고 나갔다.

사실 2. 바로 뒤 보고 자료를 들고 공무원 B의 방에 들어갔다가 B가 돈을 헤아리는 장면을 비서인 C가 보게 되었다.

사실 3. 얼마 후 A의 사업 허가가 났다.

사실 4. C가 자신이 본 모습을 모두 촬영해서 수사기관에 제출하고 자신이 본 대로 진술했다.

사실 5. 수사기관은 A가 B를 찾아갈 무렵 A의 계좌에서 돈 100만 원이 인출된 사실을 밝혀냈다.

사실 6. A는 뇌물공여죄로, B는 수뢰죄로 기소되었고, A와 B는 공소 사실을 부인하고 있다.

만일 이런 사건의 재판을 맡는다면 어떻게 판단할까?

객관적 증거에 따르면 A가 담당 공무원 B에게 자신의 사업 허가를 청탁하며 돈 100만 원을 줬고, B는 뇌물을 받고 A에게 허가를 내줬다고 판단할 수 있을 것이다.

당초 사실관계에 대해 전혀 아는 바 없는 판사가 진실 여부를 판단하는 기준은 판사 개인의 느낌이 아닌 객관적인 물증이다. 그리고 이 물증들 사이의 틈은 상식과 합리성으로 채운다. 즉 사실과 사실 사이의 간극은, 상식적이고 합리적인 사람이라면 어떻게 행동할지에 비추어 추론한다.

앞서 예를 든 상황에서도 직원 C는 담당 공무원 B가 민원인 A로부터 돈을 받는 장면을 직접 보진 못했다. 하지만 뇌물을 주고받지 않았다는 반증을 제시하지 않는 이상, B는 뇌물 수수 혐의를 뒤집어쓰기 십상이다. C가 제시한 여러 증거 사진을 연결한 후 그 틈을 상식과 합리성으로 채웠을 때, 그들이 뇌물을 주고받았으리라 추정할 수 있기 때문이다. 사실은 진실을 찾게 해주는 강한 힘을 품고 있지만 때론 진실과 멀어지게 하는 치명적인 함정을 내포하기도 한다.

나는 단독판사 시절 총무를 맡아 동료들이 상을 당했을 때 조의금을 거둔 적이 있다. 결혼식과 달리 장례식은 급작스레 치르는 일이라 다람쥐 쳇바퀴 돌 듯 일정이 짜여 있는 판사가 직접 상갓집을 찾지 못하는 경우가 많았고, 당시엔 돈을 이체하려면 은행을 찾아야 하는 번거로움도 있었다. 그래서 동료가 상을 당하면 총무가 각 방을 찾아다니며 부의금 봉투를 모아 전달하곤 했다. 하루는 동료 판사의 상가에 전달할 부의금 봉투를 모아 양복 안쪽 주머니에 넣으며, 갑자기 이런 생각을 하게 되었다.

만약 지금 내가 돈 봉투 여러 개를 주머니에 넣는 모습을 누군가 봤다면, 어떻게 생각할까? 앞뒤 사정을 모르는 사람이라면 그 장면만으로 '판사가 뇌물을 받았다'고 오해할 수 있으리라. 만일 직전에 변호사나 사건 당사자가 다녀가기라도 했다면 오해는 확신으로 변할 것이다.

그런 생각 끝에 불현듯, 우리가 두 눈으로 직접 목격한 객관적인 사실도 전체가 아니라 단편적인 부분이라면 실체적 진실과 멀어질 수 있겠다는 생각이 들었다. 사건을 조사하고 재판하는 과정에서 나온 증거와 증언은 판결에서 사실인정(법원이 사실의 존재 여부를 판단하는 일. 재판의 기초가 된다)의 중요한 근거가 된다. 하지만 믿을만한 증거와 증언을 상식과 경험법칙을 조합해 인정한 사실조차 진실이 아닐 수도 있는 것이다.

신중하고 또 신중하라

2000년 8월, 전라북도 익산의 약촌오거리에서 택시 기사 C가 살해된 사건이 일어났다. 당시 열다섯 살이었던 D는 C와 실랑이를 벌이다가 C를 흉기로 찔러 살해한 혐의로 피의자가 되었다. D는 수사 중 가혹 행위를 견디지 못해 허위자백을 했고, 그 결과 징역 10년을 선고받았다. 만기 출소 후 D는 꾸준히 자신의 무죄를 주장했고, 2013년에 재심을 청구했다. 법원이 이를 받아들이자 검찰이 항고와 재항고를 했고, 대법원이 검찰의 재항고를 기각하면서 마침내 재심이 진행되었다. 그리고 2016년 재심에서 법원은 D에게 무죄를 선고했다.

이 사건은 2017년에 개봉한 영화 〈재심〉을 통해 재조명되었다. 나는 이 영화를 보며 또 한 번 법관의 판결은 결코 완벽할 수 없음을 절감했다. '사실'이라고 주어진 것이 '진실'이 아닐 수 있으며 판결엔 오류가 있을 수 있으므로, 법관은 더 완벽한 판결을 위해 여러 가능성을 열어두고 끝없이 살펴보고 고심해야 함도 깨달았다.

흠흠欽欽, 신중하고 또 신중하라.

그래서 다산 정약용 선생은 그가 저술한 우리나라 최초의 형법학 연구서에 '흠흠신서欽欽新書'라고 이름 붙였나 보다. 재판에 제출된 증거는 오해나 거짓으로 인해 틀릴 수 있다. 이런 이유로, 법관은 완벽한 판결을 추구하되 결코 나의 판결이 완벽할 수 없음도 인정해야 한다. '이것은 틀림없다'고 단정 짓고 확신하는 순간 또 하나의 '오류'가 늘어나는 것이기에, 늘 '그럴 수도 있지만 아닐 수도 있다'는 열린 사고방식을 가져야 한다.

직접 현장을 본 목격자의 진술에도 오류가 있을 수 있는데 하물며 그러지 못한 판사는, 늘 확신의 뒤에 숨은 함정을 경계해야 할 것이다.

법에서도
뜨거운 성

미투의 거센 물결

인간이 존재하는 한 성性에 관한 문제는 발생하지 않을 수 없다. 그런데 요즘처럼 저명인사나 연예인 들의 성범죄 문제가 뜨거운 화두로 등장한 적도 없는 것 같다. 그도 그럴 것이 우리나라에선 지금까지 성폭력 피해자를 향한 시선이 곱지만은 않았던 탓에, 그 고통을 침묵으로 삭여야 했던 이들이 적지 않았다.

그러나 판도라의 상자가 열리고 피해자들의 오랜 침묵이 깨지면서 성범죄를 고발하는 미투 운동(#Me Too)이 지구촌 곳곳에서 거세졌고, 한국에서도 이 물결이 뜨겁게 번져갔다. 이 현상에 힘입어 그동안 성폭력 피해를 입고도 수치심과 보복이 두려워 침묵한 여러 피해자가 미투 운동에 동참했다. 특히 정치, 교육, 문화예술, 종교 등 다양한 분야에서 유명인들이 저지른 성폭력 사건이 폭로되면서 시민들도 성범죄 피해를 적극적으로 알리기 시작했다. 덕분에 한국 사회의 고질적인 직장 내 위계와 권력에 의한 성범죄에 경종이 울렸다. 또 무심코 이뤄진 신체 접촉이나 성적 농담이 상대에게 수치심과 불쾌감을 준다면 범죄가 될 수 있음을 깨닫게 한 좋은 계기가 되었다.

법조계에 부는 새로운 바람

이런 사회적 물결과 더불어 성범죄를 대하는 법조계의 변화도 잇따르고 있다. 성폭행이나 성희롱 등 성범죄는 대체로 은밀히 이루어지므로 객관적 증거가 없는 경우가 대부분이다. 오로지 피해자의 일방적인 진술만 있고 피의자가 이를 부인한다면, 과연 피해자의 진술을 믿을 수 있는지 재판에서 판단하기 어렵다. 일반 형사사건에서 피해자의 진술에 신빙성이 있는지 문제될 땐, 평균적 상식을 가진 일반인이라면 어떻게 행동했을지를 기준으로 판단한다. 그런데 대법원은 2018년 4월, 여성이 피해자인 성범죄 사건에서 '피해자의 진술에 신빙성을 부여할 것인가'에 대해 '성性인지 감수성'을 판단 기준으로 제시했다.

'성인지 감수성'이란 성범죄 사건을 심리할 때 피해자가 처한 상황의 맥락과 피해자의 눈높이에서 사건을 바라보고 이해해야 함을 뜻하는 개념이다. 대법원은 '학생을 성희롱했다'는 이유로 징계를 받은 대학교수가 낸 해임 처분 취소소송 상고심에서, 원고 승소 판결을 한 원심을 깨고 원고 패소 취지로 파기환송했다. 이 판결의 요지는 다음과 같다.

법원이 성희롱 관련 소송 심리를 할 때는 사건이 발생한 맥락에서 성차별 문제를 이해하고 양성평등을 실현할 수 있도록 '성인지 감수성'을 잃지 않아야 한다. 그러므로 우리 사회의 가해자 중심적인 문화와 인식, 구조 등으로 인해 피해자가 성희롱 사실을 알리고 문제 삼는 과정에서 오히려 부정적 반응이나 여론, 부당한 처우나 불이익, 더불어 정신적 피해 등에 노출되는 이른바 '2차 피해'를 입을 수 있음을 유념해야 한다.

피해자는 이러한 2차 피해에 대한 불안감이나 두려움 때문에 피해를 당한 후에도 가해자와 종전의 관계를 계속 유지하거나, 피해 사실을 즉시 신고하지 못하다가 다른 피해자 등 제3자가 문제를 제기하거나 신고를 권유한 것을 계기로 비로소 신고하는 경우도 있다. 또 피해 사실을 신고한 후에도 수사기관이나 법원에서 그에 관한 진술에 소극적인 태도를 보이는 경우도 적지 않다.

이처럼 성희롱 피해자가 처한 특별한 사정을 충분히 고려하지 않은 채 피해자 진술이 가진 힘을 가볍게 배척하는 것은 정의와 형평의 이념에 입각해 논리와 경험의 법칙에 따른 증거 판단이라고 볼 수 없다.

이에 따르면 피해자가 성폭행이나 성희롱을 당한 후 즉시 피해 사실을 신고하지 않거나 가해자와 기존의 관계를 계속 유지했더라도, 그것만을 이유로 피해자의 진술이 가진 신빙성을 함부로 배척해선 안 된다.

이런 변화와 더불어 성범죄 사건의 피해자가 법정에서 입게 될 3차 피해를 예방하는 방법도 다방면으로 모색되고 있다. 일반적으로 성범죄 사건 재판에서 피고인이 공소사실을 부인하면, 피고인은 검사가 제출한 피해자 진술 조서를 증거로 삼는 데 동의하지 않는다. 이 경우 어쩔 수 없이 피해자를 대상으로 증인신문이 이루어진다. 이 증인신문에서 피해자는 이미 수사기관에서 진술했어도 다시 법정에 나가 치욕스러운 기억을 되살려 증언해야 한다.

이는 피해자에게 또다시 고통을 주는 것으로, 이로써 피해자는 3차 피해를 입게 된다. 이때 피해자 보호 차원에서 법원은 비공개 재판을 진행하거나 피해자가 가해자 얼굴을 다시 보지 않도록, 증인석에 가림막을 설치하기도 한다. 때로는 피고인을 법정에서 내보낸 상태로 변호인의 참석 아래 증인신문이 이루어지기도 한다.

물론 이런 법원의 배려에도 불구하고 피해자로선 몸과 마음의 상처가 치유되기도 전에 수사기관에 이어 법정에까지 나가 증언하기가 여간 고통스럽지 않다. 실제 법정에서 몸서리치는 기억으로 눈물을 뚝뚝 흘리거나 실신하는 피해자를 보면 안쓰럽기 그지없다. 따라서 성범죄 사건과 관련해선 판사가 주재하는 증거보전절차를 수사 과정에서 폭넓게 인정할 필요가 있다.

우리 형사소송법 제184조를 보면, "검사, 피고인, 피의자 또는 변호인은 미리 증거를 보전하지 아니하면 그 증거를 사용하기 곤란한 사정이 있는 때에는 제1회 공판기일 전이라도 판사에게 압수, 수색, 검증, 증인신문 또는 감정을 청구할 수 있다"고 규정하고 있다. 여기서 "미리 증거를 보전하지 아니하면 그 증거를 사용하기 곤란한 사정이 있을 때"란 장차 증언해야 할 사람이 위중한 병을 앓고 있다든가, 곧 해외로 나갈 가능성이 있는 경우처럼 '나중에 공판절차에서 증인신문을 하기 곤란한 사정이 생길 우려가 있을 때'를 말한다.

성범죄 사건과 관련해선 그런 사정이 없더라도 피해자가 악몽에서 빨리 벗어날 수 있도록, 폭넓게 증거보전절차를 허용하는 방향으로 법을 개정할 필요가 있어 보인다. 피고인의 인권을 존중하는 것 이상으로 피해자의 고통과 인권을 헤아리는 배려가 요구되는 대목이다.

옥과 돌이 서로 섞이면

한편 성범죄를 대하는 사회적 인식이 변하는 힘찬 물결에 편승해 옥에 돌이 섞이는 다소 염려스러운 상황이 간혹 발생하기도 한다. 사건의 진의를 밝히는 과정에서 '무죄추정의 원칙(유죄 판결이 확정될 때까지는 형사 피고인을 무죄로 본다는 원칙)'을 잊은 듯한 분위기가 조성되기도 하고, 심지어 미투 운동이 짧은 기간 사회 전체에 거대한 불길로 번지면서 '미투도 아닌 것이 미투처럼' 악용되는 부작용까지 생겨났다. 연인끼리 합의에 따른 성관계를 하고도 이별 후엔 강간으로 둔갑하기도 하고, 누군가를 모함하려 성추행 사실을 꾸며내기도 했다. 흔치 않은 경우긴 하지만 단 한 명의 억울한 피해자도 만들지 않아야 하는 것이 법이기에, 옥에 섞인 돌을 잘 가려낼 필요가 있다.

2018년, 전라북도의 한 중학교에서 성희롱을 당했다는 여학생들의 제보로 한 교사가 경찰조사를 받은 일이 있었다. 조사 결과 무혐의로 밝혀졌지만 해당 지역의 교육지원청은 경찰의 수사 결과를 무시하고, 해당 교사를 직위 해제한 뒤 대기 발령 조치를 내렸다. 학생들이 교사의 무고함을 호소하며 신고 내용이 허위 사실임을 밝히는 탄원서를 제출했지만, 이 역시 무시되었다. 결국 해당 교사는 스스로 목숨을 끊음으로써 자신의 억울함을 호소하는 길을 택했다.

악의로, 혹은 '카더라' 통신에 의해 무책임하게 내뱉은 한 마디에 시류의 힘이 더해지니 날카로운 칼이 되었고, 결국엔 무고한 누군가를 찌르고 말았다. 불길이 빠르고 거센 만큼 더욱 신중하지 않으면 '억울한 피해자'가 생기는 걸 막지 못하기도 한다. 최근에 일어난 미투 운동, 그리고 그에 따른 부작용이 아니라도 성범죄 고소엔 간혹 함정이 도사리고 있기도 하다.

오래전의 일이다. 작은 회사를 운영하던 P가 직원 L로부터 강간죄로 고소당한 사건이 있었다. 내막은 이렇다. P를 강간죄로 고소한 L은 유부녀였다. 그런데 L은 사건 당일 회식이 있어 이리저리 끌려다니며 술을 마셨고, 결국 사장인 P의 강압으로 모텔까지 가서 강간당했다며 P를 고소한 것이다.

경찰조사 과정에서 P는 L의 고소 내용과는 완전히 상반된 진술을 한다. 회사 직원이 모두 참석한 1차 회식과는 달리, 2차 회식은 L이 적극적으로 원해서 두 사람만 오붓하게 술자리를 가졌다는 것이다. 그리고 모텔 역시 L이 동의해 들어갔으며, 이후에 어떤 것도 본인이 강요해서 일어난 행위는 없었다고 주장했다. 서로 엇갈린 주장에 경찰은 회식 장소와 모텔 등의 CCTV 영상을 확인했고, 그 결과 P의 말이 진실이고 L의 말이 거짓임이 드러났다. L은 순간적인 끌림으로 P와 잠자리까지 가졌으나 아침이 되니 이 모든 일이 후회된 것이다. 특히 눈에 불을 켜고 자신을 기다리고 있을 남편을 생각하니 L은 눈앞이 깜깜해졌다.

집으로 돌아온 L은 남편의 추궁에 회사 사장인 P가 자신에게 강제로 술을 마시게 한 뒤 강간했다며 거짓을 말했고, 정말 억울하면 고소하라는 남편의 말에 어쩔 수 없이 고소까지 한 것이다. 결국 조사를 통해 진실이 밝혀졌고, P가 아닌 L이 도리어 무고죄로 처벌받게 되었다. P가 유부녀와 서로 정을 통한 것은 분명 도덕적으로 비난받을 일이다. 하지만 강간이 아닌데 강간죄로 처벌받아선 안 된다. 법은 어떤 경우에도 그가 지은 죄 이상의 벌을 주지 말아야 한다.

사회적 물결이 거셀수록 법은 더욱 굳건히 중심을 잡아야 한다. 수사나 재판 과정에서 여론을 존중하되 결코 휘둘려선 안 된다. 그랬다간 가짜가 진짜처럼 행세하며 무고한 사람을 범죄자로 만드는 일에 동참하는 실수를 저지를 수도 있다. 법은 어떤 순간에도 결코 여론이나 분위기에 현혹돼선 안 된다. 법이 흔들리면 인권이 짓밟히고 정의가 무너진다.

피해자가 나와 내 가족일 수 있듯, 피의자로 지목된 무고한 이역시 나와 내 가족일 수 있기에 어느 쪽에도 치우침 없이 공정하고 이성적인 수사와 판결이 이루어져야 한다.

2

양날의 검을
경계하라

"이 옷은 주권자인 국민이 사법부에 위임한 임무를 상징한다는 것을 명심하세요."

문유석 부장판사가 쓴 소설을 2018년 드라마로 만든 〈미스 함무라비〉에서 주인공이자 초임판사인 박차오름이 처음으로 법정에 들어가기 전, 한세상 부장판사가 박차오름 판사에게 법복을 입히면서 한 말이다. 실제로 초임판사의 첫 재판 날엔 경륜 있는 선배 판사가 후배 초임판사에게 직접 법복을 입혀주는 전통이 있다. 이때 법복의 의미를 되짚는 좋은 말씀을 한마디씩 들려주는데, 드라마를 보니 30여 년 전 그날이 떠올라 감회가 새로웠다.

이 법복은 개인적 사사로움을 떠나 법관으로서 법과 양심에 따라 재판하라는 뜻에서 입습니다.

1986년 9월, 수원지방법원에서 판사로서 첫걸음을 내디뎠을 때 L부장판사님이 내게 법복을 입히며 해주신 말씀이다. 부장판사님의 귀한 말씀은 법복의 검은색이 주는 무게만큼 판사들이 지는 무거운 책무가 내어깨에 얹혀 있음을 느끼게 하는 데 충분했다. 그 뒤에도 난 재판을 앞두고 법복을 입을 때마다 거울 속의 나를 바라보며 각오를 다졌다. '혹시라도 남아 있을지 모를 사사로운 생각이나 감정은 모두 털어내고 오로지 법관으로서 법과 양심에 따라 정의로운 판결을 하리라. 단 한 명의 억울한 이도 생기지 않도록 공정한 판결을 하리라. 내가 입은 법복에 단 한 톨의 먼지도 내려앉지 않게 매 순간 법관의 양심을 되새기리라' 다짐했다.

우리나라 판사들이 재판할 때 입는 법복은 원래 검은 가운이었는데 1998년 3월부터 디자인이 조금 바뀌었다. 주색은 다른 색과 섞이지 않는 검정색으로, 판사로서 품어야 하는 양심 말고는 어떤 외부의 영향에도 흔들리지 않는 법관의 독립성을 상징한다. 또 법복 앞단의 양면엔 수직으로 주름을 넣어 법관의 강직함을 표현했다고 한다. 이는 헌법 제103조의 "법관은 헌법과 법률에 의하여 그 양심에 따라 독립하여 심판한다"는 조항을 법복에 그대로 담아낸 것이라 할 수 있다.

수술실에 들어가는 의사는 세균에 오염되지 않은 수술복을 입는다. 의사가 그렇게 하듯이 판사는 법정에 들어가기 전 사고의 오염을 막고, 판단할 때 균형감을 유지하기 위해 법복을 입는 거라 생각한다.

모두의 법을
희망하다

법이 없다면 어떻게 될까? 혹은 법이 있되 종이호랑이처럼 사람들이 법을 두려워하지 않는다면 어떻게 될까? 시민들은 무질서에 노출되고 돈이나 권력, 폭력 등이 법을 함부로 쥐락펴락하는 혼란스러운 사회가 될 터다. 물론 국가도 유지되기 힘들 것이다.

법은 공동체 구성원들이 다 같이 행복하게 살기 위해 체제의 구성 원리와 행동 기준을 정한 규범이다. 그래서 법은 정의와 형평, 합리성과 효율성 등을 지향하며 시대적 가치를 담고 있다. 경우에 따라 불편할 수도 있지만, 이 규범을 지키면 구성원들은 최대한 서로 부딪히지 않으며 살 수 있다. 또 합의에 따라 만들어진 이 규범을 위반했을 때, 법은 재판의 규범이 되어 엄정한 판결로 구성원들에게 행동

기준을 제시하고 사회 질서를 바로 잡아간다.

법이 제 역할을 다하려면 구성원들로부터 합리성을 인정받고 존중받아야 한다. 돈과 권력, 폭력과 같은 힘에 흔들리면 법은 더 이상 법이 아니다. 법이 흔들리는 사회에 산다는 건 기둥이 흔들리는 집에서 사는 거나 다름없다.

법을 존중하고 법의 존엄성을 지켜야 한다는 사실이 법을 만고 불변의 진리로서 무조건 수호해야 한다는 의미는 결코 아니다. 옳지 못한 법은 고쳐야 한다. 법은 정의롭고 올바르게 사람들을 이끌고 권리를 지키는 동시에 법 자체로도 굳건히 서야 한다. 따라서 옳지 못한 법을 거부하고 비난하기보다는 합법적인 절차에 따라 정당하게 고쳐야 한다. 그래야 그 법을 모두가 인정하고 모두가 따른다. 모두가 고개를 끄덕일 수 있는 법이 진짜 법이다.

일부 이슬람 국가엔 성폭행 가해자가 피해자와 결혼하면 형사책임을 묻지 않는, 말도 안 되는 악법이 있다. 물론 이 법이 제정된 1940년대 이슬람 국가에선 성폭행범과 결혼해서라도 피해자와 가족의 명예를 지켜야 한다는 생각이 강했다. 그러나 세월이 흐르고 사회 규범과 정서가 바뀌면서 개인의 인권이 가족의 명예보다 더 중요하다며, 이 법을 폐지하자는 목소리가 커졌다. 덕분에 최근 요르단과 레바논에선 성폭행 면책 조항이 잇따라 폐지되고 있다고 한다.

사실 악법을 규정하는 절대적 기준은 없기 때문에 시대의 흐름에 따라 법은 달라질 수 있다. 우리나라도 오랜 세월이 지나면서 많은 법이 사라지고 개정되었다. 제정 당시엔 다수의 지지를 받던 법도, 사회의 가치 기준이 변하면서 옳지 않다거나 바람직하지 않다고 판단되면 하나둘 역사 속으로 사라졌다.

1970년대 후반만 해도 지금은 도저히 이해되지 않는 법적 규제가 더러 있었다. 그중 하나가 1973년에 〈경범죄처벌법〉이 개정되면서 새롭게 추가된, '성별을 알아볼 수 없을 정도의 장발을 한 남자', '저속한 옷차림을 하거나 장식물을 달고 다니는 자'에 대한 처벌 조항이다. 당시엔 경찰이 자를 들고 다니며 짧은 치마를 입은 여성들을 붙잡고는 치마 아래로 드러난 허벅지의 길이를 쟀다. 무릎 위로 20센티미터가 넘게 신체를 노출한 치마를 입은 여성은 즉결심판에 넘겨져 유치장에 갇히고, 가족이 가져온 긴 치마로 갈아입고 나서야 겨우 집에 갈 수 있었다.

남성은 또 어떤가. 펌을 한 머리, 귀를 덮는 옆머리, 옷깃을 덮는 뒷머리 등 남성답지 못한(?) 헤어스타일을 한 사람은 경찰서로 연행돼 머리를 깎겠다는 각서를 쓰거나, 아예 머리를 시원스레 깎인 후에야 풀려났다. 개중엔 이도 저도 하지 않고 버티는 이도 있었는데, 이럴 경우 즉결심판에 넘겨졌다.

한 손엔 30센티미터 자를, 다른 한 손엔 바리캉을 든 경찰, 그리고 그 앞에 줄행랑치는 미니스커트를 입은 여성과 장발을 한 남성. 그 시절을 기억하는 나도 이렇게 헛웃음이 나오는데 옷차림이나 헤어스타일 따위가 개인의 매력과 개성의 표현으로 인식되는 요즘, 그 시절을 보내지 않은 젊은 세대에겐 이 법이 어떻게 비춰질까.

'건전한 사회 기풍을 진작한다'는 명분과는 별개로 자유와 민주

화를 외치던 당시 젊은이들의 몸과 마음을 억누르겠다는 정부의 의도가 숨어 있었기에, 이 법은 더더욱 상식선에서 이해하기 어려웠다.

시대와 사회의 변화에 역행하던 '장발 단속'은 1980년, 결국 내무부가 집행을 중단시켰다. '장발 단속이 청소년들의 자율 정신을 저해하는 부작용을 낳을 우려가 있다'는 이유에서다. 그리고 1988년에 〈경범죄처벌법〉을 개정하면서 관련 규정을 삭제함으로써, 젊은이들이 장발을 하거나 미니스커트를 입었다는 이유로 더는 경찰에게 잡혀가 수모를 당하지 않아도 되었다.

법은 사람을 위해 존재하는 만큼 인간의 행복추구권을 바탕에 둔 사회적 합의가 전제되지 않는다면, 제아무리 강력한 법도 힘을 얻지 못한다. 온 국민이 다 함께 지켜야 하기에 다수의 뜻을 반영해 법을 만들고 고쳐야 한다. 또 사회의 문화적 규범과 너무나 동떨어진 법은 아예 역사의 뒤안길로 깔끔하게 사라지기도 해야 한다.

그래야 누구나 존중하는, 진정한 '모두의 법'이 될 수 있다.

배석판사는
재판장의 지시를 받을까

재판부의 구성과 합의부

법원의 재판부는 크게 둘로 나뉜다. 먼저 한 명의 판사가 단독으로 재판을 진행하고 판결하는 '단독재판부'가 있다. 그리고 세 명 이상의 판사가 함께 재판을 진행하고 판결하는 '합의부'가 있다. 단독재판부는 비교적 가벼운 사건을, 합의부는 비교적 중대한 사건을 재판한다. 고등법원 사건은 모두 합의부에서 재판한다. 지방법원 합의부는 일반적으로 판사 경력 15년 이상인 재판장 한 명과 판사로 일한 지 대체로 7년 이하인 판사 두 명으로 구성된다.

초임판사는 법률을 공부해 이론과 실무에 관련된 자격을 국가로부터 인정받았지만 재판 업무에선 아직 초보 운전자일 수밖에 없다. 운전면허 필기시험에 합격했다고 해서 실제 자동차 운전을 잘할 수 있다고 과연 단정 지을 수 있을까? 그런 것처럼 법과 재판절차를 공부하고 실무 수습을 했다 하더라도 법정에서 재판을 진행하며 사건기록을 검토하고 결론을 내리는 등, 초임판사는 실무에선 아직 부족한 면이 있을 수밖에 없다.

책에서 배운 이론이나 판례에 집착하다 보면 현실에서 합리적 결론을 내리지 못할 수도 있고, 의욕이 지나친 나머지 자신의 생각이 무조건 옳다는 독선에 빠질 위험도 있다. 그래서 처음 5~7년 정도는 합의부에 소속돼, 적어도 15년 이상 경력을 가진 부장판사 아래서 도제식으로 일을 배우게 된다.

합의부가 법정에서 재판할 땐 중앙에 앉은 재판장이 바라보는 방향을 기준으로 오른쪽엔 배석판사 중 경력이 많은 판사가, 왼쪽엔 그보다 경력이 적은 판사가 앉는다. 이처럼 재판장의 오른쪽에 앉는 판사를 우배석판사, 왼쪽에 앉는 판사를 좌배석판사라 부른다. 배석판사는 소속된 부에 배당된 사건의 절반 정도씩 맡아 각자 주심으로서 기록을 검토하고 판결에 관한 의견을 낸다. 한편 경력이 많은 부장판사는 모든 배당 사건을 검토하고 법정에선 재판장으로서 주도적으로 소송을 진행한다.

변론이 종결된 사건에 대해선 재판부 구성원 3인이 합의를 통해 결론을 내리고, 주심판사는 결론에 따라 판결문 초고를 작성한다. 부장판사는 주심판사가 작성한 판결문 초고를 검토해 오류가 있는지 살피고 표현을 수정하기도 한다. 즉 합의부 시스템은 연배 있는 판사의 경륜과 젊은 판사의 팔팔한 총기를 모아 최선의 결론을 내리기 위해 존재한다. 각자 자신이 검토한 의견을 허심탄회하게 밝히고, 서로 의견이 다를 땐 상대방 견해의 문제점을 지적하기도 하며, 자신의 견해가 과연 정당한지 되돌아보기도 한다.

이는 판결의 오류를 최소화하고, 최대한 합리적이고 공정한 판단을 할 수 있도록 하기 위함이다.

합의부에 관한 오해

합의부와 관련된 흔한 오해 중 하나가, 지위가 높거나 경험 많은 재판장의 지시나 의견에 배석판사들이 따를 수밖에 없을 거라는 추측이다. 하지만 결코 그렇지 않다. 특정 사건의 주심을 맡은 배석판사가 사건기록과 법리를 검토하고 내린 결론이 부장판사의 생각과 다른 경우가 더러 있다. 이때 경륜 높은 부장판사의 의견에 '감히' 신출내기 판사가 토를 달기는 불가능하리라 흔히 생각할 수 있다. 그러나 부장판사와 의견이 다르면 의외로 아주 많은 배석판사가 "그건 제 생각과 다릅니다!" 하고 당당히 말하고 치열한 토론을 통해 의견을 조율해 나간다. 이는 합의부 재판 시스템이 존재하는 궁극적인 이유이기도 하다.

'누가' 처음 옳은 판단을 했는지는 그리 중요치 않다. 판사는 개인의 자존심보다 실체적 진실과 정의에 가장 부합하는 결론이 무엇인지를 가장 중요하다고 생각하기에, 자신의 견해가 잘못됐다고 생각하면 거리낌 없이 상대방의 것을 받아들이곤 한다. 부장판사라고 해서 무조건 자신의 의견을 고집하며 배석판사의 의견을 무시하지도, 배석판사라고 해서 부장판사의 의견에 무조건 끌려가지도 않는다.

합의부가 판결을 도출하는 과정에서 신출내기 판사가 15년 경력 이상의 부장판사에게 '감히' 태클을 거는 건 이상하지 않을 뿐만 아니라 오히려 건강한 일이다. 자신의 생각과 다름을 빤히 보고도 권위에 눌려 입도 뻥긋하지 않는다면 법관에게 직무 유기와도 같다. 그리고 경력과는 무관하게 법관의 독립성은 국가의 최고법인 헌법에 보장돼 있다. 판사는 실체적 진실과 법이라는 잣대에 따라 판단하므로 당연히 각자의 의견을 말할 수 있고, 이를 서로 존중해야 한다.

실제로 이런 합의 과정에서 판사들은 더 세세하고 꼼꼼하게 관련 자료를 살피며 자신이 미처 간과한 부분을 발견하기도 한다. 합의를 통해 오류를 지적하고 관련 법규나 자료를 다시 검토하는 과정을 거치면서 부족한 부분을 바로잡고, 이후 같은 실수를 반복하지 않도록 각오를 다지는 계기가 되기도 한다.

이렇듯 서로 다른 의견이 나오면 함께 의논해 합의점을 찾거나, 합의가 힘든 경우엔 다수결로 결정한다. 다행히 대부분의 사건에 대해선 토론으로 의견이 모아진다. 물론 이 과정에서 개성이 강한 재판부 구성원들이 서로 다른 견해로 대립하다가, 재판장인 부장판사와 주심판사의 감정이 틀어져 한동안 어색하게 지내는 일도 없진 않나. 이는 검사동일체의 원칙(전국의 검사들이 검찰권을 행사할 때, 검찰 총장을 정점으로 삼아 상하 복종 관계를 이루어 하나의 유기적 조직체로 활동한다는 원칙. 검찰 사무의 신속성, 통일성, 공정성을 위한 것이다) 아래 업무상 상사의 결재를 받는 검찰 조직과는 확연히 다른 점이다.

판사는 누구에게서도 재판 업무와 관련된 지시를 받지 않는다. 배석판사도 재판장과 합의하며 토론하다가 법리에 밝고 경험 많은 재판장의 견해를 수용하기도 할 뿐, 결코 지시를 받아 자신의 의견을 굽히진 않는다. 헌법에 나온 대로 법과 양심에 따라 각자 판단하고 책임을 질 뿐이다.

나는 16년 넘게 판사로 근무하면서 단 한 건에 대해서도 누군가의 지시를 받아 판결을 내려본 적이 없다. 권위적이었던 옛 시절, 간혹 외부의 간섭이나 압력이 가해지면 선배들은 당당히 자신의 소신을 편 다음 법복을 벗는 경우가 많았다고 한다. 그만큼 독립성은 법관에게 생명과도 같은 것이다.

부장님, 왜 말허리를 자르십니까

법관의 독립성을 이야기하다 보니 떠오르는 에피소드가 있다. 판사로 부임했을 초기에 합의부에서 배석판사로 일할 때의 기억이다. 당시 내가 근무하던 법원엔 배석판사들 사이에서 이른바 '벙커'로 불리며, 기피 인물 1호로 지목된 별난 부장판사가 있었다. 벙커는 원래 골프장의 모래구덩이를 가리키는 말로, 골프공이 벙커에 빠지면 쳐내기가 여간 쉽지 않다. 그래서 배석판사들이 함께 일하고 싶지 않은 부장판사를 일컬어 '벙커'라고 한다. 그분은 함께 일하는 배석판사들과 충돌이 잦았다. 오죽하면 어느 배석판사가 다른 부로 보내주지 않으면 사표를 내겠다는 말까지 할 정도였다.

1년 내내 큰소리 날 일 없는 판사실에서 유독 그분이 계신 방에서만 쩌렁쩌렁한 고성이 심심찮게 들렸다. 그 부장판사님이 주로 목소리를 높일 땐, 사건에 대해 어떻게 결론 내릴지 합의하는 과정에서 주심판사가 본인과 다른 의견을 내놓을 때다. 앞서 설명했듯이 합의부에선 판사들의 의견이 서로 일치하지 않으면 토론을 통해 최선의 결론을 찾는다. 그런데 그 부장판사님은 배석판사들과 합의하면서 상대방의 견해가 자신과 다를 땐, 마치 검사가 피의자를 신문하듯이 굳은 표정으로 언성을 높이곤 했다.

당시 나는 그분의 옆방에서 일하던 터라 합의 과정에서 벽을 타고 들려오는 고성을 고스란히 전해 들어야 했다. 처음엔 큰 싸움이라도 난 줄 알고 화들짝 놀랐는데, 매번 이런 일이 반복되다 보니 어느새 '참 별난 분이군' 하며 웃어넘길 여유도 생겼다. 그렇게 1년이 지난 후 연초에 업무 분담을 조정하면서, 불행히도 나는 함께 일하던 판사님과 함께 문제의 재판부로 이동하게 되었다. 세트로 벙커에 빠진 것이다.

"앞으로 1년은 죽었다 생각하고 버텨야겠군요. 하하."

모두가 기피하는 별난 부장판사님을 모시게 되어, 우린 둘 다 잘 버텨보자며 나름의 각오를 다졌다. 하지만 각오와는 달리 입에선 허탈한 웃음이 새어나왔다. 막상 가까이에서 본 그분은 개성이 강하고 예상보다 성격이 훨씬 급한 분이었다. 그리고 무엇보다 합의 과정에서 무조건 자신의 생각만을 강변하는 '고집불통'의 기질이 강했다.

합의부 구성원들이 한 사건에 관해 결론 낼 때 합의하는 과정은 보통 이렇다. 먼저 사건을 담당한 주심판사가 본인의 생각을 이야기한다. 즉 해당 사건에 대한 쌍방의 주장과 증거의 유무, 법 이론상의 문제 등에 관해 세세한 근거를 대며 어떻게 판결할 것인지 자신의 의견을 피력한다. 주심판사의 의견과 다를 경우엔 재판장인 부장판사가 본인의 견해를 말하고 근거를 댄다.

이런 논리적이고 합리적인 대화를 거치며 사건의 사실관계를 어느 정도 확정 짓고, 거기에 법 이론을 어떻게 적용시킬지 단계별로 논의한다. 이때 대부분의 판사는 경력과 상관없이 상대방의 의견을 존중하고 받아들이면서 허심탄회하게 의견을 나눈다.

그런데 문제의 부장판사님은 자신의 입장을 지키려 두 귀를 굳게 틀어막고 합의에 임했다. 게다가 실제 합의를 할 때도 주심판사의 의견이 본인이 정해둔 결론과 다르면 인상이 굳어지면서 눈매까지 매서워졌다. 그리곤 급기야 상대의 말허리를 자르며 "그게 아니야!"라며 목소리를 높이는데, 직접 당하는 입장에선 황당하기 그지없었다.

경륜과 무관하게 판사 대 판사로 서로 존중하며 의견을 나누고, 가장 합법적이며 합리적인 결론을 이끌어내는 것이 합의부의 업무 방식이다. 그런데 상대의 의견이 본인의 것과 다르다는 이유로 중간에 말을 끊는다면 판사가 자유롭게 견해를 말할 수 없다는 의미이다. 게다가 법원 안에선 20대의 젊은 판사에게조차 경어를 사용하는 것이 암묵적인 룰이자 기본적인 예의다. 그것은 법관에 대한 존중이기 이전에 법 자체에 대한 존중의 의미가 크다.

그럼에도 이 별난 부장판사님은 감정이 격해지면 종종 젊은 판사들을 하대하기까지 하며 목소리를 높였다. 합의부는 한 주에 적게는 6건, 많게는 수십 건의 판결을 선고하고 판결 선고 전 각 사건마다 어떻게 판결할지 합의한다. 그런데 그때마다 이런 식이니 이대로는 안 되겠다 싶어, 어느 날 나는 작심하고 건의했다.

"부장님, 합의라는 게 무엇입니까? 주심과 재판장이 사건에 대해 각자 가지고 있는 생각을 자유롭게 이야기하며 가장 합법적이고 합리적인 결론을 찾는 과정 아닙니까. 그렇기 때문에 누구든지 자신의 의견을 자유롭게 내놓고, 또 듣는 사람도 상대방의 이야기가 합리적이면 받아들인다는 자세가 갖춰져 있어야 하지 않습니까?"

"맞아요. 그래서요?"

"그러면 이 사건의 주심인 제가 말을 할 땐 중간에 말을 자꾸 끊지 마시고 끝까지 들어보신 후에 부장님께서 의견을 말씀하세요."

"알았으니 말해보세요."

우여곡절 끝에 다시 내 이야기가 이어졌지만 결국 얼마 가지 못해 부장판사님은 또 말을 가로막고 나섰다.

"왜 자꾸 제가 말을 제대로 못하게 중간에 끼어들어 부장님의 생각만을 강요하십니까? 이런 식이라면 합의가 아니라 지시가 됩니다. 저는 지시를 받아 판결문을 쓸 순 없습니다!"

"아니, 내가 지시를 했다고?"

결국 부장판사님은 감정이 폭발해 노발대발하셨다. 그 뒤에도 내가 꾸준히 항의하고 설득도 했지만 효과는 그때뿐, 부장판사님이 자꾸만 감정적으로 대응하니 난감하고 괴로운 시절이었다. 이렇게 매주 합의할 때마다 언성을 높이고 에너지를 소모하는 피곤한 생활을 하던 나는, 고심 끝에 묘책을 생각해냈다. 몇 달간 지켜보니 이 별난 부장판사님의 독선에 가까운 고집은 본인의 자존심을 지키려는 의도에서 나온 것으로 보였다. 그래서 가능하면 자존심을 건드리지 않으면서도 이분을 설득할 수 있는 방법을 찾아냈다.

당시 내가 찾아낸 묘책은, 합의를 하는 동안 우선 내 의견을 있는 그대로 말하기보단 돌려서 말해본다. 그러면서 부장판사님의 표정을 살핀다. 워낙 직설적인 분이라 감정이 얼굴에 그대로 드러난다. 내 의견을 들으며 고개를 끄덕일 땐 본인의 의견과 같다는 의미니 쭉 이어서 설명하고 결론을 내린다. 반면 내 이야기를 들으며 표정이 일그러지고 눈빛이 변하면 본인과 생각이 다르다는 뜻이므로 일단은 한 걸음 뒤로 물러난다. 즉 '이 부분에 관해선 검토가 덜 되었기에 좀 더 자료를 찾아본 다음 다시 말씀드리겠습니다'라고 하면서 그 사건은 뒤로 미루고 다른 사건부터 합의한다.

일단 이렇게 합의를 끝낸 다음 내 의견을 뒷받침할 만한 증거, 판례, 책에 나오는 이론 등을 모두 복사한다. 그리고 해당 사건기록에 복사물을 끼워 다시 합의하기로 한 시각보다 한 시간쯤 일찍 가져다드리면서, '이건 제가 그간 봤던 자료인데 부장님께도 참고가 될 것 같아 첨부했습니다. 시간 나시면 한번 보세요'라고 말씀드린다. 합의하는 자리에서 내 말로 그분을 설득하기보다는 타당한 근거들을 미리 자료로 제시해, 그분 스스로 생각을 수정하거나 정리할 수 있도록 배려하는 것이다.

다행스럽게도 결과는 내 기대를 저버리지 않았다. 다시 합의를 시작하면 그땐 내 의견이 대부분 수용되었다. 근거가 될 만한 자료들을 미리 읽어보고 생각을 정리한 덕분에 부장판사님은 본인이 내린 결론을 뒤집고 열린 마음으로 합의에 임했다. 그리고 무엇보다 얼굴을 마주하며 말로 설득하면 감정이 앞서기 쉬우므로, 이럴 경우 합리적으로 판단하기보다는 자존심을 지키는 일이 더 중요해질 수 있다. 한데 그런 불편한 상황을 피할 수 있으니 그분의 입장에서도 큰 불만은 없는 것 같았다. 결국 부장판사님도 올바른 판결을 해야 한다는 인식이나 자세에선 나와 다름없는 분이었다. 단지 성격이 급하고 토론에 익숙지 못한 탓에 투박하고 거친 태도가 먼저 튀어나온 것이다.

이처럼 피곤한 과정을 거쳐 합의해야 했지만 이 또한 공정성을 유지하며 합리적인 판단을 내리기 위한 노력이었기에, 난 고생을 기꺼이 감수해야만 했다. 그러니 그 고충을 겪으면서도 매일 아침이면 "나는 아직 많이 배워야 한다. 우리 △△△ 부장님은 참으로 훌륭하신 분이다!"를 열 번씩이나 외치며 출근할 수 있었다. 그러나 이는 아주 예외적인 경우일 뿐, 대부분의 재판부는 서로 열린 마음으로 의견을 나누며 부드럽게 합의에 이른다.

재판부 구성원끼리 말이 통하지 않는다면 재판 당사자들과의 소통은 더욱 어려울 것이다. 소통은 상대방의 말을 듣는 데서 출발한다.

원칙을 잃은 법은
날아다니는 칼과 같다

'코에 걸면 코걸이, 귀에 걸면 귀걸이'.

이 말은 법을 향한 가장 큰 비난이자 모욕이다. 그럼에도 딱히
반박할 수 없는 이유는, 분명 세상에서 가장 반듯하고 공정해야 할
법도 흔들릴 때가 있었기 때문이다. 그리고 법은 지금도 흔들리고 있
다. 밖에서 흔들고 안에서도 흔든다. 법은 그 자체로 공정하고 정의
로워야 하며, 집행 과정에서도 원칙을 따르고 흐트러짐이 없어야 한
다. 법과 법 집행 과정이 원칙 없이 흔들리는 세상은 법이 없는 세상
보다 더 혼란스럽고 폭력적일지도 모른다.

프란츠 카프카의 장편소설 《소송》은 실체가 분명치 않은 법과
법 집행이 시민들에게 폭력보다 더한 공포일 수 있음을 보여준다. 어

행에서 근무 중이던 요제프 K는 어느 날 아침, 자신의 하숙집에 찾아온 감시원들에게 느닷없이 체포당한다. 감시원들은 K에게 그가 누군가로부터 고소당해 체포됐음을 전하며, 은행 업무나 대부분의 일상생활은 그대로 해나갈 수 있다고 말한다. K는 법원의 심리(審理, 재판의 기초가 되는 사실관계 및 법률관계를 명확히 하기 위해 법원이 조사하는 행위)에 참석하고, 주변 사람들에게 도움도 청해보지만 소용이 없다. 그는 누구에게 왜 소송을 당했는지 알 수 없고, 기소와 관련된 서류도 일체 볼 수 없다.

또 소송절차는 물론, 자신의 무죄를 입증하려면 어떻게 해야 하는지에 대한 정보도 전혀 얻지 못한다. 게다가 주변 사람들 모두는 그에게 '이런 소송에 휘말린 이상, 어떤 식으로든 결국 유죄 판결을 받을 수밖에 없을 것'이라는 비관적인 말만 한다. 이로써 K에게 법은 폭력보다 더 두려운 존재가 된다.

뿌연 베일에 가린 듯 원칙이 없는 법 체제에서 피고인들은 각자 도생할 수밖에 없기에, K 역시 여기저기 도움을 청하며 살길을 찾아 헤맨다. 하지만 소송을 위한 K의 노력은 이렇다 할 결과를 만들어내지 못하고, 결국 제대로 된 재판 한 번 받아보지 못한 채 소설은 끝을 맺는다. 소송이 1년간 이어지던 어느 날, K는 자신의 집으로 찾아온 두 명의 사형집행관에 의해 교외로 끌려가 별다른 저항도 하지 못한 채 무력하게 처형당한다.

소설은 '이 법원의 배후엔 어떤 거대한 조직이 있음을 의심할 여지가 없다', '그 거대한 조직은 무고한 사람들을 체포하고 그들을 상대로 무의미한 소송을 벌이며, 죄 없는 사람들을 제대로 심문하는 대신 집회에 출두시켜 모욕을 준다'는 K의 말을 통해, 평범한 시민이 원칙을 잃은 법 체제에 맞서는 것이 얼마나 무력한 일인지 보여준다. 그리고 원칙이 사라진 법은 방향을 잃고 날아다니는 칼처럼 죄 없는 사람을 무참히 벨 수 있음도 경고한다.

100여 년 전이라는 과거, 그것도 작가의 상상 속에서 일어난 일이기에 망정이지 나와 내 가족, 내 이웃이 살아가는 지금 벌어진 일이라면 어땠을까. K가 처한 상황을 내가 맞닥뜨린다면 얼마나 막막할까? 상상의 첫 페이지를 여는 것만으로도 끔찍하고 소름 돋는 일이 아닐 수 없다.

예단이
본질을 흐린다

"이런 사기꾼이 어디서!"

몇 년 전, 사기사건으로 구속된 피고인의 변호를 맡았을 때의 일이다. 검찰은 피고인이 사기죄를 범했다고 기소했지만 피고인은 고의가 아니었다고 일관되게 주장하는 사건이었다. 끝내 법정에서도 피고인이 억울함을 호소하자 재판장은 이처럼 버럭 화를 내며 피고인의 말을 가로막았다.

20년 가까이 판사로 일한 분이라 오죽하면 평정심을 잃고 막말에 가까운 호통을 칠까도 싶었다. 하지만 그런 태도는 무죄추정의 원칙이나 피고인의 진술권을 보장해야 한다는 형사재판의 기본 원칙에 어긋날 뿐만 아니라, 그 자리에 참석한 변호인으로서도 마음이 불편했다. 아직 재판을 제대로 진행하기도 전에 판사가 피고인을 벌써 '사기꾼'이라 단정하는 것은 있을 수 없는 일이었다.

마음 같아선 자리에서 벌떡 일어나 '무죄를 주장하는 피고인의 죄를 예단해 사기꾼이라는 모욕적인 말을 할 수 있느냐, 무죄추정의 원칙에도 어긋나는 말씀이다'라며 따지고 싶었다. 하지만 변호인의 격양된 행동이 재판에서 의뢰인에게 불이익을 줄 수 있기에, 난 애써 숨을 고르며 평정심을 찾으려 노력했다. 게다가 의뢰인이 내 감정에 동요되어 판사의 언행에 불만을 표시하면 문제가 더욱 커질 우려도 있었다.

재판이 끝난 뒤 나는 가장 먼저 피고인의 마음부터 달랬다. '마음이 많이 상했을 것이다. 이해한다. 담당판사가 아주 직설적이고 화끈한 분이라 과하게 표현한 것 같다. 혐의가 사실이 아니라고 밝혀지면 오히려 저런 분이 시원스레 판결해줄 수 있다. 그러니 이해하시라'며 다독였다. 다행히 그때 법정에서 일어난 일은 의뢰인이 크게 문제 삼지 않아 조용히 넘어갔다.

그러나 당시 담당판사의 언행은 국민으로부터 신뢰를 받아야 할 법관으로서 옳지 않은 것이었다. 담당판사는 서울고등법원 형사부에서도 근무한 분이었다. 살인이나 강도사건 등 험악한 강력범죄 사건을 많이 다루다가 지방법원에서 상대적으로 만만한(?) 사건들을 재판하다 보니, '딱 보면 안다'는 예단의 함정에 빠진 듯했다. '그런 재판을 많이 해봐서 잘 아는데 빤한 일을 가지고 무슨 쓸데없는 소리를 하느냐'는 생각에 무심코 심한 말이 튀어나왔을 것이다.

믿기 시작하는 순간, 속기 시작한다.

2012년 영화 〈시체가 돌아왔다〉의 명대사로 꼽히는 이 말은, 사건의 전말을 조사하고 판결을 내리는 마지막 순간까지 법조인들이 명심해야 할 말인 듯하다. 예단의 함정에 빠지면 재판에서 더 이상 진실을 찾지 않고 자신의 믿음에 끼워 맞춘 소설을 쓰게 될 우려가 있으니 말이다.

수사 경험이 많은 경찰관과 검사는 '딱 보면 아는' 예지가 발달해 있기도 하다. 하지만 그로 인해 특별한 사정이 있는 경우를 간과하는 실수를 저지를 수도 있다. 재판 경험이 많은 판사들 역시 본인의 판단력을 지나치게 확신한 나머지 자칫 독선에 빠질 위험이 있다.

흔히 분명한 진실을 증명해 보일 수 없을 때 '상식적으로 생각해 보라'고 말한다. 하지만 대개 상식은 내가 배운 것과 본 것, 들은 것 따위로 이루어지고 만들어진다. 그렇기 때문에 내 상식이 항상 정답이 될 순 없다. 상대의 상식은 나와 다를 수 있고, 심지어 진실은 모두의 상식을 피해 어느 한 귀퉁이에 숨어 있을지도 모른다.

아무리 경험이 많아도 판사는 함부로 예단해선 안 된다. 더군다나 재판은 누군가의 인생이 걸린 중대한 문제 아닌가. 증거조사(법원이 어떤 사실의 있고 없음을 확인하려고 증인이나 증거물을 검증하고 조사하는 일)를 하다 보면 무죄가 선고될 수도 있는데, 미리 유죄로 단정 짓고 조사하면 그만큼 판단력이 흐려지고, 진실과 더욱 멀어지게 된다.

판사는 '딱 보면 안다'는 식의 오만을 경계하고 끊임없이 스스로의 판단을 의심해야 한다. 그래야 진실에 다가갈 수 있다.

재판장님, 법률 공부
얼마나 하셨습니까

소크라테스의 죽음

우리가 국가와 합의한 법률을 따르지 않고 탈옥한다면 그것은 우리가 약속한 정당한 것을 이행하지 못하는 일이며, 결국 사회 전체에 해를 입히는 일이다.

자신을 탈옥시키려고 찾아온 친구 크리톤에게 소크라테스가 한 말이다. 사형이 집행되기 하루 전, 크리톤은 절친한 친구인 소크라테스를 감옥에서 탈출시킬 만반의 준비를 해놓고 탈옥을 설득하려 소크라테스를 찾아간다. 친구를 잃지 않기 위해 크리톤은 온갖 이유를 들어가며 소크라테스를 설득한다. 하지만 소크라테스는 자신이 재판의 결과를 받아들여야 하는 이유에 대해 논리적이고 상세하게 설명하며, 사형 집행을 기다리겠다는 확고한 의지를 밝힌다.

당시 소크라테스는 신에 대한 태도가 불경하고 청년들을 선동했다는 이유로 배심제로 치러지는 공개재판에 넘겨졌고, 결국 사형을 선고받은 상태였다. 소크라테스는 자신의 신념, 즉 철학을 포기하거나 조국을 떠나 망명한다면 목숨을 구할 수 있었다. 하지만 그는 자신의 신념도, 조국도 포기할 수 없었기에 결국 법의 판결인 사형을 받아들였다.

플라톤의 대표적인 저서 중 하나인 《크리톤》에는 소크라테스가 의인화를 통해 법의 생각을 대신 전하는 장면이 나온다. 법은 소크라테스의 입을 빌어 '우리에게 잘못이 있다면 그것을 고치도록 국민은 우리를 설득해야 한다'고 했다. 그리고 그도 싫다면 언제든 조국을 떠나 다른 국가로 감으로써 잘못된 법을 지켜야 할 의무에서 벗어날 수 있음을 이야기한다.

소크라테스는 법이 곧 국가와의 약속이므로, 조국에 머무는 이상 옳고 그름을 떠나 일단 지켜야 하는 것임을 몸소 실천으로 보여주었다. 그는 스스로 악법의 희생양이 됨으로써 시민들에게 법의 존엄성을 환기했다. 어쩌면 자신처럼 억울한 일을 당하기도 하기에, 악법은 반드시 고쳐서 바로잡아야 한다고 그는 알리고 싶었던 게 아닐까?

군법무관으로 복무한 36개월

사법시험에 합격하고 2년간의 사법연수원 교육을 마친 후 군법무관으로 36개월을 복무하던 때였다. 당시 군인과 군무원의 형사재판은 지금처럼 군사법원이 아닌 군법회의에서 담당했다. 당시 군에서 1심 형사재판을 담당하는 사단 군법회의 구성원 세 명 중 법률 전문가는 대위 또는 중위 계급의 법무관 한 명뿐이었다. 재판장은 비법률가인 소령이나 중령이 맡고, 심판관 역시 법률가가 아닌 대위나 소령이 맡게 돼 있었다.

다시 말하면 당시에 군법회의 재판부는 법률 전문가 한 명과 비법률가 두 명으로 이루어졌다. 요즘엔 군법회의가 아니라 군사법원이 재판을 한다. 지금의 군사법원은 법률가인 군판사들이 재판부를 구성한다. 군판사는 군법무관 중에서 임명되고, 군법무관은 사법시험, 변호사 시험 또는 군법무관 시험에 합격해 군복무를 하는 사람이다.

당시 나는 군법무관으로 사단 군법회의 구성원이 되어 군사재판을 담당했는데, 때로 군에선 바깥 사회에서 볼 수 없는 일들이 발생하곤 했다. 특히 사회에선 당연히 불구속재판을 할 사건인데도 상황에 따라 구속재판하는 일이 종종 있었다. 군에서 재판받는 사람들은 현역군인이거나 군무원으로서, 이들 대부분은 사회와 거리를 두고 오로지 국방을 위해 주어진 업무에만 모든 걸 바쳐야 하는 청년들이었다.

법은 고된 근무나 훈련으로 하루하루를 이어가는 이들의 머리 위에서 지켜보다가 법이나 규칙에 어긋나는 일이 일어났을 때 망치를 내리치는 무서운 존재였다. 군에선 이 같은 역할을 헌병대와 군검찰, 군법회의가 담당하고 있었다. 비록 군인으로서 계급구조를 따라야 하는 군법무관이지만, 법을 집행하는 업무의 특수성 때문에 계급 논리보다는 법 논리를 앞세울 수밖에 없는 경우가 꽤 있었다. 그럴 땐 이 두 논리 사이에서 일어나는 충돌을 피할 수 없었다. 법의 원칙을 지키기 위해 '이건 도저히 용납할 수 없다'고 생각될 때면 나는 계급을 뛰어넘어 목소리를 높여야 했다.

계급이 낮아도 판결은 소신 있게

내가 군복무를 하던 당시, 군에서 폭행 사망 사고가 자주 발생하자 국방부 장관의 구타금지 일반명령(부대원 모두에게 두루 적용되는 군사 명령)이 내려졌다. 그런데 이 명령이 내려진 직후 하필 내가 소속된 사단에서 고참 사병이 군기를 잡는다며 두 주먹으로 하급자의 가슴을 쳤는데, 그만 하급자가 심장마비로 사망하는 사건이 발생했다. 가해자 구속은 당연한 일이었지만 사단장이 상부에 불려가 질책받자 부대 분위기가 싸늘해졌다.

그 뒤부턴 징계로 처리하던 사소한 폭행사건이 일어나도 가해자를 모두 구속기소했고, 상부에선 이들을 모두 공개재판하라는 지침이 내려왔다. 나는 군 기강을 바로잡기 위해 군법 교육 차원에서 실시하라는 공개재판을 수용했다.

병사 1500여 명이 지켜보는 가운데 대강당 단상에 만들어진 법대에서 여러 재판을 진행했는데, 그중엔 이런 사건도 있었다.

군검찰관이 피고인에게 물었다.

"피고인은 하급자인 ○○○가 내무반 청소를 제대로 하지 않았다는 이유로 그의 뺨을 두 번 때린 사실이 있지요?"

"네."

피고인은 이 간단한 공소사실로 기소됐고, 군검찰관의 신문에 공소사실을 모두 시인했다. 이어서 변호인이 물었다.

"피고인은 평소 맡은 일을 제대로 하지 않은 피해자를 개인적인 감정 없이 교육 차원에서 때렸을 뿐, 피해자에게 상처를 입히진 않았지요?"

"네."

"피고인은 자신의 잘못을 깊이 뉘우치고 있지요?"

"네. 다시는 이런 일이 없도록 하겠습니다."

변호인은 군검찰관이 제출한 수사기록을 증거로 삼는 데 동의하고 달리 신청할 다른 증거가 없다고 했다.

"검찰관은 의견을 진술하시죠."

"피고인에게 징역 1년을 선고해주시기 바랍니다."

공판 과정 마무리 단계에서 검찰관이 형刑에 대한 의견을 진술하는데 이를 통상 '구형求刑'이라고 한다. '검찰관이 징역 1년을 때렸다'는 표현을 사용하기도 하지만 '구형'은 형을 얼마나 선고하는 것이 적정한지에 대한 검찰관의 의견일 뿐이다. 이는 판사가 형을 정할 때 기준이 되지는 않고 양형(量刑, 형벌의 정도를 정하는 일) 시 참작하는 한 이유가 된다.

이어서 변호인의 변론이다.

"피고인은 하급자인 피해자가 평소 자신이 맡은 일을 제대로 하지 않고 게을렀기 때문에, 이를 고치려 교육 차원에서 가볍게 폭행한 것입니다. 더군다나 피해자가 다치지도 않았고 피고인이 반성하고 있으므로 선처해주시기 바랍니다."

"변론을 종결하고 판결 선고는 이곳 공개 재판정이 아닌 군법회의 법정에서 하겠습니다. 공개재판을 마칩니다. 방청하던 병사들은 각자 부대로 복귀하시기 바랍니다."

아무리 국방부 장관의 구타금지 일반명령이 내린 상황이라고 해도, 단순 폭행 사건의 피고인을 구속해 공개 법정에 세우는 건 지나친 일이었다. 이처럼 어이없는 일이 발생한 까닭은 당시 군법회의법에 구속영장을 군법무관(군판사)이 아니라 사단장이 발부하게 돼 있었기 때문이다. 구속영장 발부에 관여할 아무런 권한이 없던 나는 속수무책이었다.

기소 후 재판을 담당하게 된 나는 교육 목적상 필요하다는 공개재판은 수용했지만, 판결 선고에서만큼은 법조인으로서 양심을 저버릴 수 없었다. 나는 법과 원칙을 최우선으로 따라야겠다고 생각해 공개 재판정에 모인 사병들을 해산하고, 평소와 다름없이 법정에서 선고하겠다고 선언했다.

특별히 복잡한 사건이 아니라면 당시 군사재판은 심리한 당일 선고를 하는 게 관행이었다. 그래서 재판부 구성원들과 사무실로 돌아가 각 사건별로 유무죄와 형을 정하는 합의절차를 진행했다.

"구속된 병사들에게 모두 실형을 선고합시다. 구타를 당한 사병이 사고로 사망하는 사건이 일어나 사단장님이 문책까지 받았습니다. 군 내부의 폭력 행위를 뿌리 뽑으려면 이번 기회에 일벌백계 차원에서 병사들을 엄하게 처벌해야 합니다."

"폭행을 저질러 피해자를 사망하게 한 사병에게 실형을 선고하는 데는 동의합니다만 단순 폭행 사건의 피고인에게 실형 선고는 너무 가혹합니다. 평소 같으면 징계로 마무리될 사건인데 갑자기 피고인을 구속하고 실형까지 선고한다면 형평에도 어긋나고, 법의 예측 가능성을 무너뜨리는 일입니다. 그러니까 절대로 실형을 선고해선 안 됩니다."

"아니, 우리 부대의 상황을 생각해야 할 것 아닙니까?"

내가 근무하던 부대는 당시 군기가 세기로 유명해서 크고 작은 구타가 암묵적으로 행해지고 있었다. 분명 잘못된 관행이었다. 병사가 사망한 것과 별개로 이전까지 별스럽지 않게 넘기던 일에 대해, 지휘관이 상부로 불려가 질책받았다는 이유로 처벌 수위가 갑자기 높아졌다. 그때부터 부대 안에서 폭행이 일어나 적발되면 경중을 가리지 않고 앞날이 창창한 청년들을 무조건 구속하고, 재판에서도 징역이라는 실형을 선고해야 한다는 주장이 나온 것이다. 당시 재판장이던 중령은 군법무관인 내게 이런 분위기를 고려해 법의 칼을 휘두

르길 종용했다.

재판에서 판결은 판사 고유의 권한이다. 그럼에도 법률과 관련된 전문 지식이나 재판 경험이 없는 일반 장교인 군법회의 구성원들이 합의 과정에서 주도적으로 의견을 피력했다. 게다가 법률 전문가인 법무관에게 자신들의 의견을 무조건 수용해야 한다고 압박했다. 하지만 이런 태도는 법무관으로서 용납할 수 없는 일이었다. 이 때문에 나는 판결이 내 고유 권한임을 분명히 인지시켰다.

"이 정도 폭행사건은 징역형을 선고할 사안이 아닙니다. 이 사건은 벌금 50만 원 정도 선고하는 게 적절합니다. 이렇게 선고하시죠."

"무슨 말도 안 되는 소리를 하는 거요! 지금처럼 어려운 상황에서 기껏 벌금형을 선고하려고 이 사람들을 구속했겠어요?"

예상대로 재판장은 발끈하며 징역형을 강력하게 주장했다.

"법과 재판은 형평에 맞고 일관성이 있어야 합니다. 사회에선 벌금형 정도에 그치는 가벼운 수준의 폭행사건이 군에서 벌어졌다는 이유로 구속까지 하고, 갑자기 징역이라는 무거운 벌을 내리려고 합니까? 일반 법원에서 보면 황당하고 어이없어 할 일입니다."

그날은 무더운 여름에 정전까지 되는 바람에, 군복의 소매를 걸어 올렸는데도 이마와 온몸엔 땀이 흐르고 있었다. 답답한 가슴 속은 더욱 더웠다. 그렇게 설득하느라 한 시간이 훌쩍 지나갔지만 아무리 설득해도 도무지 말이 먹히질 않았다. 결국 상황 논리를 내세우는 재판장과 법 논리를 내세우는 나 사이에 논쟁이 벌어졌다.

"재판장님, 법률 공부 얼마나 하셨습니까?"

"……."

"저는 4년간 대학에서 법률을 공부하고, 사법시험에 합격했으며, 2년 동안 사법연수원에서 판사 실무 교육을 받은 법률 전문가로서 지금 이 재판을 담당하고 있습니다."

당돌하게 보였을지 모르지만 나는 법률과 재판에 관해선 내가 전문가이고 재판장은 문외한이라는 점을 어필했고, 재판장은 아무런 대답을 하지 못했다.

"이런 저와 법률 공부 전혀 안 하신 재판장님 중에 누구 말이 법적으로 더 옳다고 생각하십니까?"

재판장의 얼굴이 금방이라도 폭발할 듯 붉으락푸르락했지만 청년들의 앞날이 좌우되는 중요한 사안인 만큼, 나는 재판장이 어떻게든 생각을 바꾸도록 설득해야 했다.

"재판장님은 의사 말을 안 듣고 재판장님 마음대로 약을 쓰고 처방하십니까? 저는 아무리 계급이 낮고 나이가 어려도 의사의 처방에 따릅니다. 병에 대해서만큼은 의사가 전문가니까요. 지금 재판장님이 이렇게 법을 무시하고 과다한 형벌을 주장하시면, 의사가 아닌 사람이 의사 말을 안 듣고 마음대로 처방하는 거나 다름없습니다.

재판은 나이 가지고 하는 것도 아니고, 계급 가지고 하는 것도 아닙니다. 법률 전문가인 제 의견이 존중돼야 합니다. 안 그렇습니까?"

"그래도 그게 어디 우리 마음대로 되나요…."

재판장의 태도가 다소 누그러진 듯했다. 하지만 그분도 윗선의 눈치를 봐야 하니 이러지도 저러지도 못하고 난감해하는 기색이 역력했다.

"재판은 소신껏 하는 겁니다. 사단장님 눈치 보지 말고 법의 기준에 따라 양심껏 하면 됩니다. 재판을 사단장님 뜻대로 한다면 뭐 하러 재판부를 따로 만들었겠습니까? 사단장님이 직접 마음대로 재판하지…."

"그야 그렇지만…."

"만약 사단장님이 저 사병들에게 실형을 선고하라면서, 그렇게 안 하면 다 쏴 죽이겠다고 밖에서 권총을 들고 기다린다면 어쩌시겠어요? 재판장님은 어쩌실지 몰라도 저는 제 소신대로 벌금형을 선고하고 당당하게 나갈 자신이 있습니다."

내 발언의 수위가 점점 높아지자 재판장은 무슨 그런 끔찍한 소리를 하느냐며 황급히 손을 내저었다. 과장된 표현이긴 했지만 이리저리 휘둘리는 법을 똑바로 세우려면 그 정도 으름장은 필요했다.

"재판장님, 이건 제 단순한 고집이 아닙니다. 저는 사람을 살리기 위해 법을 공부했지, 사람을 억울하게 죽이려고 법을 공부하지 않았습니다. 제가 죽는 한이 있어도 법을 이용해 남을 억울하게 하는 짓은 할 수 없습니다. 그만큼 자신이 있으니까 하는 얘깁니다. 자신이 없으면 자신 있는 사람의 이야기를 들으셔야 합니다."

나는 더 소신껏 내 의견을 밀어붙였다. 그래서 결국 내 생각대로 판결을 선고했다.

사면과 정의의
휘슬

법관은 운동경기의 심판

판사 시절, 연이은 야근으로도 모자라 서류 보따리를 들고 귀
가하는 일이 잦았다. 몸은 금방이라도 무너져 내릴 듯이 피곤한데도
마음만은 지칠 줄 몰랐다. 사흘 밤낮을 일하고도 파릇함을 자랑하
는 청춘이기도 했지만, 그보다는 법관으로서 업무에 최선을 다해야
한다는 사명감이 컸던 덕분이다.

대구지방법원 안동지원에 근무할 때의 일이다. 그날은 수십억 원
을 불법 대출받아 새마을금고 하나를 부도나게 한 기업인 P에게 판
결 선고가 예정돼 있었다. 나는 출근 준비를 하며 조간신문에서 대

규모 사면이 실시됐다는 기사를 보았다. 사면 대상자 대다수가 P보다 죄질이나 범죄가 이루어진 정황이 나쁜 사람들이었다. 또한 그들은 P보다 사회적, 경제적으로 힘 있는 사람들이기도 했다. 가슴을 짓누르는 긴 한숨과 함께 나는 무거운 고민에 빠져들었다.

'법이 제아무리 탄탄하고 촘촘해도 돈과 권력을 가진 이들은 결국 힘으로 법을 뛰어넘기도 하는구나! 내가 아무리 노력하고 공정하게 재판해도 힘을 가진 사람들이 저렇게 처벌을 면한다면, 엄정하게 재판하려는 나의 노력이 도대체 무슨 의미가 있단 말인가! 나는 힘없는 서민들이나 처벌하고 있는 게 아닐까?'

결국 난 그날의 판결 선고를 다음으로 연기하곤 홀로 강가를 거닐며 법관의 역할에 대해 근본적으로 고민했다. 그리고 고민의 끝에서 이런 결론을 내렸다.

> 법관은 운동경기의 심판이다. 심판은 규칙을 어기는 선수를 보면 휘슬을 불어야 한다.

다른 심판이 어떻게 하든, 심지어 규칙을 어긴 선수가 우승하더라도 심판으로서 나의 휘슬은 살아있어야 한다. 규칙을 위반한 선수를 보고도 심판인 내가 휘슬을 불지 않는다면 다른 경기에서도 규칙을 어기는 선수가 이익을 얻고, 오히려 규칙을 지키는 선수가 불이익을 받는 일이 잦아지면서 결국 무질서에 빠질 것이다.

법과 정의는 올바른 신념을 가진 다수에 의해 힘을 얻고 탄탄해진다. 비록 나의 휘슬 소리가 묻힐지라도 곳곳에서 소신 있게 휘슬을 부는 심판이 늘어난다면 모두가 그 소리에 귀를 기울일 테다.

그날이 하루라도 빨리 찾아오길 희망하며 나는 예정대로 판결을 선고했고, 그 판결은 상급심에서도 그대로 확정되었다.

힘 있는 사람에게도 반칙 선언을

근래에 해마다 사면을 자주 내리다 보니, 백성이 법을 두려워하지 않아 간사함이 날로 늘어나고 있습니다. 사면을 명하는 교서를 내리자마자 감옥이 가득 차고, 심지어 사면령이 내릴 것을 예측하고 의도적으로 죄를 짓기도 합니다. 간사함이 이렇게 자라나고 풍습이 날로 타락하니, 자연재해가 발생하는 것도 이 때문이 아니라고 하기는 어렵습니다. 그러니 사면령을 내리지 마소서.

— 1547년(명종 2년) 9월 17일, 《명종실록》

시대를 막론하고 잦은 사면이 논란이 되는 이유는 관용 또는 포용이라는 명목으로, 자칫 법의 엄정함과 국가 기강이 무너질까 염려해서다. 더불어 생계형으로 범죄를 저지른 안타까운 사람들이 아닌, 돈이나 권력을 가진 이들에게 관용이 베풀어질 때 법은 일반 국민에게 좌절감을 안기고, 힘 있는 사람들 앞에서 법이 무력하다는 사법 불신을 조장한다.

실제로 역대 대통령들은 임기 동안 적지 않은 사면을 단행했고,

대상자 중엔 사회적으로 물의를 일으킨 정치인과 기업인도 여럿이었다. 1990년대 이후 국내 10대 재벌 총수 가운데 일곱 명이 죄를 지어 징역형을 선고받았다. 이들 모두의 형량을 합치면 총 23년의 징역형이 선고됐지만 실제로 그들이 복역한 기간은 평균 9개월이 전부다. 정치인들도 이와 크게 다르지 않다.

이들이 사회와 경제에 끼친 상처가 아물지 않고 판결문의 잉크가 미처 마르지 않았음에도 사면의 혜택을 받는 모습을 보면, 올바른 법 집행을 위해 노력해온 법조인으로서 힘이 빠질 수밖에 없다. 기껏 열심히 쌓고 있던 탑을 누군가 손가락 하나로 무너뜨린다고 생각하니 분통이 터지고 허무할 수밖에. 그럼에도 검사나 판사는 낙담하지 말고 돈이나 권력을 가진 힘 있는 사람들에게도 반칙을 선언하는 휘슬을 자신 있게 불어야 한다.

수사와 판단은 별개의 일

대구지방법원 김천지원에서 근무할 때 마약사범이 무더기로 검거된 사건의 재판을 맡은 적이 있다. 당시 마약 공급책이었던 Y는 일반 시민들에게 아주 적극적으로 마약을 공급했던 터라 엄한 처벌을 받는 게 당연했다. 그런데 문제는, Y의 꾐에 넘어가 멋모르고 마약을 복용한 여러 사람이 피고인 신분이 되어 줄줄이 잡혀 들어왔다는 것이다.

이들은 그 지역의 택시 기사들이었는데 밤낮으로 택시를 몰다 보니 늘 졸음이 밀려왔다. 그래서 각성제라고 해서 Y에게서 구입해 먹은 약이 나중에 알고 보니 마약이었던 것이다. 한두 번 마약을 복용한 게 전부인 택시 기사들이 줄줄이 걸려든 데는 이유가 있었다. 마약 공급책이었던 Y가 검거되자 수사에 협조한다며 자신에게서 마약을 산 사람들을 모두 실토한 덕분이었다. 어쨌거나 수사에 순순히 협조했으니 검찰로선 고마운 일이었지만 Y는 정작 중요한 상선(공급자)에 대해선 모르쇠로 일관했다.

분명 외국에서 마약을 몰래 사서 국내로 들여온 밀매단과, 이렇게 입수한 마약을 공급한 공급책들이 있을 터였다. 그런데 Y는 그들의 정보에 대해선 전혀 아는 바가 없다며 입을 꾹 다물었다. 그리곤 본인이 마약을 공급해서 불행의 구렁텅이에 빠뜨린, 어설픈 하범들만 불어서 구속당하게 만든 것이었다.

당시 검사의 구형은 나로선 이해하기 어려웠다. 선량한 택시 기사들을 마약사범으로 만든 Y에게 택시 기사들보다 가벼운 형을 선고해달라는 것이다. 상선을 불든지 하선을 불든지, 어쨌거나 수사엔 협조했으니 검찰은 Y에게 거래선을 자백하면 관용을 베풀겠다고 설득했을 터다. 하지만 Y의 협조로 마약사범의 머릿수는 늘었지만 정작 중요한 공급책은 알아내지도 못한 데다, 그가 실토한 마약사범들은 어찌 보면 피해자라고 여길 수 있을 만큼 딱한 처지의 사람들이었다.

나는 재판에서 택시 기사들을 모두 집행유예로 풀어주고 Y에겐 검사의 구형보다 높은 실형을 선고했다. 그리고 불구속 상태로 조사

받던 Y에게 법정구속을 명했다. 앞서 설명했듯이 검사의 구형은 판사에게 '이렇게 형을 내려주십시오'라는 검사의 의견일 뿐이라, 판사는 검사의 구형을 참고하긴 하지만 판결은 오로지 판사의 기준에 따라 선고한다.

보통 이 과정에서 검사의 구형보다 낮은 형이 선고되는 게 일반적이다. 검찰은 잘못을 캐내 기소하는 입장이다 보니 피고인에게 유리한 자료보다는 불리한 자료가 더 눈에 들어올 수밖에 없다. 그래서 엄한 형을 내려야 한다는 의견이 상대적으로 많은 편이다. 하지만 사건이 재판까지 오면 피고인에게 유리한 자료들도 확보된다. 변호사가 피고인에게 유리한 자료를 제출하고 나면 법원은 양측의 자료들을 공정하게 살핀다. 그러니 검사의 의견보다는 형이 가벼워질 수 있다.

"판사님이 판결을 그리 하시면 앞으로 우리가 어떻게 수사를 합니까. 판사님도 아시다시피 마약사범 수사가 좀 어렵습니까. 그래서 수사에 적극적으로 협조한 사람에게 우리는 선처를 해줬는데, 판사님이 덜컥 실형을 선고해버리시면 앞으로 누가 마약 사건 수사에 협조하겠습니까?"

재판이 끝난 다음 검사가 찾아와 볼멘소리를 했다.

"수사는 검사님들이 하시고 잘잘못에 대한 판단은 우리 판사들이 합니다. 형벌은 잘못의 정도에 비례해야 하는데, 검사님들의 수사 편의를 봐드리고자 원칙을 무너뜨릴 순 없지 않습니까?"

검찰의 입장을 이해 못할 바는 아니었다. 그러나 법원의 입장에서 볼 때 분명 Y가 다른 사람들보다 더 큰 죄를 저질렀고, 더군다나 여러 멀쩡한 사람을 마약에 끌어들여 망가뜨려놓기까지 했다. 그러니 어떻게 그를 더 가볍게 처벌할 수 있겠는가.

법이 무너지면 사회도 흔들린다

원칙과 방향을 잃은 법은 날아다니는 칼이다. 칼이 어떻게 움직일지 방향을 가늠할 수 없는 사회에 사는 국민은 언제 어디서 칼을 맞을지 모른다. 칼을 휘두르는 사람의 의도에 따라 죽고 사는 것이 결정된다. 모두가 두려움에 떨며 숨죽이고 살아야 한다. 그렇기 때문에 법이라는 칼자루를 쥔 사람들, 특히 인권을 지키는 최후의 보루인 사법부와 구성원인 판사는 권력이나 지위, 시류 등에 휘말리지 말고 원칙과 소신을 지키는 올곧은 자세를 유지해야 한다. 사법부와 판사가 흔들리면 국민은 불안하다. 민주주의도 흔들린다.

법은 정의를 실현하면서 사람을 보호하고 지킨다. 그리고 법의 최전방에서 일하는 법조인들은 법이라는 울타리를 더욱 견고하고 탄탄하게 만들어 법이 사람을 잘 보호할 수 있도록 돕는다. 어딘가 허술한 구석이 생겨 그간의 노력이 허사가 되더라도, 낙담하기보다는 다시 그 자리를 메우며 더 튼튼한 울타리를 만들어야 한다.

그리고 보여주어야 한다. 돈과 권력으로 만들어진 당신의 힘이 이 사회의 지붕이자 울타리인 법을 결코 무너뜨릴 수 없다는 사실을!

'빵과 떡'으로 엮은
수상한 기소

    사업가인 A사장은 모 건설회사 대표인 B의 부탁으로 어느 지역
의 지방자치단체장인 C시장에게 돈을 두 차례 건넨 혐의로 구속돼,
재판을 받게 되었다. 물론 그 돈은 B가 사업적으로 인허가권을 가진
C시장에게 도움을 기대하고 건넨 것이었다. B는 평소 A사장이 C시
장과 가깝게 지내는 사실을 알고 A사장에게 돈 심부름을 시킨 것이
다. A사장에겐 난처한 일이었지만 B의 회사로부터 하청받는 처지다
보니 A사장은 차마 거절하지 못했다.

    A사장은 돈을 들고 C시장을 만났다. 선뜻 말을 꺼내지 못해 이
런저런 얘기를 에둘러 하다가 자리에서 일어나면서 '연말인데 좋은
일에 쓰시라'며 돈 봉투를 건넸다. 물론 B가 주는 돈이라는 말은 안

했다. 부정한 뜻이 담긴 뇌물임을 알면 안 받을 게 뻔하기 때문이다. 돈을 받을 수 없다며 정색하는 C시장을 두고 A사장은 얼른 자리를 빠져나왔다. C시장은 말 그대로 좋은 일에 쓰라고 A사장이 돈을 건넸으리라 생각하고 봉투를 열어보지도 않은 채 직원을 시켜 그 돈을 전부 자선단체에 기부했다. 그리고 돈이 본인의 것이 아니기에 기부자는 익명으로, 본인은 전달자로 적어서 기부 처리를 했다.

C시장은 몇 달 뒤 지역에 투자를 유치하기 위해 A사장을 다시 만났는데, A사장은 이번에도 같은 말을 하면서 C시장의 자동차 트렁크에 돈을 넣어두었다. 그 돈이 사실상 B가 주는 뇌물이라는 사정을 전혀 모르는 C시장은 전과 마찬가지로 돈을 확인하지도 않은 채 직원을 시켜 지역 문화재단에 기부했다. 이때도 기부자는 익명으로, 자신은 전달자로 처리했다.

결국 이 일로 A사장은 뇌물 공여 혐의로, 그리고 C시장은 뇌물 수수 혐의로 기소되었다. A사장은 어쨌거나 그 돈이 뇌물인 줄 알면서 전달했으니 뇌물 공여 혐의에서 자유로울 수 없었다. 하지만 C시장은 뇌물을 받을 의사가 전혀 없었고, 그 돈이 뇌물인 줄도 몰랐다. 좋은 곳에 쓰라며 돈을 던져주니 난감해서 살펴보지도 않고 직원을 불러 공익 기부금으로 처리했을 뿐이다. 게다가 본인은 기부자가 아닌 단순한 전달자임도 분명히 명시했다.

기록을 보며 내가 변론하는 A사장을 기소한 건 어느 정도 이해가 되었다. 그런데 내가 변론을 맡지는 않았지만 공직자인 C시장을 왜 기소했는지는 의아했다. 그 정도면 청렴한 공직자 아닌가? 이상한 것은 그뿐만이 아니었다.

"빵을 사 먹든 떡을 사 먹든 내가 알 바 아니라니요. 이건 무슨 말입니까?"

A사장을 접견하며 수사기록에 적힌 피고인의 진술 중에 의문이 생기는 점들을 물었다. 원청업체의 부탁을 거절할 수 없어 어쩔 수 없이 돈을 전하기만 했다던 A사장이 C시장에게 굳이 뇌물임을 암시하는 말을 했다는 사실이 의아했다.

"나는 그런 말을 한 적이 없어요."

"그런데 왜 이런 말이 피의자신문조서에 적혀 있습니까?"

"그건…."

A사장은 '그런 말을 한 적이 없다'면서도, 검사가 '당신이 주는 돈으로 상대방이 빵을 사 먹든 떡을 사 먹든 당신이 알 바 아니잖느냐'며 몰아세우기에 하는 수 없이 '그건 어쩔 수 없지요'라고 답변했을 뿐이라고 했다. 나는 다음에 열릴 재판에 증인으로 나가면 그 부분을 분명히 증언하라고 짚어주었다. 예상대로 재판정에서 돈의 대가성 유무에 대한 검사의 증인신문이 이루어졌다.

"증인은 개인적으로 쓰라고 C시장에게 돈을 준 거지요?"

"아닙니다. 연말이라 좋은 곳에 사용하라고 준 겁니다."

"증인은 본인이 건네준 돈을 가지고 'C시장이 빵을 사 먹든 떡을 사 먹든 내가 알 바 아니다'라고 검찰에서 진술한 사실이 있지요?"

"아닙니다. 저는 그런 말을 한 적이 없습니다."

"뭐라고요?"

예상외의 답변에 검사는 언성을 높이며 신문을 이어갔다.

"이보세요, 증인의 피의자신문조서를 보면 증인이 건네준 돈을 가지고 C시장이 빵을 사 먹든 떡을 사 먹든 내가 알 바 아니라고 검찰에서 진술한 게 분명한데 그런 거짓말을 합니까?"

"아니, 그건 검사님이 저한테 '당신이 준 돈으로 C시장이 빵을 사 먹든 떡을 사 먹든 알 바 아니잖느냐!'고 다그치시기에 당황한 제가 '예'라고 대답했을 뿐이잖아요."

미간을 잔뜩 찌푸린 채 신경질적으로 증인신문을 하던 검사는 화가 폭발한 듯 갑자기 자리에서 벌떡 일어나더니, 주먹으로 탁자를 쾅 하고 내리쳤다. 그러고는 튀어나올 듯이 눈을 부릅뜨곤 A를 노려보았다. 그 바람에 법정의 분위기가 갑자기 찬물을 끼얹은 듯 싸늘해졌고, 재판장의 얼굴도 당혹스러운 표정으로 변했다.

나 역시 변호인으로서 검사의 위압적이고 무례한 태도에 화가 났다. 마음 같아선 나도 자리에서 벌떡 일어나 '여기가 검사실인 줄 압니까? 어디 법정에서 함부로 소리를 지르고 증인을 윽박지르세요?'라며 맞대응하고 싶었다. 하지만 그래 봤자 검사와 변호사가 서로 싸우는 통에 법정 분위기만 난장판이 될 터였다. 게다가 재판장의 심기를 건드려 나도 검사와 세트로 불이익을 당할 게 분명했다. 그보다는 재판장에게 재판 분위기를 바로잡아주십사 하고 호소하는 편이 훨씬 더 현명한 대응이라는 생각이 들었다.

나는 재판장에게 '잠시 재판 진행에 대해 말씀드릴 게 있다'며 발언권을 얻었다. 그리고 검사의 태도를 문제 삼으면서 증인신문이 정상적으로 진행되게 해달라고 주문했다.

"지금 검사는 증인신문을 하고 있습니다. 그런데 검사가 원하는 대로 증인의 답변이 나오지 않자 목청을 높이고, 주먹으로 탁자까지 치며 증인을 윽박지르고 있습니다. 검사가 저리 윽박지르니 증인이 어떻게 제대로 말하겠습니까? 증인신문이 형사소송법이 추구하는 당사자 대등주의(소송 당사자들은 서로 평등한 지위를 가지며, 대등한 공격 및 방어의 수단과 기회를 가진다는 원칙. 형사소송에서는 검사와 피고인 사이에 대등한 지위를 실현하기 위해 피고인에게 묵비권을 보장하거나 변호인제도 따위를 두고 있다)의 이념에 맞게 진행되도록 재판장님께서 적절한 조치를 취해 주시기 바랍니다."

"검사님, 이곳은 신성한 법정입니다. 재판을 조용히 진행할 순 없습니까?"

마침내 재판장이 검사에게 경고의 메시지를 던졌다. 실수했다는 사실을 순간적으로 깨달은 검사는 자리에서 일어나 고개 숙여 사과한 다음, 정중한 태도로 증인신문을 이어갔다.

수사나 공판 과정에서 부당한 대우를 받았을 때 소송 당사자가 하소연할 곳은 재판부밖에 없다. 그렇기 때문에 이럴 경우 재판부가 잘못되었음을 분명히 선언하지 않으면 사람들은 더 이상 기댈 데가 없다. 그래서 사법부를 '민주주의 최후의 보루'라고 하지 않던가. 사법부가 이 역할을 제대로 하지 못하면 억울한 국민은 수사기관이나 법원에 한을 품고 살아가거나, 좌절한 나머지 극단적으로 행동할 수도 있다.

"이 사건 수사가 얼마나 강압적으로 이루어졌는지는 오늘 검사님이 법정에서 보인 행동으로 분명해졌습니다. 또 피고인 A가 상相피고인(두 명의 피고인 중 한 사람의 피고인에 대해 변론할 때 나머지 다른 피고인을 일컫는 말) C에게 전달한 돈의 출처가 B임이 수사기록에 나옵니다. 그런데 피고인 A에게 돈을 주며 C한테 전달하라고 시킨 B는 왜 이 법정에 서지 않았습니까? 애꿎은 A와 C만 이 법정에 세운 이유를 이해할 수 없습니다."

검사의 태도도 문제였지만 문제의 본질은 해당 사건의 기소 자체가 잘못된 데 있었다. 부정한 의도로 뇌물을 준 사람은 B인데 가장 핵심적인 인물인 B는 빠지고, 심부름을 한 A사장과 그 돈을 자선단체에 대신 기부한 C시장만 기소돼 재판받고 있었다. 이런 이유로 나는 처음부터 잘못된 기소임을 주장하며 '불공정한 수사를 재판부가 엄격히 판단해주지 않으면 국민은 누구를 믿고 살겠느냐'며 재판부에 호소했다.

재판부는 그날 바로 A사장을 보석 허가 결정으로 석방했고 그후 A사장에게는 집행유예, C시장에게는 무죄를 선고했다. 또 고등법원과 대법원에서 검사의 항소와 상고가 기각되면서 이 판결은 최종 확정되었다.

힘을 가진 것은 법이지, 결코 법을 집행하는 사람이 아니다. 법에 따라 잘잘못을 가려 정의를 세우려면 법 집행자 역시 한 점의 부끄러움도 없을 만큼 올바르고 정의로워야 한다. 검사의 용맹함은 불의를 향할 때만 진정 정의롭다 할 수 있다. 사사로운 이익이나 감정, 또는 권력의 입맛에 맞춰 수사의 칼날을 휘두르면 억울한 피해자가 발생하는 건 물론이요, 사법절차와 국가에 대한 신뢰가 무너지고 사회적 혼란을 야기할 수 있다.

법의 칼도
폭력이 될 수 있다

"재판장님, 지금 국선변호사님이 계시지만 사선변호사님을 선임해 재판받고 싶습니다."

1심에서 사기죄로 징역 2년을 선고받은 피고인이 고등법원 첫 재판기일에, 국가에서 선임해준 변호사가 아닌 자신이 선임한 변호사에게 변호를 받고 싶다는 뜻을 이야기했다.

"뭐라고요? 사선변호인은 필요 없어요. 오늘 변론을 종결하겠습니다."

나에겐 재판장이 '당신 같은 사기꾼은 사선변호인을 선임해도 감형받기 어려우니 괜히 돈만 쓰지 말라'는 뜻에서 이렇게 말한 것으로 들렸다.

피고인은 변호인의 도움을 받을 권리가 보장돼 있고 국선변호인과 사선변호인의 변론엔 현실적으로 차이가 있을 수 있다. 그래서 대부분의 재판부는 피고인이 요청할 경우, 재판을 부당하게 연기하려는 속내가 있지 않다면 사선변호인을 선임해 재판받을 기회를 준다. 그런데도 앞서 재판장은 이를 거부했다. 그것도 첫 재판기일에. 그리고 피고인의 증인 신청도 받아주지 않고 변론을 종결했다. 재판장은 2주 후 예정대로 판결을 선고했다. 물론 항소기각판결이었다.

이 사건은 이처럼 첫 재판기일에 국선변호인이 재판을 진행해 변론이 종결되었고, 그 후 피고인이 선임한 사선변호인이 변론할 기회를 달라며 변론 재개 신청서를 제출했는데도 재판부가 이를 받아들이지 않고 그대로 항소기각판결을 선고해버린 경우다.

수년 전 어느 법정에서 이 사건의 공동피고인을 변론하면서 직접 겪은 이야기다. 비록 사기죄를 저질러 징역 2년 형을 선고받은 피고인이지만, 이 같은 항소심 재판을 받고서도 법원의 재판이 과연 공정하다고 생각했겠는가? 반성하기보다는 판사를 잘못 만나 억울한 옥살이를 하게 됐다고 불만에 찼을 수도 있다. 공정한 기회 부여는 소송 당사자가 재판에 신뢰를 갖게 하는 첫걸음이다.

판사는 정의롭고, 검사는 용맹하며, 변호사는 따뜻하다. 이는 아마도 법의 최전방에서 움직이는 대표적인 직업군에 기대하는 우리의 이상형이 아닌가 싶다. 법조인 대부분이 이런 이상형이 되고자 노력하지만 안타깝게도 세상의 모든 판사가 합리적이고 공정하지 않듯, 검사 또한 모두 용맹하고 정의롭지는 않다. 물론 변호사도 마찬가지다.

법조인은 개인의 권리와 이익이 충돌하는 지점에서 시시비비를 가려야 하는지라 중용과 정도를 지키기 어렵기도 하지만, 이들이 만나는 당사자들의 감정이 민감한 상태이기 때문에 공정성을 유지하기 어려운 측면도 있다. 이 때문에 법조인들의 공정성이 때때로 의심받곤 한다.

대한변호사협회는 변호사들에게서 판사와 검사에 대한 평가를 받아 작성한 우수 그룹과 하위 그룹의 명단을 소속기관에 통보하고, 일부는 언론에 발표한다. 이런 평가는 해마다 이루어지는데 변호사들이 생각하는 긍정적 평가 요소와 부정적 평가 요소는 해가 바뀌어도 그다지 달라지지 않고 있으며, 판사와 검사 모두에게 해당하는 부분도 많다.

대체로 판사와 관련해선 여러 평가 요소 중 '충실한 심리와 공정한 재판 진행'이 우수한 판사의 가장 중요한 덕목으로 나타났다. 한편 '고압적 자세와 편파적 진행'은 판사가 낮은 평가를 받는 주된 요인이었다. 검사를 평가한 결과도 이와 크게 다르지 않다. 변호사들이 가장 많이 꼽은 우수 검사의 요소는 '공정하고 경청하는 자세'였다. 반면 하위 그룹의 검사로 지적한 가장 큰 요인은 '피의자에 대한 막말과 고압적 자세'였다.

수사와 재판 과정에서 불거지는 고압적 태도와 막말에 대한 논란은 어제오늘의 일이 아니다. 수사와 재판은 사건 현장에 있지 않았던 사람들이 검사와 판사라는 지위와 권한을 가지고 사실의 진위를 밝히는 과정이다. 그 과정에서 진실도 드러나지만 때로는 거짓도 진실의 탈을 쓰고 나타나 판단을 흐리게 한다.

판사가 왜 화를 냅니까?

고등법원에서 재판장으로 모시던 S부장님이 하신 말씀이다. 법정에서 터무니없는 거짓말을 하는 당사자에게 '재판장으로서 야단을 좀 치셔야 하는 것 아니냐'는 나의 항의성 물음에 대한 대답이었다.

"판사는 사건과 일정한 간격을 두어야 합니다. 사건 속으로 너무 들어가면 개인적 감정이 앞서고 판단력이 흐려질 수 있습니다. 또 판사가 화를 낸다는 건 '나'라는 아상我相을 앞세우는 오만입니다."

부처님 같은 분이라고 불리던 S부장님의 어른다운 말씀에 난 저절로 고개를 숙였다. 사건에 너무 몰입하다 보면 판사 개인의 감정까지 이입돼 공정성과 중용적 자세가 흐트러질 수 있다는 뜻이다. 나는 그 뒤로 판사로서 재판을 진행하다가 화가 치밀 땐 '판사가 왜 화를 내느냐'는 S부장님의 말씀을 되새기며 가슴을 쓸어내리곤 했다.

법조인은 주어진 권한을 목적과 직분에 충실하게 사용해야 하고, 허위를 걷어내고 진실을 밝히는 과정에서 품게 되는 여러 감정을 드러내선 안 된다. 진실을 찾는 검사나 판사는 겸허히 두 귀를 열고 경청하는 자세로 임해야 한다. 자신이 아는 바가 100퍼센트 진실이라 단정하고 함부로 법의 칼을 꺼내들어 위협한다면 분명 잘못된 태도다. 이 또한 법과 권력의 힘을 빌린 또 다른 형태의 폭력이 될 수 있다.

소신이 무너진 자리에
탐욕이 스며든다

"성공 보수로 10억 원을 드리겠습니다!"

변호사로 일하기 시작한 무렵 그야말로 '억' 소리 나는 성공 보수를 제안받은 사건이 있었다. 불과 얼마 전까지만 해도 매달 몇 백만 원의 급여를 받던 판사였는데 갑자기 '10억 원'이라는 어마어마한 돈을 제시받자 당황스러웠다. 거액의 수임료가 탐나지 않았다고 할 순 없었다. 하지만 의뢰인의 가족이 찾아와 '언론에 보도된 것과 달리 너무나 억울한 사정이 있으니 억울함을 꼭 풀어달라'고 하소연하니, 나는 일단 해보자며 사건을 수임했다.

의뢰가 들어왔던 사건은 당시 전국을 떠들썩하게 만든 금융 사기 사건이었다. 게다가 사건을 의뢰한 피고인은 지하경제의 큰손이

자 이미 거액의 사기극을 몇 차례나 벌인 유명한 경제사범 A씨였다.

당시 A씨는 정치권에서 비자금으로 가지고 있는 2백여 억 원어치 구권 화폐를 신권 화폐와 교환해주면 50퍼센트를 수수료로 받을 수 있다며 피해자를 속였고, 사전 작업에 필요한 비용 명목으로 돈을 받아 챙긴 혐의로 구속된 상태였다. 검찰 조사 과정에서 A씨는 본인도 피해자라며 억울함을 호소했는데 들어주지 않았다고 했다. 이전까지의 사기 전력과는 무관하게 해당 사건에 한해 억울한 부분이 있다면 변호인으로서 도움을 줄 수 있다고 생각하고, 나는 A씨의 변호를 맡았다.

"변호사님, 민사사건도 하시죠?"

A씨가 구속돼 있던 구치소로 접견을 가니 그는 자신이 구속된 사건의 전말이나 억울함을 호소하지 않고 대뜸 엉뚱한 말부터 해왔다.

"내가 △△은행을 상대로 2,000억 원을 청구하는 손해 배상 소송을 해야 하는데 그 소송도 맡아주실 수 있어요? 이번 사건을 잘 해결해주시면 내가 성공 보수로 10억 원을 드리고 그 사건도 변호사님께 맡길게요."

순간 마음이 복잡해졌다. 10억 원이라는 큰돈은 분명 달콤한 유혹이었다. 그러나 의뢰인이 당장 어려움을 겪고 있는 형사사건에 관해 이야기하지 않고 새로운 민사사건의 수임을 제안하다니 왠지 미심쩍었다. 보통 변호사는 사건을 맡기겠다는 말을 반가워하기 때문에 아무래도 그 점을 노린 무언가가 있는 듯 보였다.

아나나 다를까. A씨는 새로 수임하겠다는 민사사건에 관해 오랜 시간 이야기했는데, 말끝마다 '억'을 강조하는 통에 우리나라의 화폐 단위가 '억'으로 바뀌었는지 순간 착각할 정도였다. 형사사건 변호인을 처음 만나는 자리에서 거액의 민사사건을 맡기겠다고 제안하는 것도 상식에서 벗어나고, 내용을 들어봐도 진실해 보이지 않았다. 내게 미끼를 던지는 느낌이라 내심 불쾌했다.

무엇보다 가장 진실해야 할 변호인과의 접견에서조차 돈으로 사람의 마음을 흔들려고 하는 A씨의 태도에서 일말의 진정성도 느낄 수 없었다. 사무실로 돌아오는 내내 나는 사건을 변론할지 고민했고, 담당 직원에게 해당 사건 기록을 복사해오라고 일단 지시했다.

"변호사님, 그 사건기록을 모두 복사하려면 온종일 복사기를 돌려도 일주일 이상이 걸린다고 해요. 어떡하죠? 게다가 법원 직원 말로는 변호사님이 이번 사건의 일곱 번째 변호인이랍니다."

그 말을 듣고 보니 이미 여섯 분의 변호사가 고개를 내젓고 관둔 사건이 내게로 왔음을 알 수 있었다. 짐작컨대 내가 개업한 지 얼마 안 된 변호사여서 거액의 수임료를 제안받으면 받아들이리라 예상한 듯했다.

"어떡할까요? 복사할까요?"

"아니, 복사하지 마세요. 그냥 오세요."

더 고민할 이유가 없었다. 사건이 복잡한 건 둘째 치고 변호사를 수시로 갈아치우는 사람을 어떻게 믿고 변론할 것인지 대책이 서지 않았다. 언젠간 나도 교체 대상이 될 가능성이 높았다. 거액의 수임료를 제안받고 이미 착수금으로 받은 돈도 적지 않았지만, 결국 나는 받은 돈 전액을 돌려주고 사건에서 깨끗이 손을 뗐다. 그 후 사건의 내막이 모두 밝혀져 A씨는 결국 대법원에서 징역 10년 형을 선고받았다.

신기하게도 '구권 화폐' 사기사건의 경우 A씨가 처음 저지른 범죄가 아니었다. 또 A씨로 인해 이 사건이 전국에 떠들썩하게 알려졌음에도 불구하고, 같은 범죄가 지속적으로 발생해 피해자가 속출하기도 했다. 게다가 사기범들이 이용하는 주된 수법도 '정치권의 비자금인 구권 화폐를 신권 화폐로 바꾸면 높은 수수료를 챙겨주겠다'로 항상 같은 레퍼토리였다.

더욱 신기한 사실은, 구권 화폐 사기사건이 발생할 때마다 정치권에서 보관하고 있는 대량의 구권 화폐가 실제로 존재하지 않는다고 검찰이 분명하게 밝히고 있다는 것이다. 하지만 여전히 탐욕에 눈먼 사람들은 진실인지 따지기보단 일확천금의 허상을 좇았고, 그 결과 억대 사기사건의 피해자가 되고 말았다.

물론 평범한 소시민 대부분이 이런 거물급 사기범에게 걸려들 일은 흔치 않다. 하지만 소소하게 내리는 가랑비에도 옷은 젖는 법이다. 더구나 가난한 보통 사람이 가진 한 벌뿐인 옷이 비에 젖는다면, 트럭으로 돈을 갖다 바치는 부자 피해자보다 피해가 적다고 말할 수도 없다. 그러니 늘 욕심을 경계하고 마음을 바르게 다스려 유혹이 스며들지 못하도록 해야 한다.

지붕을 잘 이은 집에 비가 새지 않는 것처럼 잘 수련된 마음에 탐욕
이 침범하지 못한다.

《법구경》의 이 글귀처럼, 가장 조심하고 경계해야 할 것은 다름
아닌 '나의 마음'이다.

3

디케의
눈물

서울 서초동에 있는 대법원에 가면 그리스 신화에 나오는 정의의 여신인 디케상을 볼 수 있다. 율법의 여신 테미스와 주신 제우스 사이에서 태어난 디케는 정의가 훼손된 곳에 재앙을 내린다. 일반적인 디케상은 두 눈을 감거나 가리고 있다. 이는 디케의 정의가 인종, 계급, 성별에 차등을 두지 않는다는 의미다.

그런데 우리 대법원 로비에 서 있는 디케상은 두건으로 눈을 가리거나 눈을 감은 모습이 아니라 두 눈을 멀쩡히 뜨고 있다. 이는 두 눈을 부릅뜨고 실체적 진실을 밝히겠다는 강한 의지의 상징이라고 한다. 그리고 오른손에 엄격한 법 집행을 상징하는 칼을, 왼손에 공명정대함을 상징하는 저울을 들고 있는 일반적인 디케의 모습과는 달리 대법원의 디케상은 오른손에 저울을, 왼손에 법전을 들고 있다. 이 역시 다른 어떤 것도 개입시키지 않고 오로지 법에 근거해 공정하게 판정하겠다는 의지의 표현일 테다.

사실 정의의 여신상은 우리나라뿐만 아니라 각 나라마다 형태가 조금씩 다르다. 하지만 어떤 형태든 거기에 담긴 의미엔 차이가 없다. 공정한 잣대로 진실을 밝히고 엄정하게 판정해 공동체에 정의가 실현되도록 하겠다는 다짐 말이다. 짧지 않은 기간 동안 판사의 직무를 수행하며 나는 '디케가 과연 냉철하고 정의롭기만 한 법의 여신일까?'라는 의문을 갖게 되었다. 오히려 디케는 인간만큼이나 따뜻한 심장을 가졌기에 온정에 흔들리지 않으려 눈을 가리고 저울을 사용했던 것은 아닐까.

나는 정의로운 법조인이 되기를 바라고 노력하지만 오로지 '정의롭기만 한' 법조인이 되기는 원치 않는다. '정의롭기만 한 인간은 잔인한 인간'이라던 영국 시인 바이런의 말처럼 정의롭게 법을 집행하면서도 따뜻한 심장을 지닌, 인간을 이해하고 보듬는 법조인이고 싶다. 법은 애초에 인간을 위해 만들어졌기 때문이다.

어쩌면 정의의 여신 디케 또한 안타까운 사연을 가진 피고인을 만나면 남몰래 눈물을 흘리고, 신전에서 내려와 그들의 가족을 따뜻하게 안아줄지도 모를 일이다.

유괴범은 가해자이고
부모는 피해자인가

역사 속 한 여인의 비극

이탈리아 귀족의 딸로 태어나 스물두 살의 어린 나이에 단두대의 이슬로 사라진 여인이 있다. 그녀는 역사상 가장 아름다운 여성 중 한 명으로 평가될 만큼 빛나는 외모를 가졌다. 사형 집행 당일, 그녀의 아름다운 모습을 멀리서라도 보려고 이탈리아 전역에서 수많은 사람이 모여들었다.

당시 구경꾼들 사이에 있던 한 화가가 처형되기 전 그녀의 모습을 그림으로 남겼는데, 그 그림은 로마의 국립고대미술관에 전시돼 420여 년이 지난 지금도 많은 사람에게 슬픔과 감동을 전하고 있다.

화가 구이도 레니가 그린 〈베아트리체 첸치〉가 바로 그 작품이다.

그림 속 여인인 베아트리체 첸치는 친부를 살해한 살인범이었다. 그녀는 가족과 공모해 자신의 아버지를 죽이고 사고사로 위장했다. 하지만 경찰조사에서 계획된 살인임이 밝혀져 그녀는 사형을 선고받는다. 베아트리체의 사형선고에 로마 시민들은 무죄를 외치며 항의했다. 살인, 그것도 존속살해라는 중죄를 지은 그녀에게 시민들은 왜 무죄라고 외친 것일까? 그녀가 친부를 죽인 데는 말 못 할 사연이 있었기 때문이다.

베아트리체의 아버지인 프란치스코 첸치는 막대한 돈과 권력을 가졌지만 품성은 바닥인 사람이었다. 아내와 자녀들을 폭행하고 학대하는 것은 물론, 친딸인 베아트리체가 열네 살이 되자 성폭행까지 일삼았다. 지옥 같은 시간을 보내던 베아트리체와 그녀의 가족은 결국 아버지를 죽임으로써 삶의 평온을 얻고자 했다.

요즘이라면 베아트리체와 그녀 가족의 안타까운 사연이 분명 법정에서 크게 참작되었을 테다. 하지만 당시엔 정상참작의 여지가 있어도 국왕이나 교황 같은 최고 권력자가 나라의 법질서를 유지하려는 의지가 더 강할 때였다. 그래서 베아트리체는 결국 사형에 처해지고 만다.

400년이 훌쩍 넘는 세월이 지난 요즘에도 베아트리체처럼 안타까운 사연을 가진 가해자들이 적지 않다. 물질이나 권력 등 사사로운 이익 때문에 죄를 지은 사람들도 분명 있지만, 살기 위해 어쩔 수 없이 범죄자가 된 사람들도 있다.

'죄를 미워해도 사람은 미워하지 말라'는 도덕책에 나올법한 이 말은 법의 한가운데서 의외로 절절히 와닿기도 한다. 사건 밖에서 멀찍이 떨어져 바라보면 가해자와 피해자가 비교적 명확히 구별된다. 그런데 막상 사건 속에 들어가보면 분명 가해자임에도 불구하고 세상에 둘도 없는 피해자인 이도 있다. 또 피해자인 동시에 가해자거나, 가해자인 동시에 피해자인 난감한 경우도 있다.

범죄가 발생했을 때 공정하고 올바르게 조사하고 판단하기 위해선 고정관념부터 버려야 한다. '때린 사람은 가해자, 맞은 사람은 피해자'라는 고정관념이 더 큰 진실을 가릴 때도 적지 않기 때문이다.

비정한 모정의 진실

초등학교에서 과학 전담 교사로 일하던 30대 여교사가 자신이 임시 담임을 맡은 반에 속한 1학년 여학생을 유괴한 사건이 있었다. 교사는 아이의 이름을 바꾸고 불법적인 경로를 통해 외국으로 도주할 계획까지 세웠다. 하지만 이 계획은 모두 실패하고, 그녀는 결국 경찰에 붙잡히고 만다.

교사는 변호인에게 법정에서 아무런 변론도, 반대신문도 하지 말라고 당부했다. 자신이 죄를 지은 게 분명하니 그에 합당한 죗값을 치르겠다며 반성문이나 탄원서도 쓰지 않았다. 게다가 교사는 법정에서 '다시 그때로 돌아가도 아이를 데리고 도망칠 것 같다. 아이를 보는 순간 그러고 싶었다. 그럴 수밖에 없었다'고 이야기한다. 법원은 그녀에게 징역 1년 6개월에 집행유예 2년을 선고했다. 유괴범에게 집행유예라니! 별다른 변론조차 하지 않은 데다 다시 그때로 돌아가도 아이를 유괴하겠다는 사람에게 집행유예는 다소 의아한 판결이 아닐 수 없었다.

이 사건 뒤에는 복잡하게 얽힌 사연이 숨어 있었다. 교사가 아이를 유괴한 추운 겨울밤, 아이는 검은색 쓰레기봉투에 담겨 집 앞에 버려졌다. 엄마가 그런 것이다.

"오늘 같은 날 밖에 내놓으면 죽어. 우리가 영화 보고 오면 애는 죽는다고."

"상관없어! 나는 얘가 죽었으면 좋겠어."

함께 지내던 동거남의 가식적인 염려에 엄마는 무심한 듯 대답했다. 쓰레기봉투 속에서 아이는 분명히 그 말을 들었고, 담임선생님이 자신을 구하러 왔을 때 망설임 없이 그녀의 손을 잡았다. 이 이야기는 2018년 방영된 드라마 〈마더〉의 대략적인 줄거리이다. 드라마를 이루는 큰 줄기는 모성애와 관련 있지만, 드라마에 담긴 법 이야기를 살펴보는 것도 나름 흥미롭다.

사건 발생 초반, 경찰조사로 드러난 사실만을 놓고 보면 제자를 유괴한 교사는 명백한 가해자였다. 그리고 아이를 빼앗긴 엄마는 의심할 여지없이 피해자였다. 하지만 진실을 들여다보면 엄마는 피해자가 아닌 냉혹한 가해자였다. 엄마가 방치해 아이는 늘 손톱에 시커먼 때가 끼고 지저분한 옷차림을 하고 다녔다. 덕분에 학교에선 친구 하나 없는 외톨이 신세였다. 엄마는 폭력적이고 가학적인 성향을 알면서도 동거남을 아이와 단 둘이 집에 두어 늘 폭행에 노출되게 했다. 또 아이 몸 곳곳에 생긴 상처를 보고도 외면했다.

무엇보다 추운 겨울밤, 아이가 죽었으면 좋겠다는 모진 말과 함께 아이를 쓰레기봉투에 담아 거리에 내던져두었다. 엄마는 다음날 아침, 아이가 사라졌음을 알고도 걱정은커녕 오히려 홀가분해 했다. 그리고 임시 담임이 아이를 데려갔다는 사실을 알고는 동거남과 함께 아이를 몰래 데려와 5억 원이라는 거액의 몸값을 요구했다. 엄마가 유괴범에게서 다시 아이를 유괴한 후, 아이를 데리고 가고 싶으면 5억 원을 내놓으라고 유괴범을 협박한 것이다. 사건 뒤에 드러난 추악한 진실은 '유괴범이 가해자이고 딸을 잃은 엄마는 피해자'라는 고정관념을 무너뜨리기에 충분했다.

이 사건을 수사하고 재판하는 과정에서 비정한 모정의 진실이 드러나고, 결국 아이 엄마는 징역 7년을 선고받아 죗값을 치르게 된다. 비록 아이를 유괴하긴 했지만 아이를 살리기 위해 어쩔 수 없는 선택을 했음을 인정받은 교사는 집행유예를 선고받고, 그 후 아이를 정식 입양하기까지 한다. 다행히도 이 사건은 드라마 속에서 펼쳐진 이야기였기에 끝내 여러 숨은 사정이 밝혀지고, 법의 공정한 판결을 받으며 바람직하게 마무리된다.

드라마와 다른 현실에서

하지만 현실은 드라마처럼 명쾌하지도, 속도감 있지도 못한 경우가 많다. 게다가 법의 힘으로 진실을 가려내야 하는 현실 속 수많은 사건엔 〈마더〉에 등장하는 아이의 엄마처럼 피해자를 가장한 비정한 가해자들도 있다. 또 가해자지만 어느 부분에선 분명 피해를 입거나, 피해자지만 일부 가해를 저지른 경우도 있다. 이들에겐 각자의 사정이 있고 때론 서로 얽혀 있기도 해서, 법은 이런 여러 가지 배경을 파악하고 참작해야 한다.

안타깝게도 수사를 맡은 검사나 재판을 맡은 판사가, 드라마를 지켜보는 시청자처럼 전지적 시점으로 다양한 인물의 속마음과 사건의 숨겨진 내막까지 알기는 불가능하다. 단지 더 많은 사실을 밝혀내 진실의 퍼즐을 맞추고, 그 안에 담긴 사람들의 갖가지 사연까지 고려해 공정하고 올바르게 판결하려 애쓸 뿐이다. 그리고 이를 위해 검사나 판사는 마음부터 활짝 열어야 한다.

'유괴범이 가해자이고 딸을 잃은 엄마는 피해자'라는 고정관념을 버리고 온전히 마음을 열 때 비로소 진실이 모습을 드러낸다.

엄정한 법도
따듯한 가슴을 만나면

판사와 변호사를 인공지능이 대신한다면

인공지능의 시대가 왔다. 머지않아 인공지능 판사와 변호사가
인간을 대신해 재판을 진행할 수 있다고 한다. 일자리를 빼앗긴다는
걱정보단 인간만이 할 수 있는, 아니 인간만이 해야 하는 일을 어떻
게 기계가 해낼 수 있을지 염려가 크다. 검사가 법원에 제출하는 수
사기록 너머엔 미처 글 속에 담아내지 못한 '사람'이 있다. 범죄라는
점에선 동일해도 내막엔 남들과는 다른 삶을 살아온 저마다의 사정
과 인생이 있다. 그리고 판사는 사람들의 구체적인 사정까지 모두
감안해 가장 공정한 판결을 내려야 한다.

예컨대 살인사건에서도 금전이나 권리 등 사사로운 이익을 취하려고 벌인 계획적 살인도 있지만, 오랜 폭행과 시달림에 어쩔 수 없이 저지른 살인도 있다. 또 자식이나 부모를 죽인 철천지원수를 단죄하려 했거나, 순간적인 모욕감을 참지 못해 우발적으로 사람을 죽인 사람도 있다. 어디 그뿐이겠는가. 똑같은 결과라도 거기엔 글로는 다 풀어내지 못할 온갖 사연이 담겨 있다. 이런 수많은 데이터를 기계에 모두 입력하기도 쉽지 않겠지만, 입력한 데이터에서 답을 찾는 것 역시 불가능에 가까운 일이다. 검토할 사건과 유사한 사례야 찾아낼 수 있겠지만 결국 법정에선 인간의 헤아림과 지혜가 필요할 터다.

겉으로 드러난 죄의 경중을 저울질해 칼로 내려칠 땐 인간보다 인공지능을 장착한 기계가 더 정확할 수 있다. 하지만 범죄와 인간의 삶에 배어 있는 감정과 마음의 움직임들은 어떻게 반영할 것인가. 냉철한 두뇌와 더불어 따뜻한 마음을 인공지능에 부여하는 일이 가능해지는 그날까지, 사람의 일은 사람이 알아서 해야 하지 않을까 싶다.

어느 판사의 명판결

"법은 어느 누구에게도 예외가 될 수 없습니다. 아무리 배가 고파도 빵을 훔치면 법을 어긴 것이니 벌금 10달러를 선고합니다!"

아파서 누워 있는 딸과 며칠을 굶은 손녀들을 위해 빵을 훔친 노인에게 판사는 예외 없이 벌금형을 선고했다. 시연은 안타깝지만 공정하고 엄격히 법을 집행하려면 어쩔 수 없는 판결이었다. 대신 판사는 자신의 지갑에서 돈을 꺼내 노인에게 건네며 그 돈으로 벌금을 납부하라고 했다. 법을 집행하는 판사가 아닌 인간으로서 품는 온정이었다. 그런데 판결은 거기서 끝나지 않았다.

이 법정에 있는 모든 사람에게 각각 50센트의 벌금을 부과합니다. 그 이유는 여러분의 이웃이 저기 저 노인이 굶주린 가족을 위해 빵을 훔치는 불쌍한 사람이 돼야 하는 상황을 만들었기 때문입니다. 그리고 그동안 제일 잘 먹고 잘 산 나에겐 10달러의 벌금을 부과합니다.

판사는 노인과 동일한 벌금을 자신에게 매겼고 지갑에서 10달러를 꺼내 자기 모자에 담고는, 법원 경위에게 벌금을 걷도록 지시했다. 노인을 고소한 빵집 주인을 포함해 법정에 있던 모든 사람이 흔쾌히 벌금을 냈고, 덕분에 47달러 50센트가 노인에게 전달되었다. 이 이야기는 뉴욕 시장을 세 번이나 역임한 라 구아르디아 판사의 명판결로 유명한 일화이다.

신을 대신해 정의롭고 공정한 판결을 해야 하는 책임감과는 별개로, 판사도 인간인지라 안타까운 사연을 가진 피고인을 보면 마음이 아려오기도 한다. 하지만 법복을 입은 이상 인간적인 온정을 베푸는 정도도 법의 테두리 안에서나 가능한 일이다. 사연이 안타까워도 법으로 정해놓은 양형 기준에 따라 관대함을 베풀 수 있을 뿐, 죄를 지은 이에게 무죄를 선고한다거나 구속이 불가피한 이를 석방해줄 순 없는 노릇이다. 법복을 벗고 법대에서 내려온 후에야 평범한 이웃으로서 피고인과 그의 가족에게 작게나마 온정을 베푸는 게 가능하다.

양말로 전한 안타까운 마음

1995년 영덕지원에서 지원장으로 근무할 때의 일이다(지원支院이란 지방법원이나 가정법원의 관할 아래에 있으면서, 일정한 지역에 따로 떨어져 그곳의 법원 사무를 맡아 처리하는 하부 기관을 일컫는다). 인근의 두메산골에 살던 한 농부가, 술에 취하면 종종 이웃에 사는 친척을 찾아가 행패를 부려 내게 재판을 받게 되었다. 전에도 같은 피해자를 괴롭혀 징역형의 집행유예를 받고 석방됐는데, 집행유예 기간에 또다시 술을 마시고 피해자를 찾아가 행패를 부렸다가 구속된 상태였다.

하루는 피고인의 중학생 큰딸이 내게 탄원서를 보내왔다. 내용을 읽어보니 피고인은 아내와 함께 농사를 지으며 노모와 네 명의 자식을 돌보고 있었다. 그런데 집안 형편이 얼마나 어려웠던지 아이들이 학교 갈 때 신을 양말이 모자라 맨발로 가기 일쑤란다. 더군다나 아버지가 구속되자 몸이 약한 어머니와 나이 많은 할머니만으론 농사일이 힘들어 집안 형편이 말이 아니니, 아버지를 집으로 돌려보내달라며 선처를 호소했다.

자필로 쓴 편지의 사연을 읽으며 나는 어릴 적 어머니가 기워주시던 양말 생각이 나서 가슴이 아팠다. 딱한 가정 형편을 생각하면 당장이라도 풀어주고 싶지만 그럴 순 없는 일이었다. 집행유예 기간에 같은 피해자에게 보복성 폭행을 한 사람이라 실형을 선고할 수밖에 없었다.

"사정은 안타깝지만 법에는 원칙이 있습니다. 그리고 피고인은 알코올중독 치료를 위해 일정 기간 금주해야 하므로 부득이 실형을 선고합니다. 자녀들과 가족을 생각해서 이번엔 반드시 술을 끊고 개과천선하시길 당부드립니다."

법에 따른 최선의 판단이었지만 가족을 생각하니 마음이 무거웠다. 나는 그날 퇴근길에 읍내 스포츠 브랜드 매장에 들러 품질 좋고 두터운 양말을 여러 켤레 사서 포장했다. 그리고 내게 탄원서를 보낸 피고인의 딸에게 동생들을 잘 챙기고 열심히 공부하라는 당부의 편지와 함께 포장한 양말들을 보내주었다. 포장 속엔 자녀들의 양말은 물론이고 아내와 노모의 양말, 수감 생활을 마친 후 집에 돌아올 피고인이 신을 양말과 현금 5만 원도 넣어두었다.

내가 판사 생활을 마무리 짓던 날, 나는 아쉬운 한편 누군가에게 법의 이름으로 더 이상 칼을 들이대지 않아도 된다는 생각에 마음이 홀가분해졌다. 칼의 무게가 내게 버거웠던 탓도 있었겠지만 그 칼로 수술받는 사회적 환자와 가족의 안타까운 사연에 가슴앓이하지 않아도 되었기 때문이다.

피고인에게
부조금을 보내는 판사

"남편이 죽어가고 있어요. 제발 집으로 보내주세요!"

서울중앙지방법원에서 형사 단독판사로 근무할 때의 일이다. 아주머니 한 분이 미성년인 친자식들을 데리고 지하철에서 구걸하다 구속돼 내게 재판을 받게 되었다.

"판사님, 제가 지금 당장 집으로 돌아가지 않으면 우리 식구들은 다 죽어요! 남편은 병이 심해져서 오늘 죽을지, 내일 죽을지 모르는 상태예요. 그리고 아이들은 집에 먹을거리가 없어서 몇 날 며칠을 쫄쫄 굶고 있을 겁니다. 제가 집에 가지 않으면 가족들이 다 죽게 될 상황이라고요. 제발 저를 집으로 보내주세요!"

사정은 참 딱했지만 아동보호법 위반죄로 징역형의 집행유예를 선고받았음에도 피고인은 집행유예 기간에 재범을 저지른 것이었다. 나는 법률상 다시 집행유예를 선고할 수도 없어 별다른 방도가 떠오르지 않았다. 재판을 마치면서 2주 뒤 판결을 선고하겠다고 했으나 마음이 무거웠다. 피고인의 딱한 사정을 생각하면 판결 선고 기일까지, 법의 테두리 안에서 피고인에게 최대한 관용을 베풀 수 있는 지혜로운 방도를 찾아내야 했다.

비록 자기 자식이라 하더라도 미성년자에게 구걸을 시키면 아동보호법 위반죄로 처벌받게 되어 있다. 하지만 오죽 처지가 답답했으면 미성년 자녀들까지 데리고 나가 함께 구걸해야 했을까. 병든 남편과 어린 자식들을 부양하려고 아이들과 함께 거리로 나갈 때까지 국가는 그들에게 최소한의 도움이라도 주었는가? 아동을 보호한다는 명분으로 아주머니에게 징역형을 선고한다면 과연 바람직한 일일까? 참으로 긴 고민이 이어졌다.

며칠 후 내게 한 통의 탄원서가 도착했다. 피고인과 같은 동네에 사는 주민이 보낸 것이었다. 폐질환을 앓던 피고인의 남편이 사망했다면서 장례라도 치를 수 있도록 선처해달라는 내용이었다. 탄원서엔 피고인 남편의 사망진단서가 첨부돼 있었다. 나는 아무리 죄를 지었더라도 남편의 장례는 치르게 해야겠다고 판단해, 직권으로 보석허가 결정을 내려서 우선 피고인을 석방했다.

병든 남편과 아이 다섯을 부양할 방법이 없어 아이들에게도 구걸을 시켰다며 법정에서 눈물을 떨구던 피고인의 말이 귓가에 맴돌아 마음이 아팠다. 나는 직원에게 돈 10만 원을 건네며 피고인 앞으로 경조전보에 축하금이나 조의금을 부치는 경조전신환을 보내달라고 했다. 아직 재판이 진행 중이므로 담당판사 이름으로는 보낼 수 없으니, 대신 직원의 이름으로 보내달라는 말도 덧붙였다.

"남편의 장례는 잘 치렀나요?"

판결 선고 기일이 되어 다시 만난 피고인에게, 나는 남편의 장례를 잘 치렀는지 물었다. 법정에 참석한 이웃들이 기력을 잃은 피고인을 대신해 고개를 끄덕여주었다. 개개인의 형편에 따라 법의 적용 여부를 달리 할 수 없는 엄중한 법이지만, 나는 처지가 워낙 어려웠던 피고인이 보살펴야 할 아이들을 떠올렸다. 그리고 법의 테두리 안에서 최대한 관용을 베푸는 방안을 생각해냈다.

"아무리 살기 어려워도 어린아이들에게 구걸을 시킨 행위는 아동보호법에 위반돼 처벌받을 수밖에 없습니다. 더구나 벌금형에 이어 징역형의 집행유예까지 선고받았음에도 집행유예 기간 중에 재범했기 때문에, 이번엔 징역형을 선고하는 게 원칙입니다.

다만 피고인은 워낙 가정 형편이 어려워 이 같은 잘못을 저지르고 말았습니다. 또 앞으론 남편의 병 수발을 하지 않아도 되니까 다신 그러지 않겠다는 피고인의 다짐을 믿고, 이번을 마지막으로 징역형이 아닌 벌금형으로 선처합니다."

징역형의 집행유예 기간에 다시 범죄를 저지르면 십중팔구 실형이 선고되고, 그렇게 되면 피고인은 이번에 선고된 형뿐 아니라 지난번 유예된 형까지 보탠 기간 동안 교도소에서 살아야 했다. 그러나 부모 없이 남겨질 다섯 아이를 생각하면 피고인에게 내린 실형

선고는 사실상 아이들에게도 형을 선고하는 셈이었다. 나는 안타까운 처지에 놓인 피고인과 그의 가족을 특별히 배려해 벌금형을 선고한 것이다.

"아이고, 판사님. 저한테 그런 돈이 어디 있습니까? 오죽 돈이 없으면 아이들까지 데리고 길에서 동냥을 했겠어요? 정말 너무하십니다!"

벌금형이라는 선처에 안도할 줄 알았던 피고인은 벌금형을 선고한다는 내 말을 듣자마자 원망 섞인 표정으로 서럽게 울음을 터뜨렸다. 당장 가족에게 밥 한 끼 해줄 돈도 없는데 벌금을 어떻게 내느냐는 것이다.

"진정하고 제 말을 들어보세요. 벌금을 납부하지 않으면 하루에 얼마씩 계산해 구치소 노역장에 유치하도록 되어 있습니다. 피고인이 구속된 기간엔 이미 노역장에 유치된 셈이므로 그 기간에 해당하는 환형 유치 금액이 벌금액과 맞먹습니다. 따라서 피고인은 실제 벌금을 납부하지 않아도 됩니다."

벌금형을 선고할 땐, 만일 피고인이 벌금을 납부하지 않으면 하루에 얼마씩 계산해 일정 기간 교도소 노역장에 유치한다고 선고해야 한다. 소위 '환형유치제도'이다. 이 경우 유치 기간에 하루당 얼마씩 벌금액으로 계산할지는 판사가 정하게 되어 있다. 그리고 구속된 피고인에게 벌금형을 선고할 경우, 구속기간을 노역장 유치 기간에 포함시켜야 한다. 나는 가난한 피고인이 추가 벌금을 납부하지 않아도 되도록 벌금형 환형 유치 기간과 구속기간을 맞춰준 것이다. 환형 유치 기간이 어떻다는 말을 이해하기 어려웠겠지만 결론적으로 '벌금을 납부하지 않아도 된다'는 말을 듣자, 피고인은 그제야 울음을 멈추고 연신 고맙다며 허리를 숙였다.

친자식들과 함께 거리에 나가 구걸한 피고인의 안타까운 사정과는 별개로 아동, 청소년, 노인, 장애인, 노숙자에게 구걸을 시키면 벌금형 또는 징역형으로 처벌하도록 법은 정하고 있다. 아동복지법, 노인복지법, 장애인복지법 등은 사회적 약자를 보호하기 위해 이들을 이용해 부당이득을 얻는 행위를 처벌하는 규정을 두고 있다.

이처럼 이익을 얻으려 사회적 약자에게 구걸시키는 행위를 처벌하는 건 정당하다. 하지만 굶어죽지 않기 위해, 벼랑 끝에 몰린 이가 마지막 선택으로 구걸하는 것에 대해선 안타까운 마음이 앞선다. 그리고 우리 이웃이 그토록 절박한 상황을 맞을 때까지 우리 국가와 사회가 무심했다는 사실에 화도 난다.

나는 아무리 살기 어려워도 구걸하지 않아도 될 정도로 사회적 안전망이 촘촘한 대한민국을 꿈꾼다. 아울러 당시 재판받은 피고인이 국가와 사회의 배려로 아이들을 잘 키우고 가난의 굴레에서 벗어날 수 있기를 진심으로 기원한다.

판사 말은
안 들어도 됩니다

판사로 재임하던 시절, 나는 초범이나 소년범에 대해선 비교적 관대한 판결을 내렸다. 물론 초범이라고 해도 범행의 동기나 수법이 지나치게 악하다면 엄중히 다스리기도 했다. 하지만 범인이 미성년 자라면 극악무도한 범행을 저지르지 않은 이상 최대한 관용을 베풀 려고 애썼다. 아직 가치관과 품성이 완성되지 않은 청소년기의 아이 들은 잠시 일탈하고 실수하더라도 주위에서 바른길로 잘 이끌면 얼 마든지 정상적인 삶을 살아갈 수 있다고 믿기 때문이다.

서울가정법원에 있을 때 소년재판을 전담한 적이 있다. 재판받 은 아이들은 흔히 말하는 비행 청소년들이다. 이들은 친구들과 어울려 다니며 또래 학생들에게 폭력을 행사하고 금품을 갈취하거나, 본드를 흡입하는 등의 일탈행위로 법정까지 오게 된 경우가 대부분이었다.

피해자나 가족의 처지에선 성인과 마찬가지로 이들에게 엄벌이 내려지길 바랄 테지만 국가의 입장은 다르다. 국가는 죄가 있고 없음과 무관하게 미성년자를, 아직은 우리가 보듬어야 할 사회적 약자로 보고 있다. 이런 이유로 법은 미성년자가 범죄를 저질렀다면 벌을 주되, 목적을 처벌이 아닌 보호와 계도에 두고 있다.

실제 재판을 진행하다 보면 아이들이 저지른 죄보다는 아이들의 안타까운 처지가 먼저 눈에 들어올 때가 많다. 더군다나 소년재판에 넘겨진 아이들 가운데 절반 이상이 한부모가정의 자녀들이었다. 부모 중 한 사람이 혼자 자녀들을 키우다 보니 가정 형편이 어렵고, 아이가 사춘기에 접어들고선 제대로 된 대화조차 어려운 경우가 많았다.

어느 해 겨울, 열여섯 살 L군은 친구들과 어울려 다니며 여러 차례 폭행과 절도 등의 범죄를 저지르다가 결국 구속돼 재판정에 섰다. 소년재판은 부모가 보호자로서 아이와 함께 법정에 나와야 하기 때문에 L군의 어머니도 그의 옆에 앉아 있었다. 가정 조사 자료를 보니 소년의 어머니는 홀로 아이를 키우며 추운 길거리에서 노점상을 하고 있었다. 여기저기 트고 갈라져서 퉁퉁 부어오르기까지 한 손과 한겨울 추위가 그대로 내려앉은 붉은 얼굴에 쉼 없이 흘러내리는 어머니의 눈물을 보니, 나도 모르게 눈시울이 뜨거워졌다.

"L군, 옆에 앉아 있는 분이 누구십니까?"

"어머니입니다."

"어머니 눈 한 번 쳐다보세요."

"……"

"어머니 손 한 번 만져보세요."

"……"

소년은 눈물로 범벅이 된 어머니의 얼굴을 잠시 쳐다보다가 다시 어머니의 거친 손을 잡았다. 그리곤 이내 소년의 눈에서도 굵은 눈물이 뚝뚝 떨어졌다.

"이 추운 겨울 길거리에서 노점을 하시느라 어머니의 얼굴이 얼고 손이 거칠게 텄습니다. 어머니가 이 추운 겨울 길거리에서 노점을 하시는 이유가 뭘까요? 누구를 위해, 무슨 희망을 품고 그 고생을 하실까요?"

"정말 잘못했습니다. 다시는 안 그럴게요."

나는 기왕 시작했으니 L군이 더 깊이 반성할 수 있도록 눈물을 쏙 빼낼 말들을 이어갔다. '그 고생을 하는 어머니에게 유일한 희망은 바로 너인데 친구들과 어울려 잘못이나 저지르고 다니면 되겠느냐', '어머니가 무슨 죄를 지었기에 피고인석에 앉아 판사에게 저토록 머리를 조아려야 하느냐', '너는 자식으로서 이것이 부모에게 할 짓이라고 생각하느냐'며 L군의 양심을 세차게 두드려댔다. 덕분에 L군의 눈에선 계속 닭똥 같은 눈물이 떨어지고 입에선 연신 '다시는 안 그러겠다'는 말이 튀어나왔다.

당시 나는 소년재판을 할 때 아이들의 눈물과 콧물을 쏙 빼놓기로 유명했다. 그저 엄히 처벌하는 것만으로는 진정한 의미의 교화가 이루어지기 힘들다. 그럴 경우 오히려 사회에 대한 반감과 판사를 향한 원망만 커진다. 그러나 아이가 진심으로 잘못을 뉘우치며 흘리는 눈물은 새로운 출발의 밑거름이 된다. 그래서 나는 아이가 올바른 삶을 살아가도록, 아픈 가정사를 들춰내더라도 어떻게 사는 게 올바른 길인지 스스로 찾게 하는 질문을 이어갔다.

진심으로 교화되려면 마음이 움직여야 한다. 비록 어렵고 힘든 처지지만 가족을 위해 올바르게 살아야 함을, 눈물을 뚝뚝 흘리며 스스로 깨우쳐야 한다. 마음속 깊이 자신의 잘못을 후회하고 반성하며, 폭풍같이 눈물을 쏟아내야만 행동은 물론 마음의 정화까지 이끌어낼 수 있다.

"앞으로 어머니 말씀을 들을 겁니까, 안 들을 겁니까? 판사 이야기는 안 들어도 됩니다. 하지만 어머니 말씀은 들어야 해요."

"들을게요. 무조건 잘 들을게요."

"그럼 이제부터는 어떤 행동을 할 때 반드시 어머니 얼굴을 먼저 떠올리세요. 이렇게 하면 어머니가 좋아하실까, 싫어하실까를 먼저 생각하세요. 그것만 생각하고 행동하면 앞으로 L군은 절대로 법을 어기거나 이런 곳에 다시 설 일이 없을 거예요. 그러니 그것만 약속하세요."

"네, 약속할게요."

나는 그렇게 아이의 약속을 받아내고, 아이의 어머니에게도 '삶이 많이 고달프고 힘들겠지만 아이를 조금 더 보듬고 다독이라'며

위로와 격려의 말을 건넸다. 그리고 두 사람을 믿고 선처해주는 것이니 다시는 잘못을 저질러 법정에 오는 일이 있어선 안 된다는 말도 덧붙였다.

한부모가정의 자녀라고 해서 모든 아이가 비행을 저지르는 건 아니기에 그들의 딱한 처지가 면죄부가 될 순 없다. 하지만 가정이 파괴되고 뿌리가 뽑혀, 학교와 사회의 이방인으로 떠돌던 그들이 최소한의 보호망인 법으로부터도 외면받는다면 서러움과 원망이 얼마나 클까. 이혼한 부모를 다시 결합시켜 화목한 가정을 만들어주고, 실직한 가장에게 안정적인 직장을 마련해주고, 알코올에 찌들어 폭행을 일삼는 아버지를 교화할 수 없다면 법은 아이에게 최소한 손 한 번이라도 내밀어줘야 한다.

오래도록 상처받았을 아이에게 날카로운 창을 들이밀며 잘못을 탓하기 전에 한 번쯤은 따뜻이 안아주며 괜찮다고, 다 잘 될 것이라고 법은 말해줘야 한다. 아직 아이들의 마음속엔 미처 다 피어나지 못한 선한 마음이 많이 남아 있다. 그 마음이 잘 자라날 수 있도록 이끌고 격려하는 건 어른인 우리 몫이지 않은가.

어른의 겉모습을 한 아이들 일부는 성인의 나쁜 행동을 그대로 흉내 내고, 범죄 수법 또한 도저히 아이가 했다고 볼 수 없을 만큼 잔혹하기까지 하다. 이런 이유로 사회 곳곳에서 청소년 범죄자에게 엄벌을 요구하는 목소리도 높다. '처벌을 강화해야 한다', '형사책임 연령을 낮춰야 한다', 심지어 '소년법을 폐지'하고, '죄를 지으면 나이를 떠나 성인과 동등하게 처벌해야 한다'는 목소리까지 나오고 있다.

더 이상 아이가 아닌, 어른 못지않은 미성년자의 범죄 수준을 고려한다면 귀 기울여야 하는 외침임에는 분명하다.

그러나 단순히 처벌을 강화하는 것만으론 바라는 답을 얻기 힘들 수 있다. 질병을 치료하는 강력한 의술 못지않게 애초에 질병이 발생하지 않도록 방지하는 예방의학이 강조되는 것과 같은 맥락에서, 사회 전체가 건강해질 수 있는 보다 복합적인 처방이 절실하다. 모든 비극은 사건이 터진 후에 수습하기보다 아예 일어나지 않게끔 하는 게 더욱 중요하다.

청소년범죄를 비롯한 모든 범죄가 마찬가지다. 죄를 짓고 난 뒤 무거운 처벌을 내리기 보다는, 범죄가 일어나기 전 예방에 초점을 맞춰 해결책을 찾을 필요가 있다. 특히 형사사건의 경우, 이미 쏟아져 버린 물과 같아서 사건이 발생한 후엔 아무리 묘책을 찾아도 결국 모두에게 상처뿐인 처방이 된다.

그러니 아이들이 어렸을 때부터 가정과 학교, 사회가 꾸준히 힘을 합쳐 올바른 품성과 태도를 가르치고, 다양한 방법으로 도덕과 법과 관련된 가치관을 정립해줄 필요가 있다.

남편을 죽인
아내의 피눈물

판사로서 재판 업무를 하며 가장 고민스러웠던 일 중 하나가 가해자지만 피해자의 삶을 살아온 피고인에게 형을 선고해야 할 때였다. 범행 사실이 명백하니 가해자임은 분명한데, 범행의 동기나 과정을 살펴보면 실제론 피고인이 피해자라는 생각이 드니 난감할 수밖에 없었다.

안동지원에서 지원장으로 근무할 때의 일이다. 부인이 농기계를 수리하는 공구로 남편의 머리를 때려서 사망에 이르게 한 사건이 있었다. 60대 중반의 A는 상해치사 혐의로 구속돼 나한테 재판을 받게 되었다.

"죄송합니다. 정말 죄송합니다. 모든 게 다 제 잘못입니다."

A는 재판이 진행되는 내내 하염없이 눈물만 흘렸다. 그런데 법정엔 피고인과 함께 울고 있는 이들이 있었다. 피해자의 자녀이자 가해자인 A의 자녀들이었다. 피해자인 아버지의 죽음을 애도할 틈도 없이 그들은 법의 심판대에 선 어머니를 걱정해야 했다.

"판사님, 제발 저희 어머니를 용서해주세요. 제발 어머니를 살려주세요!"

자녀들은 재판장인 나를 향해 애절하게 하소연했다. 사건기록과 그들이 보내온 탄원서까지 읽은 터라 나는 피고인에게 커다란 안타까움을 품고 있었다. 사연에 따르면, 피고인의 남편은 평생 술을 마시고서 아내를 폭행하고 학대했다고 한다.

사건이 발생한 그날도 남편은 술에 취해 아내에게 발길질하고 급기야 묵직한 공구까지 집어들곤 아내를 죽이겠다며 이리저리 휘둘러댔다. 당황한 아내는 남편이 집어든 공구를 뺏으려 몸싸움을 벌였고, 홧김에 '당신이 한번 맞아보라'며 빼앗은 공구로 남편의 머리를 내리친 다음 몸을 피했다.

남편이 죽었을 것이라곤 꿈에도 생각지 못한 아내는 남편의 화가 가라앉기를 기다리며 그날 밤 빈 돼지우리에서 잠을 청했다고 한다. 다음날 아침 여느 때처럼 남편의 아침상을 챙겨 들고 방으로 들어간 아내는 그제야 남편의 죽음을 확인하곤 오열했다.

"아이고, 영감. 눈을 떠 보시오. 이리 허망하게 가면 어찌하오!"

평생 자신을 폭행한 남편이지만 그래도 오랜 세월 부부로 살아온 정이 깊고, 무엇보다 자식들의 아비였다. 남편을 잃은 허망함과 함께 자신의 잘못으로 남편이 죽었다는 사실에 A는 깊은 자책감을 느꼈고, 경찰 조사 과정에서도 몇 번 실신을 거듭했다고 한다.

판결 선고를 앞두고 나는 같은 재판부 구성원인 판사님들과 피고인에게 어떤 형을 선고할지 의논했다. 이 사건은 피해자와 가해자가 명백한 데다 사람의 목숨을 빼앗았으므로 여러 사건 중에서도 가장 법의 엄정함을 보여주어야 했다. 그럼에도 법은 엄정함보다 온정과 관대함을 보여야 할 필요가 있었다. 계획적 범행이 아닌 우발적으로 발생한 사고인 데다, 가해자인 피고인이 오랜 세월 남편에게 학대를 받아온 피해자임을 무엇보다 간과하지 말아야 했다.

"게다가 피고인은 자신의 잘못을 진심으로 뉘우치고 있습니다. 비록 우발적으로 일어난 일이지만 자신이 잘못해 수십 년 세월을 부부의 정을 나누며 살았던 남편을 죽였다는 사실에 엄청난 죄책감을 느끼고 있으며, 평생 고통 속에서 살아갈 것입니다."

이같이 고민하며 다함께 의논한 결과 중범죄임에도 불구하고 여러 사정을 감안해, 피고인에게 징역형을 선고하되 형 집행을 유예하기로 했다. 1분도 채 되지 않았을 불운한 사고 뒤엔 40년 이상 가정폭력의 피해자로 살아온 한 여인의 고통스러운 세월이 있었다. 법은 그녀의 오랜 고통까지 함께 보듬어야 했다. 또 사건의 결과를 중시해 그녀를 실형으로 무겁게 처벌하면 피해자의 자녀들 역시 이중으로 고통받게 된다. 아버지에 이어 어머니까지 잃게 되는 격이니 자식들이 겪는 고통에 대한 배려도 필요했다.

선고기일 법정에서 내가 판결 이유를 설명하자 여기저기서 자녀

들이 흐느끼는 소리가 들려왔다. 판결을 선고하는 내 눈시울도 붉어
졌다.

실형 선고를
예고할 수 있을까

"자본주의 사회에서 땅을 비싸게 팔았다고 죄가 되느냐는 변호사님의 말씀에 저는 동의할 수 없습니다. 우리 사회가 시장경제를 근간으로 하는 자본주의 체제라 하더라도 이 사건처럼 남의 궁박한 사정을 이용해 터무니없는 폭리를 취하는 경우를 대비해 형법 제349조에 부당이득죄를 명시하고 있다고 봅니다. 부당하게 얻은 돈 전액을 토해내지 않으면 난 그들에게 실형을 선고할 생각이니 참고하세요!"

서울중앙지방법원에서 형사 단독판사로 일하던 시절, 개발사업이 진행되던 영등포에서 속칭 '알 박기'로 부당이득을 챙긴 일당이 검거돼 구속기소된 사건의 재판을 맡은 적이 있다. 그들은 피해자에게 변상하기보다는 하루라도 빨리 석방되려고 담당판사인 나와 친분 있는 변호인을 선임해 보석을 신청했다. '자본주의 사회에서 자신의 재산을 얼마 받고 팔든지 그건 자유가 아니냐'며 조속히 보석을 허가해달라는 변호인에게, 나는 앞서 말한 바와 같이 단호히 반대 의사를 밝혔다.

일반적으로 '알 박기'는 재개발 예정 지역의 중요 지점에 땅을 조금 사두곤 매각을 거부하며 버티다, 사업 주체로부터 대개 보상액의 몇 배에 달하는 큰돈을 받고 파는 행위를 뜻하는 속어다. 이런 알 박기 때문에 개발사업이 미뤄지고 지나치게 많은 비용이 발생해 파산하는 경우도 없지 않다.

재개발 예정지에서 원래 살던 사람이 정든 터전을 떠나기 싫어 그런다면 어느 정도 이해가 된다. 그곳에 머문 세월만큼 소중한 추억이 쌓였을 테니 하다못해 돈으로라도 충분히 보상받고 싶을 것이다. 사실 오랫동안 거주한 원주민들은 자신들의 동네에 애정도 깊은지라 해당 지역의 발전을 방해하면서까지 과도한 배상을 요구하는 경우는 드물다.

정작 문제를 일으키는 당사자는 어느 날 갑자기 외지에서 유입된 사람들이다. 이들은 개발 정보를 접하곤 처음부터 알 박기로 과도한 이익을 챙길 목적을 품고 그 지역의 부동산을 산다. 이들은 더 많은 돈을 받아내기 위해 토지를 지분으로 쪼개 지인들 명의로 등기하기도 하고, 아예 개발사업을 못하게 협박도 서슴지 않는다.

당시 변호인으로선 '피해자와 합의하지 않으면 실형을 선고할 것'이라는 말이 듣기 거북했을지도 모른다. 형사재판을 진행하는 판사의 역할은 재판절차를 진행해 검사가 기소한 공소사실이 진실인지 아닌지 밝힌 다음 정상(情狀, 범죄에서 책임의 경중에 영향을 미치는 일체의 사정) 관련 자료를 참작해 적정한 형을 선고하는 것이다.

'판사는 판결로 말한다'는 말처럼, 판사는 판결 선고 전까지 누구에게도 재판 결과를 미리 알려주지 않는 걸 불문율로 지킨다. 그런데 피해자에게 배상하지 않으면 실형을 선고하겠다며 판사가 변호인에게 으름장 놓는 셈이니, 이런 상황은 선뜻 이해되지 않을 수도 있다. 실제로 정상참작 사유인 합의를 할지 안 할지는 피고인과 변호인이 알아서 할 일이므로 많은 판사가 이에 관여하지 않는다.

원래 형사재판은 법질서를 어긴 사람에 대해 국가가 잘잘못을 밝힌 다음, 그에 맞는 벌을 내리는 절차다. 사건에서 피해자가 입은 피해에 대한 배상은 민사재판의 몫이다. 하지만 피해자 입장에선 국가가 주도하는 수사와 재판을 통해 피해를 배상받을 수 있다면 시간적으로나 경제적으로 편리할 것이다. 가해자 입장에서도 피해자와 피해 배상과 관련해 합의가 이루어진다면 민사상 배상 문제도 해결되고, 형사재판에서도 정상참작되어 유리한 재판을 받을 수 있다.

만일 형사절차와 민사절차를 엄격히 분리한다면 피해를 배상받으려는 피해자는 변호사 비용 등 소송비용을 부담하면서 다시 민사소송을 제기해야 한다. 그리고 판결이 확정될 때까지 소송절차를 밟으면서 법적 주장과 증거를 제출해야 하고, 절차의 지연 등으로 아물지 않은 상처가 지속되면서 비롯되는 모든 고통을 감내해야 한다. 물론 승소하더라도 가해자가 아무 재산이 없으면 강제집행도 할 수 없어, 실제론 전혀 배상을 받지 못하는 억울한 상황이 생길 수 있다. 그렇기 때문에 형사재판에서 가해자로 하여금 피해자에게 배상하고 합의하도록 돕는 것은 피해자의 고통을 줄이는 하나의 방안이다.

그래서 물질적으로 배상해줄 여지가 있는 사건이라면 나는 피해자와 합의하도록 적극 권고했다. 합의할 시간이 필요하다고 하면 시간도 더 주었다. 그리고 판결을 내리기 전에 반드시 합의했는지 확인하는 건 물론, 합의가 안 된 경우에도 합의하려고 최선의 노력을 다했는지 살폈다.

이 사건도 사람이 다치지 않고 돈과 관련된 문제였던 만큼 피해자 입장에선 돈을 돌려받는 일이 가장 중요하다고 생각했다. 그래서 피해자가 입은 손해를 모두 배상하면 선처의 여지가 있음을 아예 대놓고 말해준 것이다. 피해를 변상함으로써 합의를 유도하는 과정은 당연히 피해자를 위한 것이지만 가해자에게도 퇴로를 미리 열어주는 일이니, 이 역시 또 다른 의미의 관용이자 기회로 볼 수 있지 않을까?

가해자든 피해자든 상처는 빨리 아물어야 한다.

그럼에도
사람이다

조선시대의 대표적인 형사 판례집 중 하나인 《심리록》에는 정조
가 재위 중이던 1775년부터 1800년까지 25년간 살인 등 중범죄 사
건과 관련된 형조(刑曹, 조선시대 육조六曹 가운데 법률·소송·형옥·노예 따위
에 관한 일을 맡아보던 관아)의 조사기록 및 판결문이 기록되어 있다.

《심리록》은 조선시대의 여느 판례집과 달리 임금이 직접 심리하
고 판결한 기록이 체계적으로 잘 수록되어 있다는 점 외에도 주목할
만한 점이 하나 더 있다. 바로 판결의 내용이다. 정조는 사형이 구형
된 중죄인人 1112명 가운데 3.2퍼센트에 해당하는 36명에게만 사형
을 선고하고, 나머지는 감형하거나 석방을 명하기까지 했다.

당시엔 법이 더 엄격해 죄인을 사형에 처하는 법조문이 많았다.

그럼에도 정조는 사형 대상자에 해당하는 중죄인 대부분에게 관용을 베풀어 목숨을 보전하도록 했다. 이는 법질서와 정의를 무시한, 지나치게 온정에 치우친 판결이 아닌가 우려될 수도 있다.

하지만 당시 정조의 명으로 사형을 면한 죄수 대부분이 돈과 권력을 가진 힘 있는 자들이 아닌, 평민이나 천민처럼 신분이 낮은 사람들이었다는 점에 주목해야 한다. 이는 무조건적인 온정주의에서 비롯된 것이 아니라 범죄 뒤에 가려진 '사람'의 안타까운 사연이 크게 참작되었기 때문일 가능성이 크다.

1994년 서울고등법원 형사부에서 근무할 때 강도살인죄로 1심에서 사형을 선고받은 R의 항소심 재판에서 주심을 맡은 적이 있다. 고아원에서 자란 그는 사회에 나와 생활고에 허덕였다. 그러던 중한 노파의 집에 들어가 물건을 훔쳤는데 그만 들키고 말았다. 자신을 붙잡으려고 달려드는 노파를 밀어서 쓰러뜨렸는데, 안타깝게도 노파가 뇌진탕으로 사망한 것이다. 비록 전과가 많은 피고인이 강도살인을 저질렀지만 흉기를 휴대하거나 사용하지 않았고, 우발적으로 일어난 살인이었다.

나는 재판 내내 자신의 잘못을 진심으로 뉘우친 R의 모습에 고심을 거듭했다. 당시 함께 재판부를 구성한 재판장 및 동료 판사님과 오랜 시간 의논한 끝에 R에게 극형을 면하게 하자고 결론지었다. 그 뒤 우리 재판부는 원심 판결을 파기하고 무기징역형을 선고했다.

1995년 초, 내가 서울고등법원을 떠나 영덕지원장으로 부임했을 때 법원으로 편지 한 통이 배달되었다. R은 무기징역이 확정돼 C교도소에서 복역 중이었다. 그러던 그가 신문에 보도된 대법원 인사 명령을 보고 내 근무처를 알게 되자 편지를 보내온 것이다.

제가 현재 복역 중인 C교도소는 전국의 수감자들 사이에선 지옥이라고 불릴 정도로 악명 높은 곳입니다. 이곳엔 중형을 선고받은 사람들이 수감돼 규율이 엄격한 데다 분위기도 아주 험악합니다. 그런데도 이곳은 제게 천국과 다를 바 없습니다.

저는 어릴 때부터 고아로 자라 세상의 온갖 풍파를 목숨줄 하나로 버텨내야 했습니다. 그리고 한 여인을 만나 자식까지 낳았으나 행복은 잠시뿐, 생활고를 못 이긴 아내가 어린 아들을 데리고 도망가버렸습니다.

용서받을 수 없는 큰 죄를 짓고 죽음을 선고받은 제게, 판사님께서 온정을 베풀어주신 덕분에 생명을 유지하게 되었습니다. 죽음의 문턱까지 가서 다시 새 삶을 얻게 되니, 삶은 그 자체만으로도 충분히 감사한 일임을 깨달았습니다.

저는 이곳에서 매일매일 저의 죄를 반성하고, 살아있음에 감사하며, 궂은일은 먼저 나서서 도우면서 속죄하는 삶을 사는 중입니다. 저같이 못난 사람도 따뜻이 품어준 세상에 감사하며, 아들을 만날 수 있다는 단 하나의 희망으로 천국에서의 삶을 이어가고 있습니다.

우리나라에선 1997년 이후 사형 집행이 중단됐고, 국제사회에서 '실질적 사형폐지국'으로 분류되었다. 사실상 사형선고는 상징적으로만 남아 있는 셈이다. 하지만 R이 복역하던 당시엔 판결이 확정되면 사형을 집행했다. 그러니 사형에서 무기징역으로 감형되면 피고인에겐 새로운 생명이 주어지는 거나 다를 바 없었다. 다행히 R은 법이 자신에게 온정을 베푼 의미를 충분히 이해하고, 죄를 깊게 뉘우치며 감사한 마음으로 살고 있다고 했다.

어떤 변명과 후회로도 용서받을 수 없는 극악무도한 범행을 저지른 사람, 법 앞에서조차 후회하거나 반성하지 않는 사람을 제외하곤 법이 한 번쯤 온정을 베풀 필요도 있다고 생각한다. 형벌의 목적은 단순히 죄인에게 죗값을 치르게 하기 위해서만은 아니다. 죗값을 치르는 과정에서 범죄자를 교화하고 사회에 복귀할 기회를 주는 것도 형벌의 중요한 목적인만큼, 진심으로 죄인이 자신의 죄를 뉘우친다면 판결에서도 그 점을 참작해야 하지 않을까?

법을 집행하는 사람들은 매 순간 고뇌한다. 사실인정과 법 해석의 문제를 비롯해 정의와 사회 질서의 문제, 인간으로서 느끼는 감정의 문제 등 다양한 측면에서 고민하며 최선의 답을 찾으려 노력한다. 그리고 그 과정에서 가장 마지막까지 살피는 것은 사람이다. 피해자가 입은 피해와 고통에 공감하며 함께 분노하기도 하지만, 가해자 또한 사람임을 잊지 말아야 한다.

사법부가 내리는 판결엔 엄정해야 할 법의 무게와 사람에 대한 사랑의 무게를 끊임없이 저울질하는 판사의 고뇌가 담겨 있다.

꽃은 어디서든
피어난다

몇 년 전, 건설업을 하다가 거래하던 상대방의 고소로 구속돼 수감 생활을 하던 H회장의 변호를 맡은 적이 있다. H회장은 분양사업을 시행할 토지를 구입해 건물을 짓고 성황리에 분양을 완료했다. 그런데 토지를 판 전前 지주가 느닷없이 H회장을 고소한 것이다.

전 지주의 주장에 따르면 토지를 거래할 당시 H회장이 '건물이 완공되면 건물관리 용역을 맡기겠다'고 약속해 토지를 팔았는데, 나중에 알고 보니 H회장이 이미 친척에게 건물 관리 용역을 주기로 약속했다는 것이다.

전 지주는 H회장이 자신을 속였다고 주장하며 고소했다. H회장은 그런 약속을 한 적이 없으므로 억울하다고 하소연했지만, 결국 영장이 발부돼 구속 상태로 재판받게 되었다. 나는 재판 과정에서 중요한 계약 내용을 계약서에 단 한 줄도 언급하지 않은 점과 전 지주에게 지급한 토지 대금이 정상 거래가보다 훨씬 높은 점 등을 주장했고, 무죄판결을 이끌어냈다.

일흔이 넘은 고령에 힘든 옥살이를 두 달이나 했으니 그 억울한 마음이 오죽했을까. 더군다나 H회장은 명문대 법과대학을 졸업해 법에 대한 지식도 해박한 데다, 법조계에 몸담고 있는 친구나 후배도 많았다. 법에 대해 누구보다 잘 아는 사람이 억울하게 옥에 갇혀 참담한 고통의 시간을 보내야 했으니 어찌 분통이 터지지 않았겠는가.

"얼마나 억울하실까요. 그 마음 충분히 압니다. 하지만 이미 지나간 일이니 응어리진 마음은 다 푸시고 편히 지내세요. 그리고 몇 푼되지는 않지만 형사보상(국가 형사 사법의 잘못으로 죄 없이 구금 또는 형 집행을 받은 사람에게 국가가 손해를 보상하는 일)도 꼭 받아야지요."

형사보상금은 무죄판결을 받은 피고인에게 국가가 배상하는 것인 만큼 돈의 많고 적음을 떠나 사죄의 의미도 있다. 그래서 지난 두 달간 겪은 고초에 대해 간접적으로라도 국가의 사과를 받으라는 뜻에서 이를 H회장에게 귀띔한 것이다.

"아닙니다. 형사보상금 같은 건 필요 없어요. 그냥 그곳에서 보낸 시간은 좋은 인생 공부를 한 대가로 치렀니다. 허허."

H회장이 두 달 동안 구치소에서 좋은 인생 공부를 했다고 하기에 나는 그에게 그곳에서 무엇을 배우셨느냐고 물었다. H회장은 자신이 사회에서 남부러울 것 없이 지내다가 구치소에선 영락없이 찬

밥 신세였다며 웃었다.

H회장은 나이가 일흔이 넘다 보니 고령자들 방에 들어갔는데, 신입이라 첫날엔 사람들이 가장 꺼려하는 변기 바로 옆에 누워서 자야 했단다. 좁고 불편한 데다 변기에서 나는 냄새까지 지독하기 이를 데 없었다. 도저히 잠을 이룰 수 없어 멍하니 앉아 고개만 숙이고 있는데, 옆에서 누가 툭 치면서 "저기 안에 들어가서 자요. 내가 여기서 잘 테니"라고 하더란다.

"너무 고마워서 이튿날 그분과 이야기 나누며 어쩐 일로 여기 들어오게 됐느냐고 물었지요."

"그런데요?"

"겨울을 나려고 여기 들어왔다는 겁니다."

그는 하늘 아래 새우잠 잘 방 한 칸 조차 없는 데다 늙어서 일자리 구할 길도 없었다고 한다. 그래서 추운 겨울 한 철이라도 나보려 일부러 사소한 범죄를 저지르고 구치소에 들어왔다는 것이다. 감옥에선 최소한 먹고 잘 걱정은 없으니 말이다.

"사실 나는 그때까지 우리나라에 그런 사람이 있는 줄 생각도 못했어요. 옛날에야 워낙 다들 가난하니 그럴 수도 있었겠지만, 요즘처럼 나라 전체가 잘 사는데 그리 추위에 떨고 배를 곯고 있는 사람이 있다니, 정말 놀랍고도 안타까운 현실이었죠."

그 다음날부터 석방된 날까지 H회장은 같은 방에서 지낸 사람들에게 매일 우유와 빵을 마음껏 먹게 하고 본인이 모두 돈을 냈다고 한다. 석방되면서 남은 영치금(죄를 지어 교도소에 갇힌 사람이 교도소의 관계 부서에 임시로 맡겨 두는 돈. 수감자가 체포 당시 지니고 있었거나 가족, 친지 등이 수용자 앞으로 넣어준 돈을 이른다. 교도소를 통해 음식이나 물품을 구입하는 데 쓴다)은 '겨울나러 들어온 그분에게 주고 왔다'고 했다.

지극히 당연하다고 여겨 감사함을 몰랐던 우유와 빵이, 자신을 비롯해 그곳에 수감된 모든 사람에게 큰 행복감을 주는 걸 보며 세상의 모든 것에 새삼 감사하는 마음이 움트더라고 했다. 돌부리에 걸려 넘어지면 다치지 않았음에 감사하고, 다치면 더 심하게 다치지 않았음에 감사하며 산다면, 생의 모든 순간이 행복하지 않겠느냐며 H회장은 환하게 웃었다. 나는 그런 그를 보며 또 한 명의 스승을 만난 듯 반가웠다.

정의란
무엇인가

성능 좋은 런닝화를 신은 20대의 건장한 청년과 고무신을 신은 60대의 할머니, 그리고 맨발의 유치원생이 같은 출발점에서 달리기를 한다면 그 결과가 과연 공정하다고 할 수 있을까? 출발점이 같아도 공정하지 못한 출발 조건이 보완되지 않는 한, 달리기의 결과 또한 공정성 논란에서 자유로울 수 없다.

법도 이와 다르지 않다. 약자의 처지를 배려하지 않는다면 법은 결코 공정할 수 없으며 정의로울 수도 없다.

법은 정의롭다. 그것은 빵을 훔친 죄로 부자와 가난뱅이를 평등하게 처벌한다.

영국의 경제학자이자 역사가인 리처드 토니는 모든 사람에게 천편일률적으로 행해지는 기계적인 법 적용이 진정 정의로운가를 이처럼 풍자했다. 빵을 훔치는 것은 죄가 분명하지만 굶어 죽는 가족을 위해 어쩔 수 없이 남의 빵을 훔친 사람과, 더 배불리 먹거나 재산을 늘리려고 빵을 훔친 사람에게 똑같은 형을 선고하는 것이 과연 정의일까에 대해선 의문이 들 수밖에 없다. 물론 법은 양형을 통해 재판에서 인간적으로 판단할 여지를 두었다. 법 적용에 진정한 의미의 공정성을 담아 정의로운 판결을 내리기 위해서다.

법이 모든 사람에게 공정하게 적용된다는 것이, 어떤 예외도 없이 법을 항상 기계적으로 적용해야 한다는 의미는 아니다. 내 자식을 잔인하게 살해한 원수를 죽인 이와 금품을 뺏으려고 계획적으로 살인을 저지른 이에게 똑같은 판결이 내려진다면 공정하다고 볼 수 없지 않은가. 법은 그것이 적용되는 사람의 처지나 상황에 따라 오히려 불공정해질 수도 있기에, 판단을 내릴 때 인정이 허용되는 영역을 남겨둔 것이다.

판사 시절, 나는 형사재판을 할 때 양형에 비교적 관대한 편이었다. 어려서부터 공부를 잘하고 명문대를 졸업한 엘리트 판사들이 많지만 나는 흙수저 출신의 노력형 판사였다. 그래서인지 서민들의 삶에 깊이 공감하고, 안타까운 사연을 가진 피고인들을 보면 엄격함보다는 관용을 베풀려고 애썼다. 특히 먹고살기 위해 저지르는 생계형 범죄에 대해선 특정한 피해자가 없다면 가능한 한 너그러운 판결을 내렸다.

김천지원에서 근무할 때의 일이다. 그 지역에서 포장마차를 경영하던 주민들이 경찰의 일제 단속에 적발돼, 많은 사람이 식품위생법 위반 혐의로 약식기소되었다. '약식기소'란 비교적 죄가 가벼운 사건에 대해 검사가 벌금 얼마에 처해달라고 기소하면 판사가 '약식명령'이라는 형식으로 피고인과 검사에게 벌금형을 통지하고, 쌍방이 정식재판을 해달라고 청구하지 않으면 벌금형이 확정되는 서류재판이다.

약식명령이 청구됐더라도 담당판사가 벌금형이 부적절하다고 판단하면 정식재판에 회부할 수 있다. 또 검사가 청구한 벌금이 너무 높거나 낮다고 판단되면 벌금액을 올리거나 내려서 통지할 수도 있다. 그러나 검사가 약식명령을 청구하면 판사는 검사의 의견대로 피고인에게 약식명령을 보내는 경우가 대부분이다.

당시 약식명령 사건을 담당한 나는 검사가 구형한 벌금액이 적절치 않다고 생각하면 이미 타이핑된 약식명령 문안을 일일이 뜯어고쳤다. 특히 식품위생법 위반 약식명령 사건의 경우, 검사 구형이 벌금 100만 원이면 70만 원으로, 50만 원이면 30만 원으로 고치는 일이 많았다.

한 건 한 건 살펴가며 수정하려니 나도 힘들지만 직원들에게도 꽤나 번거로운 일이었다. 게다가 검찰의 양형 기준에 따라 벌금형을 청구했는데 그걸 판사가 다시 고치니, 검사 입장에선 여간 기분이 상하는 일이 아니었을 테다. 그럼에도 나는 불량식품을 팔거나 처벌받았는데도 같은 죄로 법을 계속 위반한 경우가 아니라면 거의 다 감형해줬다. 나는 기록을 샅샅이 읽고 이처럼 선처할 여지가 있는 사건은 대체로 검찰의 기준보다 낮은 약식명령을 발부했다.

당시에 기소된 사람 대부분이 생계유지를 위해 포장마차를 운영하는 사람들이었다. 번화가에서 큰 권리금이 오가는 기업형 포장마차를 운영하는 사람들과는 다른 사회적 약자들이었다. 그러니 법원은 생계를 위해 거리로 나온 그들에게 최소한 벌금을 줄이는 선처 정도는 해줘야 한다는 게 내 생각이었다.

인간의 영역, 즉 판결에 영향을 끼치는 재판관의 재량에 모두 고개를 끄덕이는 것은 아니다. 법의 엄정함을 중요하게 생각하는 사람들은 가난하다고, 불쌍하다고, 초범이라고, 어리다고 봐준다면 법이 법으로서 구실을 제대로 하겠느냐며 우려의 목소리를 높인다.

'억강부약抑强扶弱'이라는 말이 있다. '강자를 억누르고 약자를 보호한다'는 의미다. 하지만 강자라고 해서 무조건 억누르고, 약자라고 해서 무조건 도와줘야 한다는 뜻은 아닐 터다. 법을 집행하는 측면에서 이 말을 합리적으로 적용해본다면, 법을 우습게 여기고 스스로 법 위에 있다고 여기는 사람들에겐 엄격함으로 그 오만함을 다스리고, 법 아래서 두려움에 떨거나 법의 보호가 필요한 사람들에겐 관대함으로 그 두려움을 덜어주라는 뜻으로 해석된다. 그렇게 한다면 모두가 평등하게 법의 울타리 안에서 평화롭게 살 수 있을 테다.

위아래가 없는 법, 그 평등함 안에서 사람들의 안타까운 사연을 살펴 법 집행에 반영한다면 진정 공정하고 정의로운 사회가 될 수 있지 않을까 생각한다.

4

사람 가까이

법이 어려워야 법이지, 쉬우면 그게 법입니까!

판사들을 주인공으로 삼은 법정 드라마에서 판사역을 맡은 등장
인물이 한 말이다. 법, 그리고 법을 집행하는 사람들이 권위를 유지하려
면 법이 결코 사람들 가까이 다가가선 안 된다는 말처럼 들려서 참 씁
쓸했다.

2017년 한 여론 조사 기관에서 〈알기 쉬운 법령 만들기 사업에 대
한 국민 의견 조사 결과〉 보고서를 법제처의 의뢰로 작성했다. 일반 국
민 1700명, 변호사 등 법률 관련 종사자 200명, 공무원 100명을 대상으
로 한 해당 조사에서, 이들 모두가 시급히 개선해야 할 법령으로 '민법'
을 꼽았다.

국민의 일상생활과 가장 밀접한 민법은 법 제정 이후 60년 가까운
세월 동안 몇 차례 개정되긴 했지만, 변화한 시대의 흐름을 아직 제대로
반영하지 못하고 있다. 어려운 한자어와 일본식 표현, 전문용어와 일상
생활에서 사용하지 않는 낯선 용어도 많아, 일반인은 물론이고 법조계
종사자들조차 법령을 이해하기 쉽지 않기도 하다. 실제로 해당 조사에
서 일반인 응답자의 82.5퍼센트, 법조계 종사자로 이루어진 응답자 중

54.7퍼센트가 '법령을 이해하기 곤란한 적이 있다'고 답했다.

다행히 정부는 국민의 뜻을 수렴해 2018년 3월, 민법을 시대에 맞게 한글화하는 민법 개정안을 입법예고했다. 일본식 표현과 어려운 한자어는 삭제하거나 적절한 한글 표현으로 바꾸고, 띄어쓰기나 문법도 현대 국어 문법에 맞게 수정하는 등 국민이 법을 더 편하게 알고 활용할 수 있도록 개선하겠다는 것이다.

법은 사람들 곁에 있어야 한다. 법은 저 먼 하늘에서 떨어지지 않았다. 법을 만드는 것도 사람이고 지키는 것도 사람이다. 법을 잘 알아야만 법을 지킬 수 있고 필요한 법의 보호를 받을 수 있다.

판사의
전화

"안녕하세요. 선생님. 사건의 재판을 맡은 서울중앙지방법원 박
영화 판사입니다."

"네? 누구시라고요?"

판사 재직 시절, 나는 피해자에게 직접 전화하는 일이 더러 있었
다. 특히 피해자가 크게 다친 폭행사건을 맡으면 피고인이 피해자와
합의했더라도 피해자의 상처가 어느 정도 치료되었는지, 충분한 보
상이 이루어졌는지 궁금할 때 전화로 확인하곤 했다. 어느 날 나는
수사기록에 적힌 피해자 연락처로 전화를 걸었다.

"판사님이 어떻게 직접 전화를?"

"몸은 좀 어떠신지, 괜찮으신지 걱정돼 전화드렸습니다. 기록을 보니 많이 다치셨던데 지금 어느 정도 치료되었나요?"

"네, 몸은 많이 좋아졌어요. 며칠 전 퇴원해서 통원 치료를 받고 있는데 조금만 더 치료받으면 완치될 것 같습니다."

"아유, 그나마 다행이네요. 가해자가 진심으로 선생님께 사과하고 피해보상을 적극적으로 하던가요?"

"네, 가족들이 찾아와서 사과하고 피해보상도 해주더라고요. 사실 그날 일만 생각하면 콩밥을 몇 년 먹여도 시원찮을 것 같은데, 그래도 사람은 누구나 실수할 수 있으니 사과를 받아들이고 합의해줬어요. 그나저나 이렇게 판사님께서 직접 전화도 주시고 너무나 감사합니다."

피해자의 사정이 궁금하면 판사는 피해자를 법정으로 불러 증인신문 할 수 있다. 그런데 실제론 가해자인 피고인이 공소사실을 인정하면 피해자가 증인으로 법정에 설 일이 거의 없다. 피고인으로선 피해자를 법정으로 불러내 증인으로 신문하는 게 유리할 수도 있다. 그렇다 하더라도 이는 피해자에게 또 한 번 고통과 번거로움을 줄 수 있으며, 가해자에겐 절차가 지연됨으로써 구속기간이 늘어날 우려가 있다. 물론 피해자도 법정에 나가 적극 진술할 권리가 보장되어 있다. 하지만 피해자 대부분은 악연을 맺은 가해자와 또 만나기를 꺼린다.

나는 가해자의 합의 사실이 의심되거나 피해 회복 정도가 궁금할 땐 피해자에게 전화를 걸어 직접 확인했다. 혹여 실례가 되지는 않을까 조심스럽긴 한데, 다행히 피해자들은 모두 반갑게 전화를 받고 고마워했다. 아주 사소하지만, 판사의 전화 한 통 덕분에 피해자는 법이 자신의 고통을 살피고 보호해주고 있음을 새삼 느꼈을 테다.

흔히 "법대로 해!"라고 말하지만, 법은 가해자에게 벌을 줄 뿐 피해자의 피해 회복을 적극적으로 돕지는 못한다. 그렇기 때문에 법대로 하기 전에 가해자가 피해자의 피해 회복을 돕도록 최대한 유도해야 한다. 물론 '형사재판에서 민사 문제까지 해결해야 하느냐'며 의문을 제기할 수도 있다. 하지만 형사든 민사든 법과 재판이 사람을 위해 존재한다고 믿는다면 누구라도 내 뜻에 공감할 것이다.

나 역시 폭행사건 재판을 맡으면 수사기록에 나와 있는 피해자의 상태부터 확인했다. 이때 단순히 '약 2주간의 통원 치료 필요'라고 기록돼 있더라도 반드시 사진을 함께 살펴본다. 실제 당해보지 않은 사람은 '2주간의 통원 치료가 필요한 상태'가 어느 정도인지 알 수 없다. 단순히 멍든 경우도, 눈이 통통 붓고 시퍼렇게 피멍이 들고 입술이 터지고 얼굴이 일그러진 경우도, 진단서엔 똑같이 '약 2주간의 치료를 요하는 안면부 타박상'으로 나온다.

게다가 보통 2주가 지나면 피해자의 고통이 끝날 거라 짐작한다. 하지만 상처가 치료됐다고 해서 폭행당한 고통이 끝나는 것도 아니거니와 일반인이 느끼는 2주와 피해자가 느끼는 2주는 너무나 다르다. 이 모든 사항을 고려해 무엇보다 피해자에게 진심으로 사과하고 피해보상에 최선을 다하라고 가해자에게 조언하고, 이를 이행했는지도 꼼꼼히 점검하는 것이다.

다만 이런 전화가 피해자의 일방적 하소연을 받아들이는 창구로 이용돼선 안 된다. 그럴 가능성이 있다면 피해자가 피고인이 나온 법정에 출석해 진술하는 기회를 활용해야 한다. 이 역시 판사로서 실체적 진실에 충실하고 균형 잡힌 판결에 이르려는 노력의 일환이다.

담장을 허물고
시민들 곁으로

영덕지원장으로 근무하던 1995년 6월 29일, 삼풍백화점이 무너져 1400여 명의 사상자가 발생한 대참사가 일어났다. 국내 최고급 백화점이 눈 깜짝할 사이에 붕괴되자 대한민국 전역에 부실 공사를 지탄하고 건축물 안전 점검을 요구하는 목소리가 높아졌다. 이 어이없고 허망한 비보를 뉴스로 접하고 당장 내 주위부터 돌아보기 시작했다.

돌아다니며 법원 건물을 안팎으로 꼼꼼히 살펴보니 담장과 축대 등에 금 간 곳들이 눈에 들어왔다. 그냥 두었다간 언제 무슨 사고가 생길지 몰라 즉시 예산을 신청해 보수공사에 들어갔다. 보수공사가 끝나고 예전보다 훨씬 탄탄해진 법원 담장을 보며 나는 비로소 안도했다. 그러다 문득 법원의 진짜 담장은 단단하고 튼튼해야 하지만 마음의 담장만큼은 아주 낮거나 아예 없으면 좋겠다는 생각이 들었다.

'법은 사람을 위한 것이어야 한다'는 말이 현실에서 실현되려면 무엇보다 사람들이 법을 더욱 편안하고 친근하게 생각해야 한다. 그러려면 사법 서비스를 제공하는 법원부터 바뀌어야 한다. 특히 지원은 해당 지역에 거주하는 주민들 사이에서 벌어지는 크고 작은 갈등과 분쟁을 해결하고, 다양한 법률 서비스를 제공하기 위해 존재하는 곳이다. 그만큼 주민들과의 거리를 좁혀 더욱 편안하고 친근하게 다가갈 필요가 있었다.

"저 나무들 아래에 탁자와 의자를 두는 건 어떨까요?"

영덕지원에는 큰 그늘을 드리우는 히말라야 삼나무와 벚나무들이 있었는데, 나는 그 나무들 아래에 탁자와 의자를 설치하면 법원을 찾는 시민들이 그늘 아래에서 담소를 나누거나 휴식을 취할 수 있지 않을까 하는 생각이 들었다.

"정말 좋은 생각이세요."

직원들의 응원에 힘입어 나는 큰 가지를 드리우고 있는 히말라야 삼나무 아래에 탁자와 의자 들을 설치했다. 이런 시설물은 예산 항목에 들어있지 않아 뜻있는 분에게서 부득이하게 시설물을 기증받았다. 이렇듯 모두의 마음을 모은 덕분인지 그 뒤로 시민들은 그곳에 앉아 서로 과일을 나눠 먹거나 밀린 이야기를 주고받기도 했다. 나는 사비를 털어 법원 민원인 대기실에 냉온수기를 사다놓고 잡지도 비치해뒀다. 은행이나 병원에 가면 고객들이 기다리는 동안 목마르면 물을 마시고 무료하면 잡지도 볼 수 있도록 배려한 조치를 벤치마킹한 것이다. 나는 법원도 국민에게 재판이라는 공공 서비스를 제공하는 곳이므로, 고객인 국민의 편의를 고려한 양질의 서비스를 제공해야 한다고 생각한다.

그 외에도 시민들이 직접 등기 신청을 할 수 있도록 부동산 등기 신청 안내서를 만들기도 했다. 요즘도 그렇지만 그때도 등기는 변호사나 법무사의 도움 없이는 엄두를 못 내는 업무였다. 게다가 도움을 받으면 적지 않은 비용도 내야 한다. 등기 비용이 부담되는 시민들을 위해 등기 담당관의 주도 아래, 일반 시민들이 직접 등기를 신청하는 방법과 서식을 담은 책을 만들었다. 그리고 이 책을 법원에 비치함은 물론, 다른 법원에도 보냈다.

서로 가까워진다는 것은 한 걸음 더 발을 내딛고 손을 내미는 행위다. 그리고 상대가 편안함을 느끼도록 더욱 배려하고 마음을 쓰는 일이기도 하다. 더군다나 법은 어렵고 복잡하고 심지어 차갑기까지 하다는 선입견이 아직도 남아 있는 탓에, 온 마음을 다해 시민들 곁으로 더 적극 다가가야 한다.

시민이 공무원을
평가한다면

　국민들에게 차갑고 무거운 곳으로 인식되기 쉬운 법원이 따뜻하게 국민 가까이 다가가기 위해선, 법원 안팎의 시설물이나 비품보다 더 먼저 바뀌어야 할 것이 있다. 바로 그 안에서 일하는 사람들이다. 재판을 담당하는 판사를 비롯해 업무를 보는 직원 모두가 국민을 위해 법률 서비스를 제공한다는 사명감을 갖지 못한다면, 법원은 국민에게 여전히 권위적이고 차가우며 멀게만 느껴질 것이다.

　나는 특이하게도 두 차례 지방법원의 지원장으로 근무했다. 1995년부터 2년간 영덕지원장으로, 1999년엔 안동지원장으로 1년 동안 근무했다. 안동에서 근무할 때도 나는 시민들이 법과 법원을 더 친근하고 편안하게 생각하도록 만들려고 애썼다. 그런데 영덕지원에서 근무할 때와는 달리, 안동지원에서 근무한 1999년은 외환위기 직후였다. 그래서 돈이 들어가는 시설이나 비품을 설치하기는 어려운 상황이었다. 법원 같은 관공서부터 허리띠를 졸라매 모범을 보여야 할 때였다. 나는 지역 주민과 함께 하는 친근한 법원을 만들기 위해 그 안의 사람들에게 집중하기로 했다.

지원장의 업무는 일반 판사의 업무와 다르다. 재판에만 집중하면 되는 일반 판사와 달리, 지원장은 기관장으로서 행정 업무도 담당하기 때문에 대외 활동도 해야 한다. 올바른 업무 수행을 위해 직원들을 교육하고 관리해야 하며, 지역 주민들과 소통하면서 그들이 법과 법원을 신뢰하고 더 친근하게 느낄 수 있도록 힘써야 한다.

법원도 일반 기업과 마찬가지로 매년 일정한 기준에 따라 직원들의 업무 능력이나 태도 등 근무 성적을 평가하는 근무평정을 한다. 보통 내부에서 상사들이 하향식 평가를 많이 하지만 최근엔 쌍방향 평가라고 해서, 상사가 하급 직원을 평가하고 하급 직원이 상사를 평가하기도 한다.

"직원들의 업무 친절도에 대해 외부 평가를 받았으면 합니다."

1999년 당시, 나는 법원 내부에서만 직원 평가를 할 게 아니라 외부 평가도 근무평정에 반영하자고 했다. 법원 직원들은 일반 민원인은 물론이고 법원 출입이 잦은 법무사나 변호사 사무실 직원 들과 마주할 일이 많다. 기업으로 치자면 그들이 곧 고객인 셈이다.

'일반 기업들도 고객이 왕이라며 고객 감동을 외치는데 국민의 세금으로 운영되는 관공서가 서비스에서 뒤처지는 건 말이 안 된다'

고 생각했다. 무엇보다 자신의 권리를 보호받으려는 절박한 처지에 놓인 국민에게 사법 서비스를 제공하는 공무원이, 어깨에 힘을 주고 권위적으로 응대하거나 불친절해선 안 되었다.

요즘과 달리 당시 관공서들은 민원인의 만족을 최우선으로 삼아야 한다는 인식이 부족했다. 그래서 금방 처리할 수 있는 업무를 시간을 끌며 애를 먹이기도 하고 때론 급행료(일을 빨리 처리해달라는 뜻에서 비공식적으로 담당자에게 건네주는 돈)를 받아 챙기는 등 옳지 않은 일도 벌어졌다. 물론 내가 근무한 안동지원에서는 그런 일이 없었다. 하지만 혹시라도 생길 수 있는 불미스러운 일을 예방하고 국민에게 조금 더 친절한 법원을 만들고자, 외부 평가라는 시스템을 도입하자고 제안한 것이다.

직원들에게 나의 이런 뜻을 이야기하자 처음엔 당황스러운 반응이었다. 그동안 별 생각 없이 민원인을 대하던 직원들로선 어느 날 갑자기 민원인들에게 매일 시험을 치르는 셈이 되니, 적잖이 당황할 수밖에 없었다. 게다가 함부로 말하고 행동했다간 지원장에게 보고될 수 있기에 겉으로 보이는 태도뿐만 아니라, 아예 마음가짐 자체를 통째로 바꿔야 하는 나름의 혁신이었다.

"대신 이 평가에서 높은 점수를 받은 분에겐 가족과 함께 연말 여행을 갈 수 있는 여행권을 상품으로 드리겠습니다."

당연히 직원으로서 열심히 하고 잘해야겠지만, 적절한 포상이 따라준다면 더 의욕이 생기는 법이다. 법원이 사법 서비스 기관으로서 역할을 제대로 수행하려면 문턱을 낮추고 민원인들에게 더 바짝

다가서야 했다. 그러기 위해선 직원들의 밝은 미소와 친절한 태도는 기본 중의 기본이었고, 이를 이끌어내려면 적절한 포상을 내세울 필요도 있었다.

예상대로 효과는 아주 좋았다. 괜히 얼굴을 붉으락푸르락하며 '민원인들에게 친절하게 응대하라!'고 소리를 지르거나 으름장을 놓을 필요도 없었다. 또 직원들을 따라다니며 서비스 상태를 일일이 확인하지 않아도 되었다. 적절한 시스템을 도입하고 잘 정착될 수 있도록 포상으로 의욕을 고취하니, 누가 뭐라 하지 않아도 직원들은 스스로 알아서 잘 했다. 그리고 직원들의 친절한 태도와 업무에 대한 열정은 곧 시민들의 만족으로 이어졌다.

법원을 찾는 시민들 대부분은 마음이 편치 않은 분들이다. 말로 설득하고 인정에 호소해도 안 되니, 최후의 수단으로 법의 힘을 빌려서라도 권리를 찾고 억울함을 호소하려는 분들이다. 이들의 불안하고 불편한 마음을 덜어주고, 법에 따라 편안하게 해결하는 길로 이끄는 일이 법원 공무원들의 소임이다.

함께 분노하고 울어줄 순 없더라도 최소한 법으로 인도하는 길에서 사람에 대한 따뜻한 배려만은 잊지 말아야 한다. 법은 사람을 위해 존재한다.

법,
쉽고 편하게 갑시다

"뭐가 이렇게 어려워?"

"언제까지 기다려야 하는 거죠?"

법원 안팎의 시설물, 그리고 그 안에서 일하는 사람들까지 시민들과 가까워지려면 법원의 담장을 낮추고 법원 구성원들의 얼굴과 태도가 부드러워져야 한다. 하지만 무엇보다 정작 법을 활용하는 절차가 어렵고 복잡하면 시민들은 여전히 법을 불편하게 여기게 된다.

이젠 법원에서 기다리지 않아도 됩니다

판사로 재임하던 시절, 재판받으려고 법원을 찾는 시민들은 하나같이 경직되고 피곤해 보였다. 피고의 입장이든 원고의 입장이든 재판을 받는다는 것 자체가 사람의 마음을 불편하게 한다. 게다가 재판을 받으려면 몇 시간이고 하염없이 기다려야 하니 몸까지 덩달아 피곤해진다. 요즘엔 재판기일이 확정되면 재판이 시작되는 시각을 적어도 10분 단위로 미리 정해준다. 재판 당사자와 대리인이 재판을 받기 위해 대기하는 시간을 최소화하기 위한 배려다.

이런 시차제 소환이 지금은 당연하게 여겨지지만 예전엔 재판 당사자들에게 보통 오전 재판은 아침 10시, 오후 재판은 낮 2시에 나오라고 통지했다. 평소 오전엔 증인이 없는 사건을 적게는 20건, 많게는 50건 정도 진행하고, 오후엔 주로 증인신문을 하는 사건을 적게는 10건, 많게는 20건 정도 진행했다. 그런데 오전 재판은 아침 10시, 오후 재판은 낮 2시에 나오라고 하니 당사자들은 무조건 그 시간에 맞춰 법정에 출석해야 했다. 그러고 나서 자신의 사건을 진행할 때까지 남의 재판을 구경하며 온종일 기다려야 했다.

당시엔 민사재판에서 판사가 어떤 사건에 대해 변론할 때 소송 당사자를 불렀는데, 원고와 피고 모두 나오지 않으면 쌍방 불출석으로 처리했다. 그리고 그 후에도 같은 일이 일어나면 바로 소송 취하로 간주해버리는 '쌍불'제도를 엄격하게 적용하고 있었다. 그러니 꼭 소송을 통해 시시비비를 가리려 한다면 만사 제쳐두고 재판기일엔 반나절 이상을 법원에서 보내야 했다.

문제는 이뿐만이 아니었다. 같은 시간에 여러 건을 변론해야 하는 변호사의 업무상, 이런 어려움을 감안해 변호사들은 법정에 나오는 순서대로 재판을 진행했다. 그러다 보니 변호사 없이 나 홀로 재판에 참석하는 사람들은 이제나저제나 자기 차례를 기다려야 할 수밖에 없었다. 한편 변호사를 선임한 사람은 미리 예약이라도 한 듯 오자마자 재판을 받고 가는 것이다. 변호사 없는 재판 당사자의 눈에는 변호사들이 새치기하는 것으로 보일 수도 있었다.

합의부 판사로 일할 때 재판장께 '변호사 재판 우선 진행'은 공정하지 못한 일이 아닌지 물었다. 아니나 다를까, 마침 재판장도 그 부분을 고민하며 '국민의 권리를 침해하거나 평등권에 어긋나지 않는지에 대해 우리나라는 물론이고 외국의 판례나 자료들까지 찾아보았다'고 했다.

"독일 연방헌법재판소 판례를 찾아보니 그건 위헌이 아니라는 판결이 있더군요."

"아니, 그 논거가 무엇이죠?"

"일반 개인은 각자 한 사건에 대해 재판받으러 오지만 변호사는 여러 사건을 맡아 국민 다수의 권익을 대변합니다. 그렇기 때문에 법정에서 변호사들이 재판에 신속히 참여하도록 배려하는 게 평등권에 위배되지는 않는다고 보더군요."

틀린 말은 아닌 듯했지만 그렇다고 쉽게 수긍할 수도 없었다. 어떤 이유든 결국 변호사 없이 재판받는 사람이 불이익을 당하는 것은 분명하지 않은가.

그러던 어느 날 몸이 아파 대학병원에서 진료받으려고 대기하던 차였다. 여러 환자가 대기석에서 기다리고 있는데 뒤늦게 온 환자 한 분이 간호사와 말을 주고받더니 바로 진료실에 들어가 의사의 진료를 받고 가는 걸 보았다. 나도 빨리 가서 재판 업무를 봐야 하는데, 예약 시간이 지났음에도 늦게 온 환자를 먼저 봐주고 예약 손님을 기다리게 하는 건 몹시 부당하다는 생각에 항의한 적이 있다. 그리고 재판을 진행하는 우리 판사들의 모습을 돌아보게 되었다. 그날 나는 당시의 재판 진행 방식이 잘못됐음을 체감했다.

그래서 단독판사가 되어 혼자 재판을 진행하면서부터는 당사자들에게 법정에 나오는 시간을 30분 단위로 통지했다. 그리고 변호사를 선임한 당사자들과 같은 시간에 출석 통지를 받은, 변호사 없이 소송을 벌이는 당사자들의 사건을 30분마다 먼저 진행했다. 그러고 나면 다음 시간대에 출석 통지를 받은 변호사가 변론하는 사건을 변호사가 도착하는 순서대로 재판했다.

그런 전례가 없었던 터라 변호사들은 관행에 기대 본인의 사건부터 먼저 처리해달라 사정하기도 했지만, 나는 "앞 시간에 출석 통지를 받은 분들의 재판을 마저 끝낸 다음 진행하겠습니다. 특별한 사정이 없으면 잠시 기다려주시지요"라고 했다. 이 같은 재판 진행 덕분에 내게 재판받는 사람들에겐 오랜 시간 무작정 기다려야 하는 일이 생기지 않았다.

그 후 이런 재판 진행 방식이 제도화되도록 법원에 공식적으로 제안하기도 했다. 1993년 3차 사법파동(사법권의 독립과 개혁을 요구한 판사들의 집단적 움직임. 우리나라 사법사에는 1971년, 1988년, 1993년, 2003년 총 네 차례가 있었다) 당시 나를 비롯한 서울중앙지방법원 민사 단독판사 40여 명이 〈사법부 개혁에 관한 건의문〉을 발표하고, 법원의 독립성 확보를 위한 법관의 신분보장과 법관 회의 등 사법부의 개혁을 요구했다.

나는 함께 참여한 판사들의 뜻을 하나로 모으기 위해 열린 사전 회의에서, 법관인 우리가 진정으로 바라봐야 할 대상이 국민임을 역설했다. 법원의 문턱이 낮아졌다지만 법 시스템 곳곳에서 법과 법 집행자는 여전히 '갑'이고, 법에 따라 자신의 권익을 되찾으려는 국민은 '을'의 입장이 돼야 했다. 일종의 피해자임에도 불구하고 국민은 법원이 오라면 오고 기다리라면 기다려야 하는 불편함을 고스란히 감수하고 있었다.

"왜 시민들을 하염없이 기다리게 합니까? 병원의 예약 진료 시스템처럼 10분 단위로 재판 시간을 미리 지정해 출석 통지하면 시민들의 불편함이 한결 줄어들 것입니다."

당시 회의에서 내가 제안했던 내용 중 하나가 앞서 말한 시차제 재판 시스템 도입이었다. 사법부의 독립, 법의 공정성 등 당연히 지켜야 할 것들 외에도 내가 법을 집행하며 느낀, 국민이 법 집행 과정에서 체감하는 불편함도 개선할 필요가 있다고 생각했기 때문이었다.

안타깝게도 당시로선 너무나 앞서가는 생각이었던지 '쌍방의 변호사들이 알아서 나오는 대로 재판을 진행하는 현행 방식이 낫다. 만일 그런 시스템을 도입한다고 치자. 그 후론 어떤 사건의 재판기일을 변경하면 법정에서 재판을 진행하던 판사가 판사실에 올라갔다가, 다음 사건 당사자가 나왔다는 연락을 받고 다시 법정으로 내려가야 하는 불편이 있다'며 외면당했다.

다행히 요즘엔 그때 내가 제안한 시차제 재판 시스템이 모든 법원에 도입돼 당연한 듯 일상화되었다. 이런 재판 진행 방식 덕분에 시민들은 언제 시작될지 모르는 자신의 재판을 기다리느라 시간을 허비하지 않아도 되었다. 또 같은 시각에 여러 사람이 한꺼번에 법정에 들어오지 않으니 법정의 크기도 훨씬 작아져, 법원의 공간 활용도까지 높아졌다.

판결문을 쉽고 간결하게

당시 나는 시차제 재판 시스템 도입 외에도 판결문을 간단하고 쉬운 말로 작성하는 계획도 제안했다. 그때만 해도 판결문은 다음과 같이 쉼표들이 줄을 잇는 하나의 긴 문장으로 이루어졌다.

공문서이므로 진정성립이 추정되는 갑 제1호증(부동산 등기부 등본), 증인 △△△의 증언에 의하여 진정성립이 인정되는 갑 제2호증(부동산 매매계약서)의 각 기재와 증인 △△△의 증언에 변론의 전취지를 종합하면, 원고는 1992. 8. 8. 피고에게 별지 목록 기재 부동산을 매매대금 20,000,000원에 매도하면서 같은 날 계약금 2,000,000원, 1992. 9. 8. 잔금 18,000,000원을 지급받기로 약정한 사실, 피고는 1992. 8. 8. 원고에게 계약금 2,000,000원을 지급한 다음 현재까지 잔금을 지급하지 않고 있는 사실을 각 인정할 수 있고, 이에 반하는 증인 ▽▽

▽의 증언은 믿지 아니하고 달리 반증이 없는바, 위 사실에 의하면 피고는 원고에게 위 매매계약에 따른 잔금 18,000,000원 및 위 금원에 대하여 변제기인 1992. 9. 8.부터 이 판결 선고일인 1993. 2. 1.까지는 민법 소정의 연 5푼의, 그 익일부터 완제일까지는 소송촉진등에 관한특례법 소정의 연 2할 5푼의 각 비율로 산정한 지연손해금을 지급할 의무가 있다 할 것이므로 주문과 같이 판결한다.

사실관계가 복잡하고 법리 다툼이 치열한 사건은 판결문의 한 문장이 한 쪽을 넘기는 일도 허다해서, 쓰기는 물론이고 읽기도 쉽지 않았다. 작성자인 판사도 이럴진대 평소 법과 가깝지 않은 평범한 시민들의 입장에선 오죽할까. 일반인들에겐 '판결문'이라는 법률용어도 어려운 데다, 문장이 너무 길고 복잡해 이해하기 어려울 때가 많았다. 이런 이유로 나는 '국민이 읽고 이해하기 쉽도록 판결문을 단문으로 일목요연하게 쓰자'며 판결문 간이화를 제안했다.

당시 나는 단독판사였으므로 재판 업무에서 이를 이미 실천하고 있었다. 실제 판결문을 작성할 때 국민이 좀 더 이해하기 쉽도록 쉬운 말을 쓰고 문장을 최대한 단문으로 잘라서 간결하게 작성했다. 당시로선 아주 파격적인 시도였다. 단독판사가 되기 전 합의부 판사 시절에 그런 판결문 초고를 작성했다가, 부장판사님에게 경박하다며 야단맞고 사정없이 수정당하기도 했다. 하지만 스스로의 책임과 권한에 따라 판결문을 작성할 수 있는 단독판사가 된 후엔 좀 더 쉬운 말을 선택하고 표현도 단순화하는 등, 판결문을 간결하고 평이하게 다듬어 나갔다.

앞서 동일한 사건에 대해 당시 내가 작성한 판결이유는 다음과 같다.

1. 갑 제1호증(부동산 등기부 등본), 갑 제2호증(부동산 매매계약서)의 각 기재와 증인 △△△의 증언에 변론의 전취지를 종합하면 아래와 같은 사실을 인정할 수 있다.

가. 원고는 1992. 8. 8. 피고에게 별지 목록 기재 부동산을 돈 20,000,000원에 팔면서 같은 날 계약금 2,000,000원, 1992. 9. 8. 잔금 18,000,000원을 받기로 약정하였다.

나. 피고는 1992. 8. 8. 원고에게 계약금 2,000,000원을 준 다음 현재까지 잔금을 주지 않고 있다.

2. 위 사실에 의하면, 피고는 원고에게 위 매매계약에 따라 돈 18,000,000원 및 위 돈에 대하여 1992. 9. 8.부터 이 판결 선고일인 1993. 2. 1.까지는 민법에 정해진 연 5푼의, 그 다음날부터 다 갚는 날까지는 소송촉진등에관한특례법에 정해진 연 2할 5푼의 각 비율로 계산한 지연손해금을 지급할 의무가 있다 할 것이다.

3. 따라서 주문과 같이 판결한다.

1993년 3차 사법파동 현장에서 제안한 개선책들은 고정관념이라는 벽에 가로막혀 안타깝게도 채택되지 않았다. 하지만 그로부터 몇 년 뒤인 1998년, 대법원은 일반인들이 이해하기 쉬운 판결문을 작성하라며 〈판결문 작성 간이화 지침〉을 일선 법원에 내려보냈고, 오랜 좌충우돌 끝에 현재는 '간단하고 쉬운 판결문'이 일반화되었다.

하지만 지금도 성격상 어쩔 수 없거나 복잡한 사안을 작성한 경우, 국민의 눈높이에서 아직도 이해하기 어려운 문서가 판결문이다. 따라서 앞으로도 이를 개선하려는 노력을 지속해야 한다.

느리지만 합리적인 발걸음

법의 공정함과는 별개로 사람들이 법에 대해 여전히 느끼는 감정은 '어렵고 복잡하고 번거로운 것'이다. 억울한 일을 당했을 때 법이 제일 먼저 생각나지만, 정작 법의 도움으로 억울함을 풀려면 그 과정에서 겪는 어렵고, 복잡하고, 번거로운 부분을 고스란히 감수해야 한다. 이 때문에 법 근처까지 왔다가도 힘없이 돌아서는 사람들도 적지 않을 테다. 법은 인간을 위해 만들어진 만큼 인간과 함께할 때 비로소 그 존재 이유를 증명한다.

'사람 위의 무서운 법'이 아닌 '사람 곁의 친근한 법'이 되려면 입법자는 물론, 법을 집행하는 법조계가 변화하려는 노력을 아끼지 말아야 한다. 세상이 변하고 사람들의 삶과 정서가 변하는데 사람을 지키고 보호하기 위해 존재하는 법이 이를 따라가지 못한다면, 그 피해는 고스란히 사람들에게 돌아간다.

그나마 다행히도 국회뿐만 아니라 법을 집행하는 법무부나 대법원 산하 법원 행정처에 각종 법령 개정 위원회가 설치돼, 부당하거나 시대 흐름에 맞지 않는 현행 법령을 개정하는 작업이 계속되고 있다. 세상의 흐름에 앞서가긴 어렵지만 변화하는 사회에 따라 법은 느리게라도 합리적으로 바뀌고 있다.

권위가 아닌 국민의 불편함을 먼저 바라보며 법을 개선하려는 의지가 이어지고 있기에, 우리 법조계에 비판보다는 응원과 격려의 말을 보낸다.

열린 판사실과
닫힌 판사실

"요즘 어떻게 지내세요?"

"아주 잘 지냅니다. 요즘은 퇴근하고 집에 와서 TV 드라마도 봅니다. 하하!"

안동에서 지원장으로 지내던 시절 방에 자주 들르던 기자에게 안부 전화를 받고, 요즘엔 드라마를 볼 정도로 여유롭게 지낸다고 답했다. 서울에 있는 법원에서 근무할 땐 퇴근 후에도 겨우 뉴스나 볼뿐 도통 빈틈이라곤 없었다. 그런데 지방에 내려오니 저녁 시간엔 텃밭도 가꾸고 TV 드라마도 볼 정도로 여유가 생겼다.

판사에게 드라마는 단순한 재밋거리가 아니다. 영화나 책, 뉴스처럼 드라마도 세상 물정을 살피는 또 하나의 창이다. 그리고 무엇보다 여러 등장인물의 다양한 시각과 심리 등을 관찰하면서 사람에 대한 이해와 공감이 깊어질 수 있다.

판사가 공정한 판결을 내리려면 반드시 사람과 삶을 이해해야 한다. 그리고 이를 위해 법대에서 내려왔을 때만큼은 사람들 사이로 들어가 마음을 활짝 열고 그들의 이야기를 들어야 한다. 그래야 네모난 법전 속의 법이 둥근 세상과 어울리며 생명을 얻고 사람들을 온전히 감싸 안을 수 있다.

예전엔 변호사들이 판사를 찾아가 종종 의뢰인의 안타까운 사연을 하소연하기도 했다. 예를 들면 뇌물 수수 혐의로 재판받는 피고인이, 뇌물을 받은 건 명백한 사실이지만 혼자 모든 죄를 떠안기엔 공정하지 못할 때도 더러 있다. 특히 과거엔 하급 직원이 뇌물을 받아 상사에게 상납하는 관행이 예사로 굳어진 경우도 있었다.

이럴 때 뇌물 받은 직원의 입장에선 뇌물의 상당 부분이 상사에게 전달됐다고 폭로하기가 쉽지 않다. 의리를 미덕으로 생각하는 우리 사회에서 자신의 형을 가볍게 하고자 상사에게 뇌물을 나눠준 사실을 털어놓으면 신의를 저버린 행동으로 평가받기 일쑤다. 또 자신의 진술 때문에 상사가 구속된다면 하급 직원에게 마음의 빚으로 다가올 수 있다. 그러다 보니 하급자 혼자 모든 죄를 억울하게 떠안는 일이 생기고 만다.

이럴 경우 예전엔 변호사가 판사실을 방문해 '사실 공식적으로 말하기 뭣한 속사정이 있다'며 하소연하기도 했다. 물론 판사는 중립과 공정성을 유지해야 하기에 그 자리에서 "아, 그래요? 알겠습니다"

처럼 동조하는 말은 절대 하지 않는다. 그리고 판결과 관련해선 어떤 이야기도 꺼내지 않는다. 대신 귀는 활짝 열어둔다. 유죄가 확정될 때까진 무죄로 추정해야 하기 때문에 피고인이 본인의 입장을 충분히 소명할 수 있도록 소통의 문을 열어두는 것이다. 진실 여부를 떠나 '피고인이 억울한 경우도 있을 수 있다'는 가능성을 열어두고 판단하는 것과, '피고인이 혼자서 그 많은 돈을 취했으니 엄벌을 내려야 한다'고 단순하게 생각하는 것과는 양형이 다를 수밖에 없다.

안타깝게도 요즘엔 판사실 입구에 슬라이딩 도어를 설치해두고 변호사와 판사의 만남을 엄격히 제한한다. 판사를 만나려면 면담을 신청하고, 신청 이유를 살펴 허가가 떨어져야 비로소 면담이 가능하다. 그런데 변호사로 일하다 보면 서면으로 해결되지 않는 상황이 발생하는데, 그럴 땐 아주 답답하고 난감하다. 변호사가 답답하다는 건 재판받는 국민이 답답하고 억울한 상황에 놓일지도 모른다는 의미다.

한 회사를 경영하는 L사장은 오랫동안 거래한 거래처가 물품 대금을 주지 않아 소송을 제기해 승소 판결을 받았다. 그런데 그 회사는 부동산은커녕 재산이라곤 '건물주에 대한 임차보증금 반환 채권'밖에 없었다. 나는 L사장의 회사를 대리해 채무자의 '건물주에 대한 임차보증금 반환 채권에 대한 압류 및 추심명령(채무자가 제3 채무자에 대해 가지고 있는 채권을, 다른 사람의 법률적 지위를 대신해 그가 가진 권리를 얻거나 행사하는 절차인 대위代位 없이 채권자에게 채무자를 대신해 직접 추심할 권리를 부여하는 집행 법원의 결정)'을 신청했다. 채무자 회사는 사업 정리

수순을 밟고 있어 곧 보증금을 돌려받고 폐업할 상황이었다. 빨리 보증금이라도 압류하지 않으면 L사장은 거액의 물품 대금을 떼이고 파산할 위기에 처했다.

그런데 급히 압류 및 추심명령신청을 법원에 접수했지만 1주일이 되도록 재판부의 결정이 나오지 않았다. 하루하루 속이 타들어가는 사람은 L사장뿐 아니라 업무를 위임받은 나도 마찬가지였다. 안타까운 마음으로 한없이 기다릴 수만은 없어 법원의 담당판사를 찾아갔다.

부속실 직원에게 면담을 원한다고 하자, 판사실에 들어갔다 나온 직원은 '판사님이 면담을 하지 않겠답니다'라는 말을 전했다. 그렇지만 답답해하는 L사장을 생각하니 그대로 돌아설 수 없었다. 나는 직원에게 '정말 긴박한 사정이 있어 한 말씀만 드리겠다고 다시 말씀드려달라'고 했다. 직원이 판사실에 다시 들어갔고 잠시 뒤 담당판사가 직접 문을 열고 나왔다.

"면담을 안 하겠다는데 왜 그러십니까?"

담당판사는 화난 표정으로 '면담을 안 하겠다면 돌아가지, 왜 자꾸 억지를 부리느냐'는 것이었다. 나는 불쾌하다고 생각할 겨를도 없이 잘 만났다 싶어 바로 사정을 이야기했다.

"압류 및 추심명령을 신청한 지 1주일이 지났는데도 결정이 나오지 않아 찾아왔습니다. 더 늦어져 채권 회수가 불가능해지면 당사자가 파산하게 되는 다급한 사정이라 결례를 무릅쓰고 뵙자고 한 겁니다."

결국 내가 판사실에 다녀오고 나서 바로 압류 및 추심명령이 나온 덕분에 의뢰인은 채권을 회수할 수 있었다. 면담을 거부하는 판사의 말을 거역하고 내 뜻을 밀어붙여 의뢰인이 위기를 면했다고 생각하니, 심기가 불편했던 일도 좋은 기억으로 남았다.

정의롭고 공정하게 판결하려면 판사는 항상 귀를 열어두고 국민의 소리를 들어야 한다. 물론 판사에겐 어느 쪽으로도 기울지 않는 중립적인 태도를 유지하는 게 중요하다. 그래서 당사자 모두가 동등하게 자신을 변호할 수 있는 법정에서 재판을 진행하고 판사실에서 면담하길 제한하는 것이다.

그런데 이는 판사가 귀를 막고 눈을 감으라는 의미는 절대 아니다. 흔들리지 말아야 하는 건 판사 자신의 공정한 마음 자세다. 마음자세가 흔들릴 게 두려워 판사가 아예 귀를 막고 소통하지 않는다면, 자신의 틀에 갇혀 자칫 편협하게 판단할 위험이 있다.

굳이 변호사와 마주 보고 이야기 나누지 않아도 책이나 드라마를 보고, 사람들과 직접 소통하면서 바깥세상의 이런저런 이야기에 귀 기울이다 보면 '이런 일도 있구나', '이럴 수도 있구나' 하며 열린 마음을 가질 수 있다. 세상엔 판사가 예상할 수 있는 일만 벌어지지 않는다.

그래서 나는 '판사실 문은 닫아도 신문고 하나는 달아놓아야 하지 않나' 하고 생각한다.

판사는
국가 편?

국가는 법질서를 유지하기 위해 검사에게 수사권과 기소권을 맡겼다. 그래서 검사가 어떤 국민이 법을 어겼다고 의심되면 수사를 진행해 사실관계를 조사한 다음, 법을 위반했다고 확신하게 됐을 때 당사자를 처벌해달라고 법원에 공소를 제기한다. 누가 어떤 행위를 했고 그 행위가 어느 법에 위반된다는 검사의 주장을 담은 문서가 '공소장'이다.

수사기관이 범죄 혐의를 인정해 입건한 사람을 '피의자'라 부르고, 검사가 피의자를 기소하면 그때부터 '피고인'이라 부른다. 법원에서 공소사실이 진실인지, 진실이라면 법률상 죄가 성립되는지 밝히는 절차가 형사소송절차다. 드라마에서 '피고인'을 '피고'라고 잘못 말할 때가 있다. 피고는 민사소송, 행정소송, 가사소송(혼인 관계, 친자 관계 같은 가정의 일과 관련된 사건을 대상으로 하는 소송)에서 소송을 제기한 원고에 대응하는 사람, 쉽게 말해 '소송당한 사람'을 일컫는 말이다.

변호사는 국민이 억울한 일을 당하지 않도록 수사 중인 피의자와 재판 중인 피고인을 변호하고, 소송 당사자인 원고 또는 피고를 대리해 법률적 도움을 준다. 판사는 사실관계와 법 적용에 관한 검사의 주장과 피고인 및 변호인의 주장을 검토해 검사의 주장이 옳다고 판단되면 피고인에게 유죄판결을, 증거가 없거나 법률상 죄가 성립되지 않는다고 판단되면 무죄판결을 선고한다.

행정소송은 국가나 공공기관이 법에 어긋나거나 부당하게 공권력을 행사했거나 행사하지 않은 일 따위로 권리 또는 이익을 침해받았다고 주장하는 국민이 처분청(행정 처분을 한 행정 관청으로, 행정 심판의 상대방을 이르는 말)을 상대로 처분의 무효 또는 취소를 요구하는 소송 절차다. 형사소송을 제기하는 당사자는 검사이고 행정소송의 피고는 국가나 행정기관이므로, 두 소송 모두 한 쪽이 국가 또는 행정기관인 셈이다.

그렇다면 형사소송에서 검사와 변호사, 행정소송에서 국가와 국민의 주장이 서로 다르고 어느 쪽의 주장이 정당한지 애매할 때 판사는 과연 누구의 편일까? 일반인들은 판사도 공직자로서 국가로부터 보수를 받으므로, 이럴 땐 국가 편을 들 거라고 생각할 수도 있다. 그러나 사실은 전혀 그렇지 않다.

형사사건에선 헌법에 보장된 무죄추정의 원칙과, 이에 근거해

'의심스러울 땐 피고인의 이익으로 판단하라'는 '형사절차의 대원칙'에 따라, 앞서 등장한 질문처럼 애매할 땐 무죄를 판결해야 한다. 검사가 기소한 사건에 법원이 무죄를 판결했다는 여러 뉴스는 이를 증명하고 있다.

그럼 행정사건은 어떨까? 국가 및 공공기관과 국민 사이의 다툼인 행정소송에서 판사는 철저히 중립적이고 공정한 위치에서 판단해야 한다. 해당 행정사건에서 다루는 행정처분이 법에 정해진 절차를 지켜 이루어졌는지, 그 처분으로 달성하려는 공적 이익이 개인의 권익 침해를 정당화할 정도로 우위에 있는지를 기준으로 행정처분의 적법 여부를 판단한다.

"기업활동의 자유를 보장하는 우리나라에서, 기업이 영업 관리를 위해 대리점에 이 정도 의무를 부과하는 건 정당하다고 봐야 하지 않을까요?"

"대리점도 기업이라고 할 수 있는데 이 정도 규제는 과한 것 아닌가요?"

서울고등법원에서 행정소송을 담당할 때 재판장과 주심판사 사이에 오간 이야기다. P기업은 본사 교육에 불참하고 유통 규칙을 어겼다는 이유로, 특정 지역에서 자사 식품을 독점으로 공급받아 판매하던 어떤 대리점의 대리점 재계약을 거절했다. 그리고 대리점 양도를 승인하지 않다가 공정거래위원회로부터 불공정거래행위로 시정명령을 받자, 이 명령이 위법이라며 취소해달라고 법원에 소송을 제기한 것이다.

이 소송은 기업활동의 자유가 어느 정도까지 허용되는지, 국가가 기업활동을 어느 정도까지 규제할 수 있는지 판단해야 하는 어려운 사건이었다. 변론을 종결하고 판결을 어떻게 선고할지 논의하는 합의 과정에서, 앞서 나눈 대화에서 보듯 재판장과 주심판사의 생각이 달랐다. 선뜻 어느 의견이 옳고 그르다고 단정 짓기도 어려운 상황이었다. 고심 끝에 판결 선고를 2주 연기하고 좀 더 검토하기로 했다. 2주간 열심히 자료를 찾고 고민한 후, 다시 합의를 위해 머리를 맞댔다. 그런데 이번엔 서로 상대방의 지난번 주장이 맞는 것 같다며 생각이 바뀌는 바람에 또 합의가 이루어지지 않았다. 좀 더 고민해보기로 하고 판결 선고를 다시 연기했다.

당시 함께 사건을 논의한 재판장은 명쾌한 논리를 구사해 결론을 잘 내기로 이름난 분이었다. 도서관에 드나들며 관련 박사학위논문까지 찾아가며 서로 씨름하다가 3차 합의에서 드디어 의견 일치를 봤다. 시정 명령이 위법이라고 결론 낸 것이다. 일단 이렇게 결론을 내고 상급심인 대법원의 판단을 기다려보자는 입장이었다. 그러나 아쉽게도 공정거래위원회 측에서 상고하지 않는 바람에 판결은 그대로 확정되었다.

이 사건은 기업과 국가 간의 다툼에서 누구의 주장이 정당한지 사실 애매하다고 볼 수 있었다. 더군다나 당시 원고였던 P사는 정부의 규제에 노골적으로 반대하는 신문광고를 여러 차례 낸 회사였다. 그렇지만 재판부는 국가로부터 미운털이 박힌 P사와 국가를 같은 선상에 놓고, 어떤 판단이 법과 논리에 맞는지 고심에 고심을 거듭한 것이다.

　이렇듯 법과, 법을 집행하는 판사는 누구의 편도 아니며, 누구의 편이 돼서도 안 된다.

5

법에서 만난 세상

판결을 선고하는 법정에선 다양한 표정을 만날 수 있다. 판결을 기다리며 두려움에 떠는 피고인, 분노에 가득 차 피고인을 쏘아보는 피해자와 그 가족, 안타까움에 숨죽여 흐느끼는 피고인의 가족, 감정을 읽을 수 없는 판사의 무표정한 얼굴까지 여러 얼굴이 함께 한다. 각양각색의 감정과 표정만큼이나 판결 선고 후 피고인의 행동도 천태만상이다.

판결이 끝나면 세상을 다 얻은 듯 환하게 웃으며 기뻐하는 이가 있는 한편, 마치 시한부 삶을 선고받은 것처럼 절망감에 주저앉아 오열하는 이도 있다. 또 판결에 승복하지 못하는 사람들은 세상을 원망하고 판사를 비난하며 거칠게 항의하기도 하고, 승복 여부와는 무관하게 이어질 형벌의 시간이 두려운 피고인은 이성을 잃고 난동을 부리기도 한다. 심지어 피고인이 자해를 하거나 법정에서 도주를 시도하는 무모한 행동을 하는 경우도 있다.

안동지원에서 지원장으로 근무할 때의 일이다. 판결 선고를 하려고 법정에 들어가는데 평소와는 달리 법정 출입문 복도를 지키는 경비교도 대원들의 모습이 눈에 띄었다. 그즈음 상습절도죄로 재판받던 신창원이 법정에서 도주한 사건으로 언론이 떠들썩할 때였는데, 아무래도 그 때문인 듯했다.

그날 나는 피고인 10여 명에게 판결을 선고하기로 돼 있었는데, 평소와는 달리 뭔가 좋지 않은 일이 벌어질 것만 같은 불길한 예감에 긴장감을 늦추지 않았다. 아니나 다를까, 피고인 중 한 명에게 실형 2년을 선고하자 그는 마치 준비라도 한 듯 법정 옆문으로 잽싸게 도망쳤다. 순간 나는 법정 질서 유지를 담당하는 경위에게 법정의 모든 출입문을 봉쇄하라고 지시했다. 구속 피고인이라도 법정에서 재판을 진행할 땐 수갑과 포승줄을 원칙적으로 풀게 돼 있다. 따라서 만일 구속 피고인들이 한꺼번에 탈출 소동을 벌이면 걷잡을 수 없는 혼란이 벌어질 위험이 있었다.

　다행히 법정의 모든 출입문이 즉각 봉쇄됐고, 나는 아무 일도 없었던 것처럼 다음 사건을 호명하면서 판결 선고를 진행했다. 당황하고 놀란 마음에 등에선 식은땀이 흘러내렸지만 법정 안엔 포박이 해제된 피고인들이 있었던 터라, 애써 태연한 척 평소보다 더 차분한 태도를 유지했다. 그 덕분인지 다른 피고인들은 별다른 동요 없이 차분히 자신의 선고를 기다렸다. 물론 법정을 뛰쳐나간 피고인도 문밖을 지키던 경비교도 대원들에게 즉시 붙잡혔다.

　피고인이 법정을 탈출하는 일보다 더 자주 벌어지는 사건은 판결 선고를 받은 피고인이 판결에 불복해 법정에서 난동을 부리는 일이다. 본인이 지은 죄에 대한 후회와 반성과는 별개로 피고인들에게 형벌은 늘 무겁게 여겨지는 법이다. 특히 실형이 선고되면 대부분 표정이 굳어지고, 심지어 판결에 불복하며 법정에서 화를 내거나 소리를 지르는 등 소란을 피우는 사람도 있다.

어떤 날엔 실형을 선고받은 피고인이 법정을 나가면서 철문을 머리로 들이받으며 소리 지른 일이 있었다. 당시 그 모습을 지켜본 배석판사로서 나는 당황스럽기도 하고 피고인의 무례한 행동에 화가 나기도 했다. 그래서 당연히 감치시키거나 법정에서 행패 부린 사실을 조서에 기록해 항소심에서 선처받지 못하게 해야겠다는 생각이 들었다. '감치監置'는 법정 질서를 어지럽히는 사람에게 가장 길게는 20일 동안 구금하는 제도이고, 구속된 피고인이 감치 처분을 받으면 그만큼 구속기간이 늘어난다.

그런데 당시 재판장이었던 분은 평소와 다름없이 차분한 목소리로 피고인을 법대 앞으로 다시 불렀다. 그리곤 "지금 이 판결에 승복하지 못하신다는 의미입니까?" 하고 물었다. 피고인은 대답 대신 원망 가득한 눈길로 재판장을 쏘아보았다. 재판장은 여전히 흔들림 없이 말씀을 이어가셨다.

"판사는 사건 현장에 직접 있지 않았으므로 수사기록과 증인신문 등 여러 증거를 종합해 공소사실의 진위를 판단할 수밖에 없어요. 그 결과 우리는 피고인의 주장을 받아들이기 어렵다고 판단했고요. 깊이 고민한 결과이긴 하지만 우리의 판단이 틀렸을 수도 있으니, 꼭 항소해 항소심에서 충실히 변론하고 다시 판결을 받아보세요."

당시 재판장은 우리 재판부가 비록 유죄로 판단했지만 최종 판결은 아니기에 억울한 점이 있다면 꼭 항소하고, 억울함을 밝혀줄 증거도 항소심 재판에 더 많이 제출해보라고 조언까지 해주셨다. 법정에서 소란을 피운 피고인에게 당연히 야단을 치고 벌을 내릴 거라 짐작한 내가 부끄러워지는 순간이었다. 이런 재판장의 모습은 내게 존경심을 불러일으켰고, 내가 판사로 근무하는 동안 어려운 상황을 만났을 때 '그분이라면 어떻게 하셨을까'를 생각하면 답을 찾을 수 있었다.

내게 이래라저래라 말씀하지 않으셨지만 그 재판장은 노자의 《도덕경》에 나오는 '말 없는 가르침行不言之教'을 베푸신 것이다.

법,
너 얼마면 돼?

    돈이나 권력처럼 강한 힘을 가진 사람들 중엔 그 힘으로 법을 마음대로 조종할 수 있다고 믿는 이들이 있다. 그들은 죄를 지을 때도 과감하고 당돌하며, 심지어 범죄가 발각돼도 무척이나 당당하고 여유롭다. 돈과 권력이 자신을 보호해주리라고 믿기 때문이다.

    2018년, 법률소비자연맹에서 전국의 대학생과 대학원생 3656명을 대상으로 법의식에 관해 조사했다. 응답자 중 85.6퍼센트에 해당하는 3131명이 우리 사회엔 '유전무죄, 무전유죄' 현상이 만연해, 돈이 있으면 죄를 면하지만 돈이 없으면 죄를 뒤집어쓰기도 한다고 응답했다. 또 '우리 사회는 법보다 돈이나 권력의 힘이 세다'고 생각하는 응답자도 무려 78.5퍼센트에 달했다. 돈과 권력에 휘둘리지 않는 공정한 법 집행에 애써온 분들은 이런 여론조사 결과에 억울한 마음이 들 것이다. 하지만 아직도 우리 사회엔 자신의 돈과 권력이 법보다 위에 있다고 믿는 사람들이 있고, 법은 그들의 오만과 착각을 미처 다 깨부수지 못하고 있다.

"얼마면 되죠?"

드라마에서나 나올법한 이 말을 법을 향해서도 쓰는 사람이 있어 경악한 적이 있다. 몇 년 전 수십 억 원의 회사 돈을 횡령한 죄로 구속된 기업인 H가 변호인으로 선임하고 싶다면서 내게 접견을 요청해왔다.

명문대 출신 엘리트 사업가인 H는 사채를 빌려 이름난 기업 하나를 인수한 뒤, 회사 돈을 빼내 그 빚을 갚았다. 검찰은 그를 특정경제범죄가중처벌등에관한법률위반(업무상 횡령)죄로 구속기소했다. 그는 30대 초반의 성공한 사업가로 알려진 인물이었고, 당시에 이미 비슷한 범죄를 저질러 집행유예에 처해진 기간인데도 다시 죄를 범한 것이었다.

"공소사실을 모두 인정하십니까?"

난 혹시라도 그에게 내가 미처 알지 못하는 억울한 사연이 있을까 싶어 사실관계를 인정하는지 먼저 물었다. 그런데 그는 모두 사실이라며 순순히 고개를 끄덕였다.

"음, 그렇다면 제가 무엇을 도와드려야 할까요?"

대한민국의 모든 국민은 죄의 경중과 상관없이 변호인의 도움을 받을 권리가 헌법에 보장돼 있으므로, 난 잘못을 인정하는 그에게도 어떤 도움을 주길 바라는지 물었다.

"나 좀 나가게 해주세요!"

대개 변호사에게 도움을 청하는 사람들은 제발 누명을 벗겨달라거나, 잘못은 인정하지만 여러 정상을 참작해 선처받도록 도와달라는 사람들이다. 그런데 H는 과거에 구형된 징역형에 대해 이미 집행유예를 선고받았음에도 그 기간에 다시 징역형에 해당하는 잘못을 저질렀다. 따라서 그는 공소사실이 인정되면 무조건 실형을 선고받을 상황임을 알고 있었다. 게다가 그는 이전 재판에서 선고된 형기까지 합친 기간 동안 형을 살아야 했다. 그런데 그런 사람이 구치소에서 나가게 해달라니, 황당하고 어이가 없었다.

"허허! 이런 잘못을 해놓고 어떻게 나갑니까? 이 죄는 5년 이상의 징역에 처하게 돼 있습니다. 재판부가 관용을 베풀어 형을 감경하더라도, 그 2분의 1인 2년 6개월 이상의 징역형을 선고할 수밖에 없어요. 더구나 집행유예 기간에 다시 범죄를 저질렀으니 재판부에서 또 집행유예를 선고할 수도 없고요. 결국 이전에 선고받은 2년 6개월까지 보태져 앞으로 최소 5년은 구치소에서 살아야 합니다."

"누가 그걸 모릅니까? 그래서 변호사님을 보자고 한 거 아닙니까! 그러지 말고 날 좀 도와주세요. 소문을 들으니 변호사님이 이 구치소에서 가장 많은 사람을 나가게 해주셨다면서요. 그러니 나도 얼른 나가게 해주세요. 10월에 아이 첫돌입니다."

황당함에 내가 잠시 말문을 잃은 순간 H는 의자까지 바짝 당겨 앉으며 '얼마면 되겠느냐'고 물었다. 그러고 나서 다시 어깨를 쫙 펴곤 당당히 말했다.

"아까 다른 두 명의 변호사가 나를 찾아와 사건을 맡겠다고 했지만 미덥지 않아서 아웃시켰어요. 나는 꼭 박 변호사님께 이 일을 맡기고 싶습니다. 맡아만 주신다면 제가 수임료로 10억을 쏠게요!"

순간 불쾌함이 밀려왔다. 말 한마디에도 그 사람의 품성이 묻어나는 법인데, 법조인을 존중하는 태도까진 기대하지 않더라도 기본적인 예의는 지켜야 하지 않을까 싶었다. 사람이 공도 아니고 활도 아닌데 변호사를 아웃시키고 돈을 쏠다니! 그 사람의 머릿속엔 내가 돈만 많이 주면 법과 재판도 왜곡할 수 있는 변호사로 인식된 모양이었다. '이 젊고 좋은 머릿속에 든 사고방식은 썩을 대로 썩었구나' 하는 생각에 측은한 마음마저 들었다.

"변호사가 아무리 유능하고 재판부가 아무리 관대해도, 이 사건은 징역 2년 6개월 이하를 선고받기는 불가능해요. 법이 그렇습니다."

나는 한 번 더 그가 놓인 상황을 정리하며 서류를 다시 가방에 챙겨 넣었다. 석방될 수 없는 사람을 석방해달라니 그만 두 손 다 들 수밖에.

"아니, 변호사님! 재판을 어디 법만 가지고 합니까?"

나는 순간 내 귀를 의심했다. 재판을 법 말고 다른 것으로 하는 경우도 있단 말인가? 당돌한 그의 말에 나도 모르게 화가 치밀었다.

"재판을 법이 아니면 무엇으로 합니까?"

"저도 세상 좀 알아요. 돈은 충분히 드릴게요."

예상을 벗어나지 않는 대답이었다. 돈으로 법도 마음대로 할 수 있다는……. 더는 그의 이야기를 듣고 있을 이유가 없어 자리를 박차고 일어났다. 그리고 분명히 말했다.

"어떤 유능한 변호사가 사건을 맡아도, 수임료를 10억이 아니라 100억을 줘도 당신은 나갈 수 없습니다. 그게 법입니다."

접견실을 나서려는 내게 H는 오후에 한 번 더 찾아와주길 부탁했다. 하지만 나는 딱 잘라 거절했다.

"난 그렇게 한가한 사람이 아닙니다!"

법을 우습게 아는 사람에게 내가 할 수 있는 일이라곤 겨우 수임 거부가 전부라는 생각에 허탈감이 밀려왔다. 그럼에도 자신이 가진 돈을 발판 삼아 법 위에 올라서려는 젊은이의 뒤통수를 향해 따끔한 한 방을 날렸다는 점은 작으나마 위안이 되었다.

누가 그 젊은 엘리트 기업가를 그렇게 만들었을까?

자식들이
보고 배웁니다

판사의 입장에서 소송 당사자들을 화해시키는 일은 무척이나 번거롭다. 재판을 통해 판결을 내릴 때보다 시간과 에너지가 몇 배나 더 들기 때문이다. 화해시킬 땐 양측의 입장을 세심히 살펴야 하고, 필요하다면 사건과 관련된 주변 사정까지 고려해야 한다. 그럼에도 소송에서 화해를 먼저 시도하는 이유는 감정의 앙금을 남기는 판결보다 화해로 해결하는 방식이 몇 번을 생각해도 더 좋다고 믿기 때문이다. 특히 당사자가 친족이나 형제간인 경우, 법정 소송은 당사자뿐만 아니라 다른 가족의 마음에도 상처를 입히고 상흔도 오래 남는다.

인천에 사는 50대 아들 둘이 여든이 넘은 아버지를 상대로 소송을 제기했다. 아버지가 평생 농사지은 토지에 인천국제공항이 들어서면서 30억 원이 넘는 거액을 보상받게 되니, 돈을 내놓으라고 소송을 건 것이다. 생각지도 않은 큰돈이 들어오면 이성을 잃는 사람이 많다. 두 아들은 자신들에게도 어느 정도 돈을 나눠주리라 기대했지만 아버지는 그렇게 하지 않았다. 기다리다 못한 큰아들과 둘째 아들은 원래 땅이 자신들의 것이었다고 주장하면서 아버지를 상대로 보상금을 내놓으라고 소송을 제기했다.

아무리 돈이 좋아도 그렇지, 어떻게 아들 둘이 편먹고 아버지를 공격할 수 있는지 선뜻 이해가 가질 않았다. 더군다나 아들들은 형편도 그리 나빠 보이지 않았다. 사건기록을 살펴보니 그 땅에는 두 아들과 아버지 사이의 불미스러운 사연이 얽혀 있었다.

평생 농사를 짓고 산 아버지는 나이가 들자 어느 날 두 아들 앞으로 땅을 넘겨줬다. 그렇게 한 데엔 '이제 이 땅을 너희 명의로 남길 테니 나한테 자주 들르고 생활비도 보내달라'는 뜻이 담겨 있었다. 아버지의 기대와는 달리 두 아들은 영종도에서 농사짓는 아버지를 자주 찾거나 경제적 지원을 제대로 하지 않았다. 두 아들에겐 땅의 명의변경까지 해줬지만 여전히 농사일은 아버지와 막내아들 몫이었다.

괘씸하다고 생각한 아버지는 아들들을 상대로 토지 명의를 돌려달라며 소송을 제기했고, 대법원까지 가는 치열한 다툼 끝에 승소했다. 그 후 두 아들은 아버지를 상대로 토지 구입 당시 아버지에게 드린 돈을 돌려달라며 다시 소송을 제기했고, 이 소송은 고등법원에서 화해로 종결되었다. 이런 복잡한 사연을 가진 땅을 대상으로 어느 날 갑자기 30억 원이라는 거액의 보상금이 떨어지자 억울하게 생각한 두 아들이 아버지에게 보상금을 나눠달라고 요구했고, 아버지가 이를 거부하는 바람에 급기야 소송을 제기한 것이었다.

사건기록을 읽고 있자니 내 가슴엔 먹먹함이 밀려왔다. 아무리 생각해도 소송으로 해결될 일이 아니었다. 누구도 행복할 수 없는, 상처만 남을 불행한 소송이 될 게 뻔했다. 반드시 화해로 해결점을 찾겠다는 각오로 사건을 조정(調停, 분쟁을 해결하기 위해 법원이 당사자 사이에 끼어들어 쌍방이 양보하게 해 합의를 이끌어냄으로써 화해시키는 일)에 회부하고 세 사람 모두 판사실로 오게 했다.

고급 양복에 넥타이를 맨 말끔한 중년의 아들들과는 달리, 여든이 넘은 늙은 아버지는 쩍쩍 갈라진 두꺼비 등 같은 손을 내밀곤 허름한 점퍼 차림으로 앉아 있었다. 나는 우선 양측의 사연부터 들었다. 아버지는 속상한 마음이 얼마나 컸던지 줄곧 이맛살을 찌푸린 채 두 아들을 쏘아보며 울분을 토했다. 나는 두 아들을 설득했다.

"아무리 돈이 좋다지만 나이 많은 아버지에게 이렇게까지 하는 게 과연 바람직하다고 생각하세요? 두 분 회사도 좋은 데 다니시고 먹고사는 덴 지장이 없지 않나요?"

"그야 그렇지만⋯."

"두 분의 서운한 마음은 충분히 이해합니다. 하지만 아버지는 두 분보다 훨씬 더 섭섭하실 거예요. 그리고 여생도 얼마 남지 않은 아버지가 돈을 다른 사람에게 줄 것도 아니고 결국 두 아드님에게 모두 상속될 텐데, 뭐가 그리 급해서 아버지를 상대로 이렇게까지 하시나요?"

나의 말에 두 아들은 '아버지가 우리를 상대로 먼저 소송을 제기한 적이 있다'며 하소연했고, 이에 아버지는 '너희들이 똑바로 했으면 내가 그렇게까지 했겠느냐'며 호통을 쳤다.

토지개발로 30억 원이라는 큰돈이 생긴 일은 하늘이 이들에게 내린 복임에 분명하다. 그런데 이를 두고 아버지와 아들들이 소송을 하고 판사 앞에서 서로 다투고 있으니, 나는 안타까움을 넘어 재앙이라는 생각이 들었다.

"여생이 얼마 남지 않은 아버님 눈에서 피눈물이 흐르고 가슴에 한을 품고 돌아가시게 하고 나선 그때 후회한들 소용없습니다. 돈의 일부라도 두 분에게 나눠드리라고 아버님을 설득할 테니 꼭 화해하세요."

간곡한 설득에 두 아들은 그렇게 하겠노라며 고개를 끄덕였다. 그러나 아버지는 여전히 자식들에게 서운한 마음이 컸던지 '내 눈에 흙이 들어가도 저놈들은 용서할 수 없다'며 역정을 냈다.

"어르신의 심정은 충분히 이해합니다. 그런데 아들들을 불효자로 만들고 돌아가시면 어르신도 마음이 편하시겠어요? 돌아가시면 어차피 돈은 자식들한테 넘어갈 텐데 왜 이걸 붙잡고 두 아들과 다투시나요? 제가 책임지고 아들들이 어르신께 사과하게 할 테니 어르신도 마음 푸시고, 자식들에게도 돈을 좀 나눠주세요. 나머지 돈은 실컷 쓰시면서 사모님과 여행도 다니고 여생을 즐겁게 사시고요."

아버지의 마음이 조금 누그러지는 듯했다. 나는 다시 두 아들에게 아버지께 진심으로 사과하라고 설득했다.

"아버지 연세가 벌써 여든이 넘으셨는데 이러다 덜컥 돌아가시기라도 한다면 두 분은 씻을 수 없는 죄를 짓게 됩니다. 게다가 두 분의 자녀들이 이 사실을 알게 되면 과연 아버지를 존경할 수 있을지도 생각해보시기 바랍니다."

이렇게 나는 자식들 보기에 부끄럽지 않느냐는 의미로 제법 매서운 말도 했다.

"아드님들이 먼저 아버님한테 잘못했다고 사과하세요. 기회는 오늘뿐입니다."

"아버님, 잘못했습니다. 용서해주세요."

"이놈들아! 내 눈에 흙이 들어가도 너희를 용서하지 않으려 했다. 그런데 판사님이 하도 말씀하시니 내가 받아들인다. 앞으로 똑바로 해!"

호통치는 아버지의 눈에도 눈물이 맺혔다. 물론 두 아들도 두꺼비 등처럼 거친 아버지의 손을 잡고 진심으로 사과하면서 용서를 구했다. 긴 설득 끝에 아버지는 아들 둘에게 어느 정도 돈을 나눠주기로 약속했고, 이들은 화해했다. 10시에 시작된 조정이 12시 30분이 되어서야 마무리됐을 정도로 고된 과정이었지만 그만큼 보람도 컸다. 화해가 성사되지 못해 소송으로 갔더라면, 판결 결과와 상관없이 패소한 쪽은 분명 고등법원에 다시 항소했을 터다. 그리고 아버지와 두 아들은 영원히 서로를 원망하며 삶을 마칠 수도 있었다.

감정의 골이 깊은 친족 사이의 소송을 화해로 이끌기란 일반 소송에 비해 몇 배나 더 어렵다. 그렇지만 감정과 마음의 작은 매듭부터 풀어나가다 보면 이들의 반목은 어느 순간 눈 녹듯 사라지기도 한다. 사실 화해에 이르는 방법은 복잡하거나 어렵지 않다. 그저 열린 마음으로 당사자의 이야기를 들어주는 데서 시작하면 된다. 소송 당사자들의 입장에서 그들의 얽히고설킨 내막과 하소연을 듣고, 이해하고, 공감하는 것이다. 그렇게 마음에 맺힌 응어리를 하나씩 풀어주다 보면 어느새 굳은 마음이 부드러워지면서 상대를 보듬을 여유도 생긴다.

나는 소송 당사자들이 내 가족이라 생각하고, 법의 힘을 빌려서라도 해결하고 싶어 하는 안타까운 내막을 우선 자세히 검토했다. 그러고 나서 가능한 한 그 마음에 공감하며, 화해할 수 있도록 이들을 설득했다. 그들 역시 마음속 깊은 곳엔 소송이 아닌 화해를 바라는 마음이 있기에, 판사는 그 마음을 잘 끌어올려 포기하지 않고 끝까지 화해로 이끌면 되지 않을까?

지킬 박사와 하이드 씨가 공존하는 인간의 심성이지만, 이처럼 지킬 박사와 대화하다 보면 문제가 풀리기도 한다.

부부 십계명
써주는 판사

이혼 주례 서는 판사

흔히 부부 싸움은 칼로 물 베기라고 한다. 그런데 칼로 물을 베는 일이 반복되다 보면 결국 그 칼로 상대의 마음까지 베게 된다. 결혼식장에 들어서는 신혼부부들의 눈에선 세상에서 가장 달콤한 꿀이 떨어진다. 하지만 '너 없으면 못 산다'던 애절한 사랑이 언제 그랬냐는 듯 차갑게 식어버리면, 부부는 어느새 '너 때문에 못 살겠다'며 서로 이별을 이야기한다. 그래서 이혼 법정에 선 부부의 눈엔 서로에 대한 실망과 증오가 넘쳐난다. 이혼 주례를 맡은 판사 앞에 선 그들의 모습은 슬프다 못해 아프기까지 하다.

나는 젊은 시절 서울가정법원에 2년간 근무하면서 이혼 재판은 물론, 당직판사로서 협의이혼의사확인 업무를 담당한 경험이 있다. 법원에 협의이혼의사확인을 신청한 부부들에게 이혼 의사를 확인해주는 판사를 법원 내부에선 우스갯소리로 '이혼 주례'라고 한다. 결혼하는 남녀에게 주례가 진심으로 사랑하고 결혼할 의사가 있는지 확인한 뒤 성혼 선언문을 낭독하듯, 이혼하려는 부부에게 판사가 진심으로 이혼할지 확인한 뒤 이혼이 성립됐다고 선언하는 것이 결혼 주례와 닮았다고 해서 생겨난 말이다.

현재는 부부가 이혼하기로 합의하고 협의이혼의사확인 신청서를 법원에 제출하더라도 바로 판사 앞에서 협의이혼의사를 확인받을 수 없다. 충동적인 이혼을 방지하기 위해 2008년 6월 22일부터 '이혼숙려기간제도'라는 제도가 도입되었기 때문이다. '숙려 기간'은 과연 이혼이 바람직한지 신중하게 고려할 수 있도록 부부에게 주어지는 기간이다.

미성년 자녀가 없으면 1개월, 미성년 자녀가 있으면 3개월이 지나야 판사 앞에서 협의이혼의사를 확인받을 수 있다. 이 제도가 없었던 과거엔 당직판사로서 협의이혼의사 확인절차를 진행하면 바로 도장을 찍어주지 않고 부부에게 이혼 사유는 무엇이며 자녀 양육과 재산 분할은 어떻게 할지 소상히 묻기도 하고, 때로는 감정을 풀고 화해하라고 권유하는 일도 적지 않았다.

모든 법정이 그렇겠지만 이혼 법정은 더욱더 인간에 대한 이해와 따뜻함이 필요한 곳이다. 당장 보기엔 부부 두 사람의 문제지만 이들 뒤엔 각자의 부모와 형제, 무엇보다 이 둘을 믿고 의지하며 살아가는 자식들이 있다. 이혼은 이들 모두에게 삶의 위기이자 충격이다. 그래서 나는 이혼을 꼭 해야 하는 경우가 아니면 가능한 한 화해하고 더 노력해보라고 부부들에게 조언했다.

협의이혼은 화해로 해결합시다

협의이혼 하러 온 사람들 중엔 지난밤 싸움 끝에 갈라서자며 기어이 법원까지 온 부부도 더러 있었다. 충동적 이혼을 막고자 제정된 이혼숙려기간제도가 있기 전엔 법정에서 판사의 확인 도장만 받으면 곧장 이혼이 가능했다. 그랬던 만큼 협의이혼을 담당하는 판사가 가정 상담사 역할까지 할 필요가 있었다.

홧김에 이혼하러 온 부부들은 할 수 있는 데까지 설득해서 다시 돌려보내는 것이 바람직하다. 이들이 찾아왔을 땐 서로 감정이 끓어올라 표정이 굳어 있거나 때로는 얼굴이나 몸에 상처 자국이 보이기도 했다. 막 끓어오른 물과 같은 이들에게 일단 나는 열부터 식히고 찬찬히 생각할 시간을 갖게 해주려고 했다.

"어제 두 분 싸우셨어요?"

"네…."

"부부가 살다 보면 싸울 수도 있지만 그랬다고 해서 모두 이혼하지는 않지요. 우리 부모님들도 다들 싸우면서 살지 않았습니까. 그래도 자식 생각해서 참고 산 덕분에 두 분도 부모님의 보살핌 속에서 성장하셨잖아요. 이혼은 두 분 책임이지, 아이들 잘못은 아니잖아요. 두 분을 하늘처럼 믿고 자란 아이들은 앞으로 어떻게 살겠어요?"

가정폭력이나 외도, 악의적인 유기 등 부부 사이에 심각한 뒷이야기가 있지 않는 한, 자녀 이야기를 하면 두 눈에 눈물이 고이며 이혼 의사를 거두는 부부가 적지 않았다.

"부부 싸움은 칼로 물 베기라고, 싸우더라도 다시 사과하고, 안아주고, 품어주기도 해야죠. 그게 가족 아닙니까. 폭력을 행사한 남편이 부인께 잘못했다고 진심으로 사과하고, 나가서 맛있는 것도 좀 사드리세요. 덕수궁 벤치에 앉아서 그동안 쌓인 얘기도 좀 하시고요."

이쯤 되면 "가자!"며 남편이 아내의 손을 잡아끄는 경우가 많았다. 그러면 아내는 못 이기는 척 일어나며 꾸벅 인사한 다음 남편 뒤를 총총걸음으로 따라간다. 두 사람의 백년해로를 장담할 순 없지만 끓어오른 물에 데지 않을 정도로 온도는 떨어뜨렸으니 그것으로 내 소임은 다한 듯했다.

이혼 소송엔 부부 십계명

협의이혼과는 달리 소송을 통해 이혼하는 사람들은 감정의 골이 깊고, 서로에 대한 미움과 원망이 큰 경우가 많아 좀 더 신중하게 접근해야 한다. 이혼 법정에 선 사람들은 사랑하던 두 사람이 원수가 되어 돌아서는 자리다 보니 판사 앞에서까지 서로를 헐뜯고 싸우는 일이 다반사다. 사랑하는 마음이 깊었던 만큼 미움과 원망의 골도 깊은 것이다. 서로의 감정이 아주 격해지지만 않는다면 나는 그냥 그들의 이야기를 들어주었다. 각자 본인의 입장에서 할 말이 있을 테니, 마지막이라 생각하고 속 시원히 말하는 것도 나쁘지 않다는 생각에서였다.

이야기를 듣다 보면 두 사람에게 아직 사랑하는 감정이 남아 있음이 느껴지는 경우도 종종 있었다. 이럴 땐 가능하면 이혼하지 않도록 설득하고 화해를 시도했다. 이혼이야 오늘 못하면 내일 해도 되는 것이지만, 한 번 깨진 가정은 다시 회복하기 힘든 탓에 더 신중하길 바라는 마음에서였다.

하루는 자신들이 소유한 작은 건물에서 가게를 운영하던 젊은 부부가 이혼하러 법정을 찾았다. 아내는 남편의 잦은 음주와 늦은 귀가, 폭력과 폭언을 견디다 못해 이혼을 청구했고, 남편은 아내의 잔소리와 자신을 무시하는 태도 등에 불만이 많았지만 이혼까진 원치 않았다.

"두 분 다 상대에게 바라는 바를 모두 적어보세요."

각자의 요구 사항을 모두 파악한 다음 나는 '상대의 요구 사항 중에서 절대 수용할 수 없는 것을 각자 말해보라'고 했다. 그렇게 몇 번의 조율을 거친 뒤 나는 부부에게 생활 준칙이 적힌 '부부 십계명'을 화해조항(양 당사자가 합의해 사건이 종료될 때, 당사자 간에 합의한 사항. 확정된 판결과 같은 효력이 있다)으로 만들어주었다.

"화해조항인 이 부부 십계명은 법적으로 유효하니 무슨 일이 있어도 지키셔야 합니다. 특히 남편분은 평소 폭력과 폭언 등으로 아내를 힘들게 한 만큼, 만약 이 사항들을 어기면 본인 소유 건물을 부인에게 넘기고 이혼한다고 적어두었습니다."

"네? 이 약속을 어기면 아내한테 건물을 넘긴다고요?"

남편은 부당하다며 볼멘소리를 했다.

"이 약속들을 지키시면 되지요. 판사 앞에서 약속까지 해놓고 안 지키시려고 했어요? 이렇게 해둬야 건물을 넘기기 싫어서라도 약속을 지키지 않겠어요. 그러니 이 십계명은 결국 가정을 지키기 위한 것입니다."

아내와 이혼하길 바라지 않던 남편은 결국 부부 십계명이 적힌 화해조항을 지키겠노라 약속했다. 못 이기는 척 화해조항에 동의한 아내에게도 당부했다.

"결혼은 누구 한 사람의 노력만으로 유지되지 않으니 부인도 이제 잘해보겠다는 남편을 감싸주셔야 합니다."

몇 달 뒤 그 부부가 운영하는 가게 앞을 우연히 지나다 두 사람을 보게 되었다. 밝은 표정으로 함께 건물을 청소하는 모습을 보면서 화해조항에 적어준 부부 십계명을 잘 지키고 있다는 생각이 들었다. 위기에 처했던 한 가정이 평온을 되찾았고 이를 바라보는 내 표정도 밝아졌다.

남겨진 미성년 자녀들

또 이런 사건도 있었다. 협의이혼이든 재판상 이혼이든, 이혼을 결심한 부부들은 저마다 안타까운 사연을 갖고 있다. 그런데 당사자의 아픔보다 더 세심히 살펴야 하는 이들이 미성년 자녀들이다. '고래 싸움에 새우 등 터진다'는 말처럼, 아이들은 부모의 이별 전쟁에서 가장 처절하게 무너지고 상처받는다. 그리고 세상을 살아가는 내내 거칠게 흔들린다.

나는 법정에서 화를 잘 내지 않는 편인데 이혼 재판을 진행하면서 정말 크게 화를 낸 적이 있다. 여덟 살 된 자녀를 둔 부부가 이혼엔 합의한 상태였지만 아이를 서로 맡지 않겠다며 버텼기 때문이다. 그동안 서로 아이를 키우겠다며 실랑이하는 부부는 봤어도 이런 경우는 처음이었다. 부모로서 가져야 할 최소한의 양심조차 사라진 그들의 모습에 화가 치밀어 두 사람에게 크게 호통을 쳤다.

"자기 목숨이 위태로운 상황에서 짐승들도 새끼를 보호하거나 구하는데 어찌 사람이 이럴 수 있습니까! 두 사람 정말 아이의 친부모가 맞아요?"

"저도 제 인생이 있어요. 남편 잘못 만나 지금껏 불행했던 것도 억울한데 아이 때문에 다시 묶여 살긴 싫어요."

"저도 곤란합니다. 회사에서 일하고 돌아와 아이까지 돌보는 건 못할 일입니다."

"아니, 어떻게 부모라는 사람들이 그런 말을 합니까? 두 사람이 잘못해 이혼하면서 왜 아이에게 고통을 떠넘깁니까? 아이는 지금 아무 죄도 없이 부모를 잃고 가정이라는 울타리도 잃게 생겼어요. 가장 큰 피해자라고요!"

다행히 화를 삭이고 다시 찬찬히 타이른 끝에 아이의 엄마가 양육자로 지정되고, 아빠가 매달 양육비를 보내주기로 약속하면서 화해로 사건을 마무리 지었다. 인면수심이라고 할 수 있는 그들의 태도는 십 수 년이 지난 지금에 와서 생각해도 이해 못할 일이다.

미성년 자녀가 있는 가정의 이혼은 제3자인 판사의 입장에서도 답답하고 가슴이 아프다. 이혼하는 당사자들이야 본인의 삶을 위해 내린 차선의 선택일 테지만, 어린 자녀는 부모의 삶에 이리저리 휘둘리며 부서지고 상처받는다. 찰리 채플린은 '삶은 가까이서 보면 비극이요, 멀리서 보면 희극이다'라고 했다. 멀리서 볼 때 행복하고 별문제가 없어 보이는 부부도 가까이서 보면 나름의 비극을 안고 산다. 그 비극의 무게를 감당할 수 없을 때가 되면 사람들은 이혼을 결심하게 되고, 살기 위해 무작정 탈출구를 향해 뛴다. 그 길에서 앞뒤 없이 속도를 내다 보면 본인은 물론, 죄 없는 자녀들까지 함께 상처받고 다칠 위험이 있다.

미움과 원망은 이별을 선택한 부부 각자의 몫이지, 자녀에게까지 그 감정을 절대 떠넘겨선 안 된다. 함께 하기보다 헤어지는 것이 더 행복하다고 판단해 어쩔 수 없이 이혼을 선택할 수도 있다. 하지만 자녀를 최우선으로 배려하는 이혼을 해야 한다. 이미 깨져버린 그릇은 다시 붙일 수 없지만, 적어도 깨진 그릇에 찔려 피 흘리는 사람이 생기지 않도록 마지막까지 이혼은 신중히 고려해야 한다.

감옥으로부터의
사색

유배지에서 피어난 꽃

한겨울 추위 속에서야 소나무와 잣나무가
쉬이 시들지 않음을 알게 된다 歲寒然後 知松柏之後凋.

《논어》의 한 구절인 이 글귀는 추사 김정희의 〈세한도〉에 적혀
있다.

명문가에서 태어나 학자로서 조선을 넘어 멀리 청나라까지 이름
을 날린 김정희는 쉰다섯이라는 나이에 제주도로 유배된다. 혹여 정
치 실세들에게 미움을 살까 두려워 그의 친구들은 절대 그의 집에

발걸음하지 않았다. 유일하게 제자 이상적만이 청나라의 귀한 서적을 구할 때마다 추사에게 보내왔다.

출세의 황금 동아줄이 될 권문세가가 아닌, 유배자의 처지인 자신에게 늘 호의를 베푼 제자에게 고마운 마음을 담아 그려 보낸 그림이 바로 〈세한도〉다. 훗날 이 작품은 전문 화가가 아닌 선비가 그린 문인화의 대표작으로 인정받아 국보 제180호로 지정되었다.

앞서 제시된 〈세한도〉의 글귀엔 '어려울 때 친구가 진정한 친구'라는 의미가 담겨 있다고 해석된다. 그런데 나는 여기에 또 하나의 의미를 덧붙이고 싶다. 한겨울이라는 혹독한 계절을 나다 보니 당연하다고 여긴 하루 24시간, 일신의 자유, 소소한 행복이 얼마나 소중하고 귀한지 비로소 깨달았음을, 화가가 이 그림에 표현했다고 말이다.

평생 유복하게 산 김정희에게 유배지에서의 삶은 고역이었을 것이다. 벌레가 들끓는 좁고 낡은 초가 생활보다 더한 고통은, 울타리 너머의 삶과 완전히 단절되고 자유를 제약당한 것일 테다. 더군다나 이 기간 동안 그는 가장 친한 친구와 사랑하는 아내의 부고를 접해야 했으니 그 슬픔과 절망감이 오죽했을까.

그럼에도 추사는 8년간 이어진 긴 고통스러운 시간에 책을 읽거나 동네 청년들에게 학문과 글씨를 지도했다. 그리고 삼국시대부터 조선시대까지 내려오는 우리나라의 서법을 연구하고 그만의 독창적인 서체인 '추사체'를 완성했다. 진정 한겨울의 혹독한 추위를 거뜬히 견뎌내는, 늘 푸른 소나무의 모습이 아닌가 한다.

셰익스피어가 그랬다. '아플 때 울면 삼류이고, 아플 때 참으면 이류이며, 아픔을 즐기면 일류 인생'이라고. 추사의 유배 생활이 요즘의 옥살이에 비하면 양반이라고 할 수도 있겠지만, 고통이나 행복은 늘 상대적이라 그에겐 그때가 생의 밑바닥이었을 것이다. 하지만 그런 최악의 상황도 생각하기 나름, 활용하기 나름임을 역사 속 추사는 물론이고 현재를 사는 여러 수감자에게도 배운다.

구속 중인 피고인을 재판정에서 보지 않고선 딱히 수감자와 직접 마주할 일이 없던 판사 시절과는 달리, 변호사 일을 하면서부턴 수감자를 자주 만나게 되었다. 변호를 위해 구치소에 찾아가 수감자를 접견할 때면 엄격한 법정에 비해 훨씬 더 편안하게 이야기 나눌 수 있어서인지, 그들에게 인간적인 애틋함을 느낄 때가 많다. 죄가 있고 없음이나 가볍고 무거운 정도를 떠나, 자유를 박탈당한 그들의 삶이 안타깝게 느껴지는 것이다.

그나마 다행이라면 그 암울한 시간을 참회와 성찰, 그리고 배움의 기간으로 승화시키는 사람들도 있다는 점이다. 마치 제주에 홀로 유배된 추사처럼, 더러운 진흙탕 속에서 깨끗하고 아름답게 피어나는 연꽃처럼, 옥중에서 피어나는 또 하나의 희망이 아닌가 해서 반갑기까지 하다.

어느 회장님의 중국어 공부

몇 년 전 대기업을 경영하다 업무상배임 등의 혐의로 구속된 L회장의 변호를 맡은 적이 있다. L회장은 계열사를 여럿 거느렸는데 그 중 한 계열사가 자금난을 겪자, 사정이 좋은 계열사로 하여금 담보 없이 자금을 빌려주라고 지시한 것이다. 나는 비록 그가 죄를 지어 벌을 받고 있지만 인품만큼은 무척 훌륭한 분이라는 생각이 들었다.

"구치소에서 지내기 힘드실 텐데 건강은 괜찮으신지요?"

"괜찮습니다, 견딜 만합니다. 잘못했으니 마땅히 그만큼 벌을 받아야지요."

어려운 계열사를 살리려고 잘못된 선택을 했지만 법을 어겨 벌을 받는 건 당연한 일이라며 그는 담담히 웃었다.

"그동안 너무 바쁘게 사느라 몸이 힘드셨을 텐데, 억지로 주어진 휴식 시간이라 여기고 책이라도 보며 좀 쉬시지요."

"네, 그렇게 생각하고 있습니다. 여기서 새로 중국어 공부를 시작했습니다. 하하!"

6개월간 구금 생활을 마치고 자유의 몸이 된 L회장을 다시 만났을 때, 그는 수감된 기간 동안 중국어 공부를 열심히 했다며 흐뭇해했다. 나는 그 말을 들으며 L회장이 참 깊은 내공을 가진 분이라는 생각이 들었다. 제아무리 중국어 공부에 매진했다고 해도 옥중에서의 시간이 좋았을 리는 없었을 터다. 그럼에도 최악의 시간조차 자신을 성장시키는 소중한 시간으로 활용한 그분의 긍정적인 마음가짐은 가히 존경할 만했다. 그리고 변호인인 나를 배려하는 마음씨도 몹시 고마웠다.

보통 대기업 경영자나 고위직 관료처럼 막대한 돈과 권력을 가진 사람들은 구속되고 나서 처음엔 잘못을 반성하고 후회하지만, 시간이 지나면 무척 억울하다는 태도를 보이는 경우가 적지 않다. 본인과 비슷한 죄를 짓고도 멀쩡히 잘 지내는 사람이 많은데 왜 자기만 구속돼 이 고생을 하느냐는 것이다. 게다가 그들의 억울한 마음은 이내 타인을 향한 원망으로 이어진다. 재수 없게 독종인 검사를 만났다느니, 판사가 깐깐하고 융통성이 없어서 더 고생한다느니, 변호사가 능력이 없어 보석으로 석방시키지 못한다며 따지는 등 남에게 책임을 떠넘기기도 한다. 그러면서 어서 빨리 감옥을 벗어나고 싶다고 변호사를 들볶기까지 한다.

변호인이 된 이상 나는 최선을 다해 의뢰인을 법적으로 돕겠지만, 그건 법의 테두리 안에서나 가능한 일이다. 죄를 짓고 감옥에 들어왔다면 법이 공정한 판결을 내릴 때까지 자숙하며 기다려야 한다. 조급해한다고 안 되는 일을 되게 만들 순 없다. 두고 온 자유와, 부와, 권력이 그리울 테지만 그 시간엔 모든 걸 내려놓을 수밖에 없다. 차라리 그 시간을 자기 수행의 시간으로 적극 활용하며 삶의 성장을 이끌어내는 것이 인생에 도움이 되지 않을까?

6개월의 수감 기간 동안 L회장은 누구를 원망하거나 안달복달하지 않았다. 접견 때마다 그는 자신의 잘못을 깊이 후회하고 반성했으며, 수행에 들어간 종교인처럼 편안하고 성숙한 태도를 보였다. 또 변호인인 나를 믿고 기다려줬을 뿐만 아니라, 감옥에 갇힌 기간에도 어학을 공부하며 본인의 성장에 활용하고 있었다.

구치소에 있어 보니 대부분의 사람이 소중한 시간을 참 무기력하게 보내고 있다는 사실을 알게 됐어요. 비록 신체적인 자유는 구속당했을지언정 우리에게 주어진 삶의 모든 순간은 참 귀한데 말입니다.

그는 수감자들이 본인이 지은 죄를 참회하고 출소 후의 삶을 더 발전시킬 수 있는 유익한 시간으로 활용했으면 좋겠다면서, 《바람직한 수감 생활》이라는 책을 집필하고 싶다고도 했다. L회장의 평온한 말과 표정에 추사 선생의 모습이 겹쳐졌다.

해킹 범죄자에서 컴퓨터 전문가로

언젠가 검찰청 공익요원으로 근무하던 젊은이가 구속된 사건이 있었다. 컴퓨터 실력이 무척 뛰어난 그는 본인의 실력을 뽐내려고 그런 위험한 일을 저질렀는지는 모르겠지만, 자신이 근무하던 검찰청의 컴퓨터시스템을 해킹하다 덜미를 잡혀 재판을 받았다.

청년은 1심에서 징역 2년의 실형을 선고받고 항소했지만, 항소심에서 항소가 기각되는 바람에 실형을 살 수밖에 없는 상황이 되었다. 대한민국 공권력의 최고봉이라 할 수 있는 검찰의 무게를 인지하지 못한 젊은이의 철없는 장난이 제대로 법의 칼날을 맞은 것이었다.

당시 나는 그 청년의 항소심 변호를 맡았다. 청년의 입장에선 그저 장난 같은 해킹이었을 것이다. 그렇지만 검찰이나 사법부의 입장에서 검찰청 컴퓨터시스템 해킹은 일벌백계로 다스려야 할 중차대한 사안이었으므로, 청년이 구속과 무거운 처벌을 면하기는 힘들었다.

항소심 판결이 선고되면서 변호 업무는 끝났지만 나는 이 청년을 다시 찾아갔다. 잠깐의 실수로 잘못을 저질러 2년 동안 젊은 시절을 암울한 곳에서 살게 된 그가 안타까워, 어깨라도 한번 두드려주고 싶었다.

"공소사실을 인정하고 징역 2년 형을 받은 현재 상황에선, 대법원에 상고해도 이 사건은 구제될 수 없습니다. 대법원은 법률심이라 법률적용이 잘못됐는지만 심사하니까요. 다만 성실히 수감 생활을 하면서 형기의 80퍼센트 이상을 보내면 가석방을 기대할 수 있습니다."

나는 청년에게 절망이 아닌 희망으로 그 시간을 견뎌내라고 조언했다. 그리고 L회장의 이야기를 들려주며, 앞으로 감옥에서 보낼 2년이라는 기간을 본인의 삶에 도움이 되는 시간으로 활용하길 권했다. 특히 그는 컴퓨터를 다루는 데 탁월한 능력을 가졌으니 전공 분야에서 뒤처지지 않도록, 가족들에게 관련 서적을 보내달라고 부탁해 그 책으로 계속 공부하라고 했다. 하루가 다르게 컴퓨터 기술이 진보하는데 귀한 2년을 아무 의미 없이 보내면 그의 남다른 재능을 썩힐 수 있기 때문이었다.

"이번엔 법을 어기는 행동을 해서 벌을 받지만 다시 사회로 나온 다음엔 본인의 뛰어난 컴퓨터 실력을 긍정적으로 활용해보세요. 그럼 이후의 삶이 훨씬 더 밝아질 수 있어요. 그러니 절망하지 말고 이곳에서 계속 공부하도록 하세요."

"네, 감사합니다. 그렇게 할게요."

'흔들리지 않고 피는 꽃이 어디 있으랴'라는 어느 시인의 말처럼 삶이 계속 순탄하기만 한 사람, 계속 나쁘기만 한 사람이 어디 있을까. 다들 살다 보면 가장 바닥이다 싶은 순간이 올 때가 있다. 그리고 때가 되면 바닥을 치고 올라 다시 원래의 자리로 돌아가거나 그보다 더 높이 비상하기도 한다. 그러니 비록 사방이 꽉 막힌 감옥이라도 창살 너머 세상을 바라보며 마음속에 희망의 꽃씨를 심을 수 있다면, 출소 후의 삶이 더욱 성숙하고 풍성해질 수 있다.

군이 학문적인 배움이 아니라도 깊은 성찰과 소중한 깨달음을 얻을 수 있다면, 이 역시 수감 기간 중에 피우는 귀한 꽃일 테다.

청송보다
무송이 낫다

법학자 류승훈 교수의 저서 《조선의 법 이야기》(이담북스, 2010)에 따르면, 조선시대 초기엔 소송이 공동체의 평화로운 질서를 해친다고 생각해 애초에 소송할 일이 없는 '무송無訟'을 목표로 했다고 한다. 하지만 토지나 노비, 채무 등과 관련된 민사소송이 늘어나면서 점차 백성들의 이야기에 귀 기울여 공정한 판결을 내리는 '청송聽訟'을 추구하게 됐다고 한다.

다툼이 생긴 이상 심판자는 한 치의 기울어짐도 없이 공정한 판결을 내려야 한다. 하지만 사람들 사이에 아예 갈등이 없거나 심지어 싸우더라도, 서로 이해하고 양보하는 '화해'가 우선이기에 '무송'을 당시에 가장 이상적이라고 간주했을 것이다.

　법보다는 화해와 조정으로 분쟁을 마무리하도록 이끄는 노력은 변호사 일을 하면서도 크게 달라지지 않았다. 특히 민사소송은 소송에 드는 비용이나 시간, 정신적인 스트레스까지 생각하면 승소한다고 해도 그리 개운치만은 않다. 게다가 상대가 소송 결과에 승복하지 못하고 항소와 상고를 하면 항소법원과 대법원에서 세 번 재판받아야 하니, 때로는 모두 패자가 되고 마는 싸움을 이어가기도 한다. 그래서 나는 꼭 필요한 경우가 아니면 소송하지 말기를 권한다.

　몇 년 전의 일이다. 상담자 H는 20년 넘게 옆집에 넘어가 있던 본인의 땅을 보상받는 과정에서 다툼이 일어났다며 내게 소송을 의뢰해왔다. 옆집 주인 B는 20년 동안 살아온 낡은 집을 허물고 새집을 짓기 위해 경계측량(땅의 경계선을 확인하거나 다시 구획하기 위해 실시하는 측량)을 했다. 그 과정에서 H의 토지 10제곱미터가 자신의 집 담장 안으로 들어와 있었다는 사실을 알게 되었다. B는 의도치 않게 그동안 남의 땅을 무단 점유하고 있었던 셈이다.

　H는 자신에게 당장 땅을 돌려주고 손해배상까지 하라고 B에게 요구했다. B는 이전 소유자에게서 주택을 매입해 살아왔을 뿐 고의적으로 경계를 침범하진 않았다. 하지만 매일 얼굴을 봐야 하는 이웃 사이에 언성을 높이고 다투기 싫어 H에게 땅을 돌려주고 손해배상금까지 물겠다는 합의서를 썼다.

　합의서까지 썼음에도 불구하고 주택 신축 과정에서는 사사건건 시비가 붙었다. 먼지나 소음 문제는 물론, 지하층을 지으려고 땅을 굴착하는 과정에서 낡은 H의 집에 균열이 생겼다. B는 할 수 없이 보수공사를 해주고 H에게 배상금까지 추가로 물어야 했다.

얼핏 H의 입장에선 너무나 당연한 요구처럼 보이지만, 법대로 하면 사실 H는 B에게서 땅을 돌려받지 못할 수도 있었다. 우리 민법엔 '취득시효'라는 제도가 있다. 이 제도를 통해 남의 땅을 자기 땅인 줄 알고 평온하고 떳떳하게 20년 동안 부동산을 점유한 사람은 등기를 함으로써 소유권을 얻을 수 있다. 또 부동산의 소유자로 등기한 사람이 자기 것인 줄 알고 평온하고 떳떳하게, 선의를 가지고 과실 없이 10년간 부동산을 점유했을 때도 소유권을 취득할 수 있다.

쉽게 말해 20년 동안 원래의 주인이 자신의 부동산에 대해 권리를 주장하지 않으면 현재 땅을 점유하고 있는 사람이 소유권을 취득하게 된다. 땅 주인의 입장에선 다소 억울한 일일 것이다. 하지만 오랜 세월 현재의 소유 상태가 권리관계(권리와 의무 사이의 법률관계)에 부합한다고 서로 믿어왔다면, 사회적 안정성을 지키기 위해 기존의 질서를 허물지 않고 현실을 권리관계로 인정하자는 취지에서 태어난 제도다.

법대로 하자면 이웃인 B는 자신이 20년 넘게 점유한 땅 10제곱미터를 돌려주길 거부하고, 오히려 H를 상대로 취득시효가 만료됐으니 소유권을 넘겨달라는 소송을 제기할 수도 있었다. 하지만 취득시효에 대해 잘 몰랐다기보다 이웃 간의 분쟁을 피하려고 B는 원래 주인인 H에게 땅을 돌려준 것이다. 사실 H는 이쯤에서 안도의 한숨을 내쉬며 슬쩍 발을 뺐어야 했다. 그런데 B의 보상이 충분치 않고 보상 과정도 공손하지 않았다고 여긴 H는, B의 집이 설계와 달리 시공돼 건축법을 위반했다며 B를 고발하겠다고 했다. H는 그동안 자신의 땅을 아무런 대가 없이 사용한 게 괘씸하고 분이 안 풀린 나머지, 사소한 일을 꼬투리 잡아 감정적으로 화풀이하려는 것으로 보였다.

"이 합의서를 보면 '합의서에 적힌 것 외엔 문제 삼지 않는다'고 쓰여 있네요. 그러니 그 이상의 것은 요구할 수 없습니다."

"아니, 옆집이 집을 새로 지으면서 건축법을 위반했다니까요. 법을 어겼으니 벌을 받게 해야지요."

"법을 명백히 위반했는지 확실치 않은 상황에서 섣불리 고소나 고발을 했다가 도리어 무고죄로 처벌받을 수 있습니다. 그러니 감정을 추스르고 신중히 처신해야 합니다."

법을 화풀이의 도구로 이용하려는 H에게 나는 고소나 소송을 자제하길 권했다. 그러고 나니 이번엔 건축허가를 내준 공무원을 고발해 처벌받게 하고 싶다고도 했다.

"그 공무원이 뭘 잘못했나요? 혹시 그 사람이 옆집 주인에게서 돈이나 뇌물 받는 걸 보셨나요?"

"그건 아니지만…."

명확한 증거도 없이 그저 기분이 나쁘다는 이유만으로 이것저것 트집 잡아 이웃과 공무원을 고소하거나 고발하려는 H가 참 답답해 보였다. '선무당이 사람 잡는다'는 말처럼 법을 어중간하게 알다 보니, 본인에게 득이 되는 것만 보고 손실이 있거나 위험한 부분을 깨닫지 못하는 것이다.

"이 역시 무고죄로 처벌받을 수 있어요. 소송했다가 패소하면 상대방의 소송비용까지 물고 선생님의 명예도 실추됩니다. 왜 굳이 그렇게까지 하시려고 합니까? 그렇게 되면 가까이 사는 이웃과 마주칠 때마다 스트레스를 받을 겁니다. 제가 선생님이라면 이런 무모한 소송은 절대 하지 않겠습니다."

법은 억울할 때 우리를 보호하지만 잘못 이용했다간 고통받을 수도 있음을, 나는 H에게 찬찬히 설명했다. 그리고 취득시효에 대해서도 설명하면서, 옆집이 토지 소유권을 주장하지 않고 땅을 넘겨준 건 H에게 몹시 다행스러운 일임을 말해주었다. 그러니 감정을 추스르고 서로 좋게 해결하는 게 모든 면에서 더 나으니 소송이나 고발을 자제하길 권고했다. 돈을 주고 소송을 맡기러 온 의뢰인에게 소송하지 말라고 설득하는 변호사가 못마땅했던지 H는 떨떠름한 표정을 지으며 돌아갔다. 나중에 그가 어떤 선택을 했는지는 알 수 없지만, 법률 전문가로서 최선을 다해 자문해줬으니 나는 그것으로 만족했다.

나는 고객과 상담할 때 내 가족이나 친척이라 생각하고 의뢰인에게 할 수 있는 데까지 조언해준다. 얻을 게 없거나 적다고 판단되면 소송해봤자 시간과 비용만 더 드니, 웬만하면 대화를 통해 화해하라고 적극 권한다. 게다가 딱히 얻을 것도 없는 일에 집착하다 보면 다른 중요한 일에 쏠 에너지마저 낭비하게 되므로 결국 손해일 수 있다는 점도 이야기해준다.

이웃과 더불어 평화롭고 행복하게 살기 위해 법이라는 제도가 존재한다. 그런데 도리어 법을 화풀이나 부당한 이득을 취하는 도구로 활용한다면 법을 만든 취지에 어긋난다. 더군다나 H처럼 바로 옆집에 사는 사람과 사소한 일로 법적 절차를 밟아 시시비비를 가린다면, 결과와 상관없이 그곳에 사는 동안은 스트레스에서 자유로울 수 없다.

즐겁고 행복하게 살기에도 모자란 삶의 소중한 시간을 의미 없는 법률 분쟁으로 허비하는 것만큼 어리석은 선택은 없다. 변호사는 의뢰인의 욕심에 편승해 돈을 벌기보다는 무분별한 소송을 막는 일에 가치를 두어야 한다.

소송을 해보니
행복하십니까

"소송한 지 벌써 1년이 넘었네요. 이 소송 왜 하시죠?"

"아니, 그거야⋯⋯."

받을 돈을 못 받거나 손해를 배상받아야 한다고 생각해 소송을 제기한 원고에게, 소송을 왜 하느냐고 판사가 물으면 대부분 바로 대답하지 못한다. 원고로선 왜 소송을 제기했는지 소장에 다 적었고 증거까지 제출했으니 당연히 판사가 소송 사유를 모두 알 거라 생각한다. 그런데 판사가 조정을 한다면서 원고와 피고를 불러놓곤 갑자기 소송을 왜 하느냐고 물으니, 원고가 당황하는 것이다.

"이 돈 받아서 아이들 학원 보내고 생활비에도 보태고, 결국 행복하게 잘 사려고 소송을 시작했지요?"

"네, 그렇습니다."

원고는 그제야 그렇다며 고개를 끄덕인다.

"그런데 소송을 해보니 행복하세요?"

"아이고, 판사님. 제가 이 소송을 시작하고서 하루도 마음 편히 지낸 날이 없습니다. 상대방의 거짓말을 생각하면 가슴이 터질 것만 같습니다."

소송을 하면 자신의 뜻대로 소송을 제기한 원고든, 본의 아니게 소송당한 피고든 심적 갈등과 고통은 이루 말할 수 없게 된다. 나는 소송 이전에 당사자들을 화해시키기 위해 그들의 마음고생을 먼저 헤아리면서 서로의 매듭을 풀기 시작한다.

"만일 이 소송에서 전부 이겼다 칩시다. 그럼 상대방은 이에 승복할까요?"

"아니요. 아마 끝까지 항소하고 저를 괴롭힐 겁니다."

우리나라 사람들은 이해관계가 엇갈린 다툼을 해결하는 방법으로 소송을 단순하게 생각하지 않고 감정이 얽힌 자존심 싸움으로 간주하는 경향이 있다. 그래서 판사의 화해 권고에 쉽게 응하는 일본 등 외국과는 달리, 최종심인 대법원 판결까지 받으려고 항소와 상고를 하면서 계속 싸움을 이어간다. 그러다 보면 마음 편히 행복하게 살려고 시작한 소송이 고통의 늪이 되어 헤어나지 못하는 경우가 많다.

특히 형제나 친족 간 소송은 재판이 진행되는 동안 밤잠을 설치는 일도 허다하다고 한다. 상대가 남이 아니다 보니 이겨도 걱정, 져도 걱정인 것이다. 결국 소송이 끝나고 나면 서로 너덜거리는 마음을 돌아보며 차라리 화해로 해결하면 좋았겠다고 뒤늦게 후회하기도 한다.

"결국 행복하게 살려고 소송하셨는데 오히려 이 재판 때문에 더 큰 고통 속에서 사시는군요. 승소 판결이 최종 확정돼도 강제집행을 해야 하고, 강제집행까지 당한 상대방은 평생 악감정을 품고 원망하며 살아갈 텐데 그래도 선생님 마음이 편하실까요? 그러니 오늘 원만히 화해하고 이제 마음 편히 사시는 게 어떨까요?"

"음, 그렇게 하겠습니다."

이렇게 당사자의 마음을 다독인 다음 증거와 법리를 바탕으로 화해안을 제시하면 대체로 당사자들은 이에 따른다.

형사사건은 사회 질서 확립이 주된 목적이라 조정엔 한계가 있는 경우도 많다. 그러나 민사사건은 대부분 돈이나 권리관계가 얽힌 이해 다툼이므로, 서로 조금씩 양보하면 판결을 통할 때보다 더 나은 결과를 얻을 때가 꽤 있다. 그래서 민사사건의 당사자에겐 판결을 받기보다 화해를 권했다.

특히 가족이나 친족 간의 분쟁은 가능하면 화해로 해결할 수 있도록 최선을 다했다. 돈으로 얻을 수 없는 것이 핏줄이고 인연이다.

소송하느라
힘드시지요

정의롭지 못한 화해가 낫다

재판은 참으로 아이러니하다. 본래 재판은 진실에 바탕을 둔 정의로운 판결을 통해 분쟁 당사자들이 다툼을 끝내고 행복한 일상으로 돌아갈 수 있도록 돕기 위해 존재한다. 그러나 한편으론 재판이 분란을 가중하기도 한다. 흔히 '법대로 할까?'라고 하면 '제대로 한번 싸워볼까?'라는 의미로 와닿지 않는가. 이처럼 대화로 합의점을 찾을 수 있는 문제도 '법'이 끼어들면 냉혹한 분쟁으로 발전하는 경우가 적지 않다.

'정의로운 판결보다 정의롭지 못한 화해가 낫다'는 말이 있다.

당한 대로 갚아주고 응징하는 것만이 능사가 아니라는 의미이리라. 사고든 고의든 억울하게 피해를 본 사람의 입장에선 어떤 판결도 정의롭다고 생각하거나 만족스럽게 받아들일 수 없다. 예컨대 살해당한 피해자 가족에게 가해자를 사형시킨다고 한들, 죽은 피해자가 살아 돌아올 수 없는데 무슨 소용이겠는가. 더군다나 실수로 사람을 죽인 경우, 앙갚음으로 가해자의 생명을 빼앗는다면 또 다른 살인이나 다를 바 없다. 그렇기 때문에 차라리 정의롭지 못한 화해를 통해서라도 이들이 마음의 평화를 찾는 게 나을지도 모른다.

물론 이런 화해와 용서가 잔인하고 비열한 수법으로 누군가의 생명과 삶에 큰 해를 끼친 흉악범에게까지 해당한다고 생각하진 않는다. 하지만 사람과 사람이 조금 이해하고 양보함으로써 평화적으로 해결할 수 있는 사안은 법보다 화해를 시도하는 편이 낫다.

2001년 인천지방법원에서 민사합의부 재판장으로 근무하면서 나는 연간 150건을 조정(화해)으로 마무리 지었다. 당시에 내가 가장 높은 조정 성공률을 기록했다고 기억한다. 재판을 진행하는 날이 아니면 나는 대체로 조정기일을 정해 사건 당사자들을 판사실로 오게 했다. 판사실을 찾은 당사자들에게 우선 차부터 한 잔 대접하면서 소송 때문에 얼마나 고생이 많으냐며 그들을 위로했다.

시간은 오래 걸렸지만 각자의 억울한 사연을 듣고 공감할 부분은 공감하며, 잘못된 주장은 증거가 어떻고 법이 어떠하므로 재판에서 받아들이기 어렵다고 설명했다. 그리고 '내 말이 부당하다고 생각하면 소송대리인이나 법률 전문가의 도움을 받아 준비서면(민사소송에서 당사자가 진술하고자 하는 사항을 미리 적어 법원에 제출하는 서류)으로 반론할 기회를 주겠다. 만일 반론이 맞다고 생각하면 나는 언제든지 받아들이겠다'는 말도 덧붙였다.

그다음 최선책이 없다면 차선책을 함께 고민하면서 상대와의 화해를 권고했다. 상대방에게 앙갚음하려고 하던 일을 제쳐두고 계속 소송에 몰두한다면 삶의 고통을 지속시키는 어리석은 선택이며, 이 자리에서 화해함으로써 분쟁을 끝내는 게 지혜로운 선택임을 설득했다.

다행히 판사의 열린 마음에 당사자들은 굳게 닫힌 마음의 문을 열고 내가 제시하는 해결 방안을 받아들이는 경우가 많았다.

노신사의 화해 조정

당시 화해를 성사시킨 사례 가운데 가장 기억에 남는 것이 '소송 집착형 노신사'의 화해 조정이다. 법원에 근무하는 사람이라면 길을 가다가도 얼굴을 알아볼 정도로 법원을 자주 오가던 노신사가 있었다. 깔끔한 신사복 차림에, 한 손엔 서류 가방을 들고 점잖은 모습으로 법원을 드나드니 일반인들이 보기엔 영락없이 변호사 포스였다.

노신사는 변호사 없이 '나 홀로 소송'을 하는 분이었다. 시시비비를 가려야 할 일이 생기면 무조건 소송으로 해결하려 했다. 게다가 판결이 본인의 마음에 들지 않으면 어김없이 항소해 재판을 이어갔다. 보통 사람들은 단 한 건의 소송도 번거로워하고 힘들어하는 기색이 역력한데, 이분에겐 마치 소송이 당연한 일과인 듯 너무나 자연스러웠다. 퇴직 후 별달리 할 일이 없으니 법을 공부하고 법원 드나들기를 소일거리 정도가 아니라 즐거운 일로 생각하는 것 같았다.

나는 감히 이 노신사의 사건을 화해로 해결해보기로 마음먹었다. 조정이라면 이제 전문가급이라는 생각으로 노신사 사건에 한번 도전한 것이다. 그분은 소송과 민원 제기로 워낙 까탈스러운 '소송꾼'인지라 대충 준비했다가는 절대 수긍할 분이 아니므로, 나는 만반의 준비에 들어갔다. 그리고 그분의 소송기록을 한 글자도 놓치지 않고 꼼꼼히 검토했다.

그렇게 세심히 기록을 살피던 중 설득의 실마리가 될 부분을 찾아냈다. 노신사는 일제강점기 시절 명문고를 졸업하고 수학 교사로 일하다가 퇴직한 분이었다. 그분의 엘리트적인 면모를 부각하면서 설득하면 되겠다는 생각이 들었다. 나름의 전략을 마련하고 조정기일을 정해 노신사를 판사실로 오게 했다.

"선생님, 소송 많이 하시죠?"

나의 첫마디에 그분은 경계하는 표정을 지었다. '아, 이 판사가 내 정체를 아는구나. 그럼 이 판사도 나를 싫어하겠군!' 하며 긴장한 것이다. 이럴 땐 공감하는 표현으로 마음을 파고들어야 한다.

"연세도 많으신데 이렇게 자주 소송을 하시면 힘들지 않으세요?"

"힘들죠. 힘든데 어떡합니까? 나쁜 사람이 많으니 법으로라도 혼내줘야죠."

"아휴, 그러시군요. 그런데 기록을 보니 명문 고등학교를 나오셨더군요. 그 시절에 그 학교를 졸업하셨으면 머리도 상당히 좋고 엘리트셨겠네요. 게다가 수학 선생님이셨으니 제자들 중엔 판사도 있겠어요."

"그렇죠. 내 제자들 중엔 판사도 있지요."

"판사들의 선생님이나 다름없는 분이 왜 소송 당사자가 돼서 젊은 판사들 앞에서 재판받으십니까? 게다가 소송을 자주 하니 이젠 판사들도 선생님 말씀을 잘 안 들어주죠? 그 답답한 마음을 제가 어찌 모르겠습니까."

노신사는 본인을 인정해주고 고충을 헤아리는 말을 듣자 고개를 끄덕이며 공감하는 표정을 지었다.

"선생님, 이제 소송은 그만 마무리하고 가족과 함께 여행도 다니면서 편히 쉬시는 게 좋지 않을까요?"

어느 정도 공감과 위로의 말을 건넨 다음 나는 본론을 꺼내며 화해를 권했다. 소송으로 가더라도 노신사가 바라는 답을 얻지 못할 가능성이 크니 상대방과 서로 양보하고 화해하라고 했다. 당시 옆자리에 앉은 딸이 억울하다며 목청을 높였지만 노신사는 조용히 하라며 딸의 허벅지를 꼬집었고, 결국 내가 제시한 조정안에 동의했다. 그날 분위기에 비춰봤을 때 아마 그분은 더 이상 소송을 하지 않을 것처럼 보였다.

소송에 휘말린 여러 사람에게 화해를 권고하며, '어쩌면 사람들이 진정으로 원하는 건 자신의 억울하고 답답한 마음을 판사가 알

아주고 보듬는 게 아닌가' 하고 나는 생각했다. 빌려준 돈 100만 원을 돌려받으려고 몇 배의 돈과 시간을 투자해 소송하는 이유는, 최소한 법으로라도 본인의 억울함을 인정받고 싶기 때문일지도 모른다. 그래서 그런 소송 당사자들의 마음을 읽는다면 사건은 의외로 쉽게 풀리기도 한다.

6

정의의
맛

2008년 6월, 파키스탄에선 변호사와 판사 수백 명이 거리로 나와 시위를 벌였다. 그들은 정당하지 않은 이유로 대통령에 의해 해임된 이프티카르 차우드리 대법원장과 60여 명 판사들의 복직을 외쳤다. 그리고 그 누구도 사사로운 이익을 챙기려고 법을 휘두를 수 없음을 엄중히 경고했다.

2007년 3월, 파키스탄의 대통령이었던 페르베즈 무샤라프는 스스로 재임하기 위해 헌법까지 뜯어고치려 했다. 하지만 대법원이 순순히 자신의 편을 들어줄 리 없었다. 특히 대법원장인 차우드리가 반대할 게 뻔했다. 올곧고 깐깐한 판결로 유명했던 차우드리 대법원장은 그동안 무샤라프 대통령을 비롯한 정재계 권력자들의 야망에 종종 찬물을 끼얹곤 했다. 이에 무샤라프 대통령은 온갖 구실을 붙여 그를 해임해버렸다. 그러나 법은 결코 호락호락하지 않았다. 대법원은 차우드리의 해임이 무효라고 선고했고, 3개월 만에 차우드리는 다시 대법원장 자리에 복귀했다.

헌법 개정에 실패한 무샤라프는 2007년 10월, 헌법까지 짓밟으며 대통령 선거를 강행했다. 그리고 대법원이 그의 당선을 무효화할 수 있다는 우려에 따라 비상사태를 선포한 후, 차우드리 대법원장을 포함해 판사 60여 명을 무더기로 해임했다. 사법부를 완전히 물갈이함으로써 법 위에서 군림하겠다는 의도였다.

분노한 파키스탄 시민들은 너나없이 거리로 나섰다. 그들의 선두엔 '정의로운 법의 집행'을 외치는 수백 명의 법조인이 있었다. 그들은 경찰의 무력 진압에 온몸으로 맞서며 어느 누구도, 심지어 대통령조차 사사로운 이익을 위해 법을 이리저리 휘둘러선 안 된다는 것을 분명히 경고했다. 그 결과 무샤라프는 2008년 2월 총선에서 참패했고, 9월엔 결국 대통령직에서 물러나야 했다.

법조인들이 선두에 서서 법의 엄중함과 민주주의의 힘을 보여준 이 날의 항쟁 덕분에 2008년은 파키스탄의 민주주의가 다시 회복된 해로 기억되고 있다.

판사의
선물 보따리

판사의 보따리엔 뭐가 들었을까

"아유, 사모님은 좋으시겠어요. 판사님이 매일 퇴근할 때 선물을 양손에 들고 오시니 말이에요."

김천지원에서 판사로 일하던 시절 이웃 아주머니들이 아내를 무척이나 부러워했다. 퇴근길에 내 양손에 쥐어진 묵직한 보자기를 보곤 매일 선물 보따리를 가지고 집에 오는 것으로 생각한 모양이었다.

당시엔 요즘과 달리 판사들이 보자기에 사건기록을 넣어 들고 다니는 일이 일상이었다. 사건기록이 두꺼워 가방에 잘 들어가지 않는 데다 겨우 밀어 넣어도 무거워서 가방이 버텨내질 못하기 때문이다. 차라리 보기엔 좀 뭣해도, 보자기로 질끈 묶어 들고 다니면 가방끈이 떨어질까 염려하지 않아도 되고 풀기도 쉬워서 여러모로 편했다.

평소엔 판사실에 남아 야근해도 크게 불편하지 않았다. 그런데 겨울엔 퇴근 시각이 지나면 난방을 꺼버리는 통에 옷을 껴입어도 손발이 시렸다. 전기난로는 혹시 모를 화재의 위험 때문에 못 쓰게 했다. 할 수 없이 난 추위를 견디지 못하고 저녁엔 사건기록을 보자기에 싸 가지고 집으로 향했다.

김천지원에서 들고 다닌 보따리에 든 서류는, 주로 검찰이 약식기소한 사건들의 기록이었다. 약식사건 기록은 보통 검사가 청구하는 벌금액을 그대로 약식명령에 타이핑해 수사기록과 함께 판사에게 전달된다. 당시엔 판사가 이 서류에 서명만 해서 내보내는 경우가 많았다. 만약 피고인이 판사가 보낸 약식명령을 받고 이를 받아들일 수 없다며 1주일 이내에 정식재판을 청구하면, 그땐 정식으로 공판절차를 밟게 된다.

성격상 뭐든 꼼꼼히 살피며 스스로 고개를 끄덕일 수 있을 때 이름 석 자를 적는 터라, 나는 시간이 걸리더라도 약식명령 사건도 수사기록을 모두 읽어보며 검사가 구형한 벌금형이 적정한지 검토했다. 약식기소된 사람들 중엔 생계를 위해 법을 어긴 이들도 적지 않기에, 크게 무리하지 않는 선에서 선처를 베풀 여지가 있는지도 고려했다. 이렇게 하는 바람에 나는 미처 업무 시간에 다 살피지 못한 약식명령 청구 사건의 기록을 매번 집에 들고 와야만 했다.

"아빠, 뉴쓰데스크~"

당시 나는 저녁 식사를 마치면 책상이 있는 방에 바로 들어가 사건기록을 검토했다. 9시 뉴스 시간이 가까워지면 어린 아들이 방문을 두드렸다. 그때 다섯 살 남짓이었던 큰아이는 아빠가 방에서 혼자 일하다가도 뉴스가 나올 때만 되면 거실에 나와 방송을 챙겨 보니, 언제부턴가 뉴스의 시작을 알리는 알람 역할을 해주었다. 고맙기도 하고 대견하기도 했지만, 한편으론 뉴스를 볼 때라야 겨우 거실 한 공간에 머무는 바쁜 아빠라서 미안하고 애잔한 마음이 컸다.

뉴스를 보러 거실에 나오면서도 나는 약식기록이 담긴 보따리를 들고 나갔다. 그리곤 아내가 미리 갖다 놓은 밥상 위에 약식사건 기록을 올려놓고 뉴스를 보면서 틈틈이 약식명령을 읽고 서명했다. 그리고 뉴스가 끝나면 다시 사건 보따리를 챙겨 들고 방에 들어갔다. 그렇게 몇 시간 동안 그날 가지고 온 사건을 모두 훑어보고 서명을 끝내고 나서야, 나는 겨우 잠을 청할 수 있었다.

짧고 분주한 판사의 하루

"판결문도 직원이 다 써주고 판사는 일주일에 하루만 재판하니 세상 더없이 편한 직업 아닌가요?"

판사의 업무를 잘 모르는 분들은 '일은 법원 직원들이 다 하고 판사는 법정에서 재판 진행하고 판결 선고만 하는 거 아닌가?'라고 생각하기도 한다. 예전엔 재판이 본인에게 유리하게끔 힘 좀 써달라며 법원 직원에게 부탁하는 사람도 있었으니 말이다.

모든 조직에선 구성원 각자의 역할이 분명히 정해져 있듯 법원에서도 마찬가지다. 법원 직원은 사건 진행과 관련된 조서를 작성하고 기록을 관리하며, 감정(鑑定, 재판에 도움을 주기 위해 재판과 관련된 특정한 사항에 대해 해당 분야의 전문가가 지식과 의견을 보고하는 일)이나 사실조회를 위해 외부에 보내는 문서를 작성하는 일 등을 한다. 판결을 어떻게 할지는 담당판사 외엔 누구도 이와 관련해 의견을 밝히거나 관여할 수 없다. 당연히 판결문도 판사가 직접 쓰고, 직원들은 마음대로 판결문에 점 하나 찍을 수 없다. 그러다 보니 판사가 처리해야 할 업무가 많다.

재판이 있는 날 판사의 하루 일과를 살펴보면 대략 다음과 같다. 보통 아침 10시 재판에 들어가면 2~3주 전 재판기일에 변론을 종결하고, 이날을 선고기일로 지정한 사건에 대해 판결을 선고한다. 판결 선고가 모두 끝나면 새로운 사건의 첫 심리부터 시작해 속행되는 사건의 심리가 이어진다. 그리고 오후 2시가 되면 증인신문을 하거나 복잡한 사건들의 재판을 진행한다.

재판부에 따라 다르긴 하지만, 민사합의부는 주 1회 5~10건 정도 판결을 선고한다. 재판장과 주심판사들은 선고 며칠 전 이번 기일에 선고할 사건의 기록을 각자 검토한 다음, 한자리에 모여 어떻게 판결을 선고할지 토론한 후 결론을 낸다. 이를 '합의合議'라고 부른다.

합의가 끝나면 주심판사는 결론에 따라 판결문 초고를 작성해 재판장에게 준다. 판사들은 이를 우스갯소리로 '납품'이라고 한다. 판결 초고를 '납품'받은 재판장은 논리와 표현이 적절한지 검토하고 문구를 다듬는 등 마무리 작업을 한다. 판결문엔 복잡한 증거들과 당사자의 주장을 정리하고, 이에 대해 어떻게 판단했는지 근거를 기재해야 하므로 작성하는 데 시간이 오래 걸린다. 한편 재판장은 재판 며칠 전부터 법정에서 다룰 사건의 소장, 답변서, 준비서면, 증거 등 여러 기록을 읽고 당사자들의 주장과 이들이 서로 대립하는 지점이 무엇인지 파악해야 한다.

"한 재판부에 보통 수백 건의 사건이 계류 중이고, 법정에서 재판 수십 건을 하나하나 진행하는 걸 보면 역시 판사들은 머리가 좋다."

법정에서 재판을 진행하는 모습을 본 선배가 한 말이다. 하지만 아무리 머리가 좋아도 수백 건에 달하는 사건 내용을 모두 기억하기란 사실상 불가능하다. 그래서 판사 대부분은 재판기일 전에 사건기록을 읽으며 쌍방의 주장이나 증거의 요지를 간략히 메모한다. 메모지에 원고와 피고의 이름을 쓰고, 재판을 청구한 취지 및 원인은 무엇인지, 피고의 답변은 어땠는지 등을 간단히 적어놓는다. 그렇게 미리 준비하기 때문에 법정에선 사건기록을 일일이 읽어보지 않아도 메모만 보고 재판을 진행할 수 있다.

이런 일들을 빼놓지 않고 처리하려다 보니 시간이 어떻게 지나가는지 모를 정도로 판사의 하루는 짧고 분주하다. 게다가 판사는 재판이 없는 날 훨씬 더 바쁘다. 변론이 끝나 곧 선고할 사건들의 기록을 검토해 결론을 낸 다음 판결문을 작성하고, 새로 진행할 사건

기록을 검토한다. 또 진행 중인 사건과 관련해 증인신청이나 감정, 사실조회 등 증거조사 절차가 제대로 진행되고 있는지 확인하고 점검해야 한다.

판사의 필수품, 메모

이렇듯 일이 많고 머리가 복잡하니 판사에겐 메모가 필수다. 딱히 정해진 형식은 없어서, 연필로 깨알 같이 쓰는 사람도 있고 최소한의 정보만 간략하게 적는 사람도 있다. 지금은 전자소송이 주류인지라 대부분 컴퓨터로 메모하지만, 과거엔 일일이 손으로 메모지에 적어야 했다. 메모하지 않으면 비슷한 사건은 서로 헷갈리기도 한다. 그렇게 되면 법관에 대한 신뢰가 깨진다. 판사가 사건기록도 보지 않고 재판을 진행한다며 재판부에 대해서도 불신이 생길 수 있다. 그래서 이런 메모 작업도 집에서까지 이어질 때가 많았다.

저녁 식사 시간이나 뉴스 볼 때를 제외하곤 내내 방에서 서류만 보고 있으니 당시 아이들은 내가 공부하는 줄 알았다고 한다. 어린 마음에 아빠의 그런 모습이 좋아보였던지, 아니면 함께 놀아주질 않으니 심심해서 그랬는지는 알 수 없지만 다행스럽게도 아이들은 책 읽기를 좋아하게 되었다. 덕분에 우리 부부는 아이들이 자라는 동안 공부하라고 야단친 기억이 별로 없고 아이들은 성년이 된 후에도 독서를 즐긴다.

돌이켜 생각하면 그 시절 나는 인상된 전세보증금을 낼 수 없었다든가 인사이동으로 자주 이사하는 바람에, 큰아이가 초등학교를 네 군데나 옮겨 다닐 정도였다. 게다가 야근을 밥 먹듯 해도 아무 불평 없이 이해해준 가족은 내게 가장 큰 조력자이자 지지자였다. 가족의 무한한 이해와 희생이 없었다면 나는 훨씬 더 일찍 법복을 벗어야 했을지도 모른다.

16년간 내가 판사로서 법 앞에 부끄러움 없이 소신 있는 판결을 할 수 있었던 배경엔, 언제나 배려하고 이해하며 나를 지원해준 가족이 있었다. 늘 미안하고 감사할 따름이다.

부장판사로부터
배우는 지혜

보통 판사들은 초임 시절 재판장으로 모신 분의 모습이 두고두고 기억에 남는다. 그분의 재판 진행이나 업무 스타일은 판사와 재판에 대한 첫인상으로 깊게 각인되기 때문이다.

내가 처음 재판장으로 모신 L부장님은 참으로 인자한 분이었다. 법정에서 당사자의 말을 경청하고 다소 억지 섞인 주장에 대해서도 언성을 높이는 일 없이 재판을 부드럽게 진행했다. 사건기록을 검토하고 어떻게 결론 내릴지 합의하는 과정에서도 같은 모습이었다. 아직 초보인 주심판사가 어설픈 주장을 하면 '내가 어디서 그와 다른 판례인가 논문을 본 것 같은데 같이 한번 찾아보고 다시 이야기합시다'라고 말씀하셨다. 그래서 다시금 자료를 찾아보면 여지없이 부장님이 말씀하신 판례나 논문이 나왔다. 그럴 때면 나는 '역시 경륜을 무시할 수 없군!' 하며 배움의 자세를 가다듬지 않을 수 없었다.

"판사님! 저는 평생 이 땅에서 농사를 지으며 살았습니다. 부탁을 거절하지 못해 이웃에게 내 땅을 대출금 담보로 삼으라 했는데, 그 사람이 대출금을 못 갚는 바람에 제 땅이 경매로 넘어가버렸습니다. 그래서 어쩔 수 없이 돈을 구해 대출금을 갚았는데도 제 땅을 찾지 못한다면 저는 뭘 먹고 삽니까? 너무 억울합니다."

초임판사 시절 경매 절차와 관련된 항고 사건의 재판을 담당한 적이 있었다. 시골에서 농사짓던 중년의 K씨는 이웃의 부탁에 응해 자신의 농지를 지역 농협에 대출금 담보로 제공했다. 그런데 만기가 됐는데도 이웃이 대출금을 갚지 못하자 농협은 K씨의 농지에 대해 경매를 신청했다.

매각기일(재판을 진행하는 변론기일과 대비되는 용어로 경매 대상을 입찰 방식으로 파는 날을 뜻한다. 이날 경매 대상이 팔리지 않으면 통상 최저 매각 금액을 30퍼센트 낮춰 다음 매각기일을 지정해 공고하고, 그날 입찰 절차가 진행된다) 이 몇 차례 진행됐고 최저 입찰가격은 절반 이하로 내려갔지만, 이웃이 돈을 구하지 못하는 바람에 다른 사람이 농지를 낙찰받고 말았다. 그제야 다급해진 K씨는 급히 돈을 구해 대출금을 대신 갚았다. 농협은 대출금을 돌려받았으므로 경매신청을 취하했다.

이제 농지를 찾게 됐다고 안도한 K씨는 '이미 낙찰된 경우 낙찰자의 동의가 없으면 경매신청이 취하돼도 땅을 찾을 수 없다'는 사실을 뒤늦게 알았다. 부랴부랴 낙찰자를 찾아가 자신이 땅을 되찾는데 동의해달라고 사정했지만 값싸게 농지를 취득할 기회를 잡은 낙찰자는 꿈쩍도 하지 않았다. 그래서 K씨는 '농지가 너무 낮은 가격에 낙찰된 것이 부당하다'는 이유로 낙찰 허가 결정을 취소해달라고 항고한 것이다.

"부장님! 이 사건은 항고인인 농민이 너무 억울한 것 같습니다. 그런데 농민이 내세우는 '저가에 부당하게 낙찰됐다'는 주장은 정당한 항고 사유가 아니라는 판례가 여럿 있는데 달리 농민을 구제할 방법이 없을까요?"

이웃의 보증을 섰다가 남의 대출금을 대신 갚아주기까지 한 농민이 생명과도 같은 농지를 되찾지 못한다면 뭔가 부당하다고 나는 생각했다. 하지만 초임판사로서 마땅한 해결책이 떠오르지 않자 경험 많은 부장판사께 조언을 구했다.

"농민이 농지를 되찾는 게 정의에 부합한다고 생각하면 경매 절차에 법적 하자가 있는지 좀 더 꼼꼼히 살펴보세요. 그럼 길이 보일 수도 있어요."

나는 부장판사님이 일러주신 대로 경매 과정에서 법에 정해진 절차나 요건을 과연 제대로 지켰는지 다시 살펴보다가 경매 공고 절차에 문제가 있음을 발견했다. 그리고 그 문제는 당사자가 주장하지 않아도 재판부가 직접 판단해야 할 사항이었으므로, 재판부 직권으로 낙찰 허가 결정을 취소할 수 있었다. 위기에 처한 농민이 농지를 되찾게 된 것이다.

"부장님께 잘 배웠습니다."

좋은 가르침을 받았으니 고맙다고 인사드리는 내 가슴엔 판사로서 느끼는 보람과, '이래서 합의부 시스템이 있구나!'라는 또 한 번의 깨달음이 밀려왔다.

변호사한테
왜 오셨습니까

영화나 드라마 속 변호사는 꽤 멋지다. 특히 억울하게 누명을 쓴 의뢰인의 무죄를 밝히려 변론하는 변호사의 모습은 마치 최고의 웅변가이자 달변가를 보는 듯하다. 마치 연설과도 같은 감동적인 변론 장면을 보다 보면 드라마인 줄 알면서도 때론 코끝이 찡해지기도 한다.

안타깝게도 현실 속 법정에서 변호사는 그리 멋지지 않다. 특히 예전엔 변론을 거의 서면으로 제출하고 판사가 제출 여부만 확인하는 정도였다. 따라서 변호사가 법정에서 구두로 멋지게 변론할 일이 별로 없었다. 요즘은 예전과 많이 달라졌다. 그래서인지 준비한 변론을 좀 더 감동적이고 설득력 있게 전하는 변호사도 점점 늘고 있다.

변호사 일을 처음 시작할 땐 나 역시 구두 변론을 최소화하고 무난한 스타일로 변론했다. 그런데 그 뒤부터 변호사들이 말로 변론할 기회가 늘면서 스피치 프로그램이 포함된 최고경영자 과정에 등록해 교육받기도 했다. 그 덕분인지 언제부턴가 나는 변론 도중에 공감이 필요한 부분에선 재판부와 눈도 맞추고, 강하게 호소해야 하는 부분에선 제스처도 적절히 해가며 변론하게 되었다.

변호사들은 충실한 변론 준비는 물론이고 효과적인 스피치 기법까지 연구하면서 최선을 다해 변론하려 애쓴다. 그러나 안타깝게도 아직 우리 사회엔 변호사를 왜곡해 바라보는 시선이 많다. 간혹 '변호사가 법만으로 변론합니까?'라며 법에 어긋나는 뒷거래를 노골적으로 요구하는 사람도 없지 않다.

변호사는 의뢰인을 위해 최선을 다하지만 그것은 합법적이고 합리적인 방식이어야 한다. 그런데 개중엔 소송에서 이기려 탈법적이고 불합리한 방식을 요구하는 의뢰인도 있다. 재판 당사자의 답답한 마음이야 이해되지만 부정한 방법으로 변론할 수도 없거니와, 그런 방식은 법정에서 아예 통하지도 않는다.

오래전의 일이다. 의뢰인이 형편이 어렵다며 수임료를 깎아달라기에 그렇게 해줬더니, 판결 선고를 앞두고 찾아와 '활동비가 필요하지 않으냐'며 돈을 더 주겠다고 했다.

"아니, 변호사 수임료도 내기 어렵다고 하시던 분이 무슨 돈을 더 주시겠다는 겁니까?"

"변론 준비하면서 돈이 필요하지 않으세요? 제가 지원해드릴 테니 아끼지 말고 쓰세요."

대놓고 말하진 않았지만 뉘앙스로 볼 때, 승소하려면 재판부에 접대라도 해야 되지 않느냐는 의미였다. 나는 일부러 못 알아들은 척하며 "변호사 수임료를 더 주시겠다는 말인가요?"라고 되물었다. 그런데 의뢰인은 그건 아니라면서 황급히 손을 내저었다.

"나는 변호사 수임료를 다 받았기 때문에 돈을 더 받을 이유가 없습니다. 그런데 돈을 더 주시겠다는 건, 설마 그 돈을 판사에게 갖다 주라든지 그런 뜻은 아니시죠?"

이번엔 아예 노골적으로 의뢰인의 제안을 받아들일 수 없다는 뜻을 담아 질문하니 의뢰인은 그것도 아니라며 말을 얼버무렸다.

"판사가 돈을 받고 판결하는 건 있을 수 없는 일입니다. 판사들이 실제로 그렇게 한다면 '존경하는 판사님'이라는 직위도 유지하면서 돈도 많이 벌 텐데, 그런 좋은 판사를 관두고 제가 왜 변호사 개업을 했겠습니까?"

이 정도까지 말하고 나면 그 후로 의뢰인들은 아예 뒷돈 얘기를 꺼내지도 않았다.

물론 요즘엔 변호사에게 재판부 로비를 요구하는 의뢰인은 거의 없다. 재판부 로비 말고도 의뢰인은 본인에게 유리한 상황을 만들기 위해 변호사에게 전혀 합리적이지도 않고 근거도 없는, 얼토당토않은 이야기를 법정에서 해달라고 요구하기도 한다. 법정에서 제기되는 모든 주장은 근거가 함께 제시돼야만 비로소 설득력을 가진다. 그런데 근거도 없이 무작정 주장하기만 하면 소송 당사자와 변호인의 모든 주장이 오히려 신뢰를 잃을 위험이 있다. '이렇게 터무니없는 이야기를 하는 사람인데 다른 말도 온전히 믿을 수 있겠어?'라고 재판부가 생각할 수 있기 때문이다. 이런 식으로 한번 신뢰가 무너지면 나중에 합리적인 주장을 해도 신뢰를 얻기 힘들다.

나는 의뢰인이 말도 안 되는 주장을 해달라 요구하면 단호한 태도로 거절한다.

"그렇게 해서 뭘 얻을 수 있을까요? 밑져야 본전이라면 한번 해보겠습니다. 그렇지만 밑지기만 하는 장사라면 나는 절대 안 합니다. 그 주장 하나 때문에 우리의 주장 전체가 신뢰를 잃을 수 있어요."

이렇게 설득하면 의뢰인 대부분은 나의 뜻을 이해하고 잘못된 주장을 거둔다. 그럼에도 계속 고집을 피울 땐 '본인 맘대로 할 것 같으면 변호사한테 왜 오셨습니까?'라고 묻는다. 법률적인 자문과 도움이 필요해 변호사를 찾아와선 정작 변호사 말은 듣지 않고 본인 뜻대로 우긴다면, 굳이 비싼 돈 들여가며 변호사의 도움을 받을 이유가 없다. 이는 의사를 찾아가놓고 의사의 처방을 따르지 않는 것과 다르지 않다.

"재판은 의사의 진료와 비슷합니다. 올바른 의사라면 환자가 싫어하더라도 치료에 필요한 약을 먹거나 수술을 받도록 설득해야 합니다. 저는 죽든 말든 환자가 원하는 대로 해주고 치료비나 받아 챙기는 나쁜 의사가 아닙니다."

말을 듣지 않는 의뢰인에게 내가 종종 하는 말이다. 의뢰인은 법률 전문가인 변호사를 믿고 따라야 하고, 변호사 역시 소신을 갖고 의뢰인을 올바로 안내해야 한다. 올바른 치료법을 거부하는 환자에게 그의 요구대로 다 해준다고 좋은 의사가 아니다. 변호사도 의뢰인을 충분히 설득하지 못하고 그의 요구에 휘둘리거나 비위만 맞춘다면 본분을 다하는 변호사가 아니다.

변호사의
108배

"판사님, 아니 이젠 변호사님이시죠. 오랜만에 만나니 예전보다 훨씬 여유로워 보입니다."

변호사로서 첫걸음을 내딛은 지 몇 년이 지나자 사람들은 판사 시절에 비해 내 얼굴이 한층 여유롭고 편안해 보인다며 인사해왔다. 그러나며 웃어넘겼지만, 사실 변호사의 삶을 사는 내 표정이 판사였을 때와는 많이 달라졌음을 나는 스스로 잘 알고 있었다.

변호사가 되니 우선 사람들을 대하는 태도부터 달라졌다. 판사였을 땐 누가 만나자고 하면 신경이 쓰였다. 느닷없이 연락을 해오는 분들은 내게 무슨 청탁을 하려나 싶어 늘 이런저런 핑계를 대며 피했다. 그런데 변호사가 되니 사람들을 만나는 일이 아무런 문제도

되지 않을뿐더러, 사건을 맡을 기회가 늘어나므로 오히려 도움이 되기도 한다.

이뿐만이 아니다. 자신의 뜻과는 상관없이 배당되는 사건을 맡아야 하는 판사와 달리, 변호사는 너무 골치 아프거나 도덕적으로 바람직하지 않은 사건은 수임하지 않아도 된다. 또 사건을 아예 맡지 않고 한동안 마음 편히 쉴 수도 있다. 판사와 똑같이 바빠도 마음의 여유가 있고, 무엇보다 선택권이 있다는 게 좋다. 물론 변호사라고 해서 다 그렇진 않고 기관이나 기업, 로펌에서 근무하는 변호사는 업무를 선택할 수 없는 경우도 많다. 또 매년 로스쿨 졸업생 2000명이 변호사로 배출되고 변호사 숫자가 2만 명을 넘어서면서, 치열한 생존경쟁에 내몰린 변호사가 사건을 고를 수 있는 폭이 점점 좁아지고 있긴 하다.

경제적인 면에서도 대체로 변호사가 판사보다 낫다. 야근도 모자라 사건 보따리를 싸 들고 집으로 향해도 월급명세서에 매번 같은 숫자가 찍히는 판사와 달리, 변호사는 힘들게 일한만큼 경제적 보상이 따른다. 곳간에서 인심 난다고, 친구들을 만나면 밥을 살 수 있고 내 주위의 어려운 이웃들도 도울 수 있다. 그런 마음의 여유가 얼굴에도 그대로 묻어나는 모양이다.

판사 시절에 비해 삶의 질이 나아졌다고 해서 변호사 일이 마냥 속 편한 것은 아니다. 판사는 법대에 앉아 국민으로부터 위임받은 일을 하는 한편, 변호사는 법대 아래 의뢰인 옆에 서서 재판부에 억울함이나 선처를 호소해야 한다

변호사가 되고 나서 가장 당황스러웠던 부분은, 법에 따른 공정한 판결이 나왔음에도 불구하고 본인이 바라던 바가 충족되지 않으면 의뢰인이 변호사를 탓하고 원망한다는 점이다. 형사재판이든 민사재판이든 자신이 원하는 판결이 선고되지 않으면 곧장 사무실로 찾아와 폭언하고 행패를 부리는 사람도 있다. 마치 변호사의 과실 때문에 재판이 잘못된 것처럼 말이다. 그들은 10을 얻고 싶은데 8만 얻었다고 펄펄 뛰면서 변호사에게 화풀이하는 것이다.

구속돼 재판을 받거나 하급심에서 유죄 판결을 받고 항소를 맡긴 의뢰인들도 마찬가지다. 대개 이들은 처음엔 변호인을 마치 하늘에서 내려준 동아줄인 양 생각하고 '변호사님만 믿는다'며 온 힘을 다해 매달린다. 재판이 잘 되면 뭐든지 해주겠다는 사탕발림도 제공한다. 그런데 재판이 원하는 대로 흘러가지 않으면 슬슬 변호인을 닦달하기 시작하고, 바라던 결과를 얻지 못하면 급기야 '변호사님이 한 게 뭐가 있느냐'며 변호인을 원망하고 따진다.

변호사도 사람인지라 '판결이 아쉬운 건 나도 마찬가지다, 나름대로 최선을 다했지만 판단은 재판부 몫인데 변호사가 어찌하겠느냐'며 따지고 들 수도 있다. 하지만 그래봤자 결국 싸움만 날 뿐 달라지는 건 없으니, 일단은 상대의 감정을 이해하고 공감해주며 합리적으로 판단하라고 의뢰인에게 권한다.

언젠가 재판에서 어느 정도 성과를 얻었는데도 의뢰인이 판결에 불만을 품고 사무실에 찾아와, 불을 지르고 죽겠다며 소리친 적이 있었다. 직원들이 감당할 수 없는 상황이라 내가 나섰다. '지금 화가 많이 나셨는데 경위를 말씀해달라'고 해서 자초지종을 들어보니, 다소 억울한 부분도 있었지만 상당수는 억지 주장이었다.

"아이고, 억울하시겠습니다. 그래서 화가 많이 나셨군요."

나는 일단 그를 다독여 감정을 누그러뜨렸다.

"이미 판결이 선고된 마당에 변호사에게 화내봤자 당장 판결이 바뀔 순 없습니다. 그러니 항소해 재판에서 이기는 게 현명한 방법입니다. 그런데 아무리 화가 나도 그렇지, 변호사 사무실에 불을 지른다니요? 가뜩이나 억울하다는 분이 방화죄로 징역까지 살면 얼마나 억울하겠어요? 다시는 그런 말 하지 마세요."

나는 그에게 이미 지나간 일에 매달리지 말고 앞일을 대비하는 게 현명한 처신이라며, 억지를 쓰면 본인만 손해를 본다고 차분히 설득했다.

변호사 일을 시작한 시기엔 의뢰인을 이해하기보다는 그저 분란을 일으키기 싫어 내 마음을 스스로 위로하고 가라앉힐 뿐이었다. 그런데 시간이 흐르면서 나는 변호사도 의사처럼 고객의 불편한 마음을 보듬어야 함을 깨닫게 되었다.

변호사에게 법률적인 도움을 요청하는 사람들은 현재 어떤 식으로든 곤란을 겪고 있다. 의사를 찾는 사람이 몸이 아픈 환자듯, 변호사에게 오는 사람도 법률적인 문제에 휘말려 마음이 불편하고 답답한 이들이다. 따라서 변호사는 의뢰인을 대할 때 그들의 사연은 물론, 억울한 마음까지 포용하고 품을 줄 아는 내공을 갖춰야 한다.

물론 사건과 관련된 사연을 듣다 보면 변호사 입장에서도 바라는 대로 판결을 받아주겠노라며 선뜻 확신을 줄 수 없는 경우가 더 많다. 특히 형사사건의 경우 더 그렇다. 금전적 문제가 아닌 사람의 인생이 걸린 문제다 보니, 의뢰인의 반대 측에 선 피해자의 입장까지 생각해야 한다. 가능하면 세심하게 검토함으로써 승산이 있는 사건을 수임하는 것이 대다수의 변호사들이 바라는 바다.

그렇다고 해서 바라는 결과를 얻지 못할 가능성도 있으니 변호를 맡지 않겠다고 할 수도 없는 노릇이다. 그건 성공률이 낮은 위험한 수술이라는 이유로 의사가 수술을 거부하는 것과 다를 바 없다. 지푸라기라도 잡고 싶은 심정으로 변호사를 찾아왔을 텐데 공정한 법의 판결을 받되, 최소한 억울함은 없도록 의뢰인을 돕는 게 변호사의 역할이니 '최선을 다하겠다'는 약속만 드릴 뿐이다.

어렵고 복잡한 사건인 경우, 판결 선고일이 다가오면 변호사인 나도 당사자인 양 마음을 졸이게 된다. 때론 아침에 일어나 평소 다니는 절에 가서 108배를 하며 기도한다. 이때도 나는 '무조건 의뢰인에게 유리한 판결이 나오게 해달라'고 억지를 부리진 않는다. 대신 '진실이 제대로 밝혀져서 누구에게도 억울함이 없도록 올바른 판결이 내려지길 바란다'고 기도한다. 그리곤 한결 편안해진 마음으로 판결을 기다린다.

최선을 다해 노력했음에도 불구하고 재판 결과에 만족하지 못한 의뢰인들이 변호사를 탓하고 원망해도, 이에 맞서기보다는 묵묵히 들어주고 품어주려 애쓴다. 변호사는 의뢰인의 감정 변화에 공감은 하되, 휩쓸려선 안 된다. 넓고 따뜻한 가슴으로 의뢰인의 고충을 이해해야 한다. 이야말로 아마추어가 아닌 프로의 자세다.

그래도 판사 하시렵니까?
그럼에도 판사 하렵니다!

일을 멈출 수 없는 판사들

늦은 시각 서초동 교대역을 지나다 법원 청사를 쳐다보면 환하게 불 켜진 사무실들이 여기저기 보인다. 20년이 훌쩍 지난 오래전에도 내겐 하루가 멀다 하고 야근이 이어졌다. 판사는 여느 회사원처럼 야근수당을 받는 것도 아니고, 고생한다며 누구 하나 등 두드려주는 사람도 없다. 그럼에도 판사들은 늦은 밤까지 사무실을 떠나지 못한다.

매주 주어진 사건들의 판결을 선고해 일정한 건수를 처리하지 않으면 다음 주에 새로 배당되는 사건들이 쌓이게 되므로, 다람쥐 쳇바퀴 돌 듯 일정한 양과 속도로 사건을 처리해야 하기 때문이다. 늦은 밤 법원 청사를 밝히는 환한 불빛은 자신에게 주어진 일을 게을리하지 못하는 판사들의 천성과 책임감에서 비롯되었을 테다.

언제부턴가 판사들의 과로사 소식이 들려온다. 얼마 전에도 40대의 젊은 판사가 과로사로 추정되는 죽음을 맞았다. 그는 주말도 반납한 채 새벽까지 일을 하다가 집에 돌아와 쓰러졌고, 결국 깨어나지 못했다. 생전에 그는 '예전엔 밤새는 것도 괜찮았는데 이제 새벽 3시가 넘어가면 몸이 힘들다. 이러다 내가 쓰러지면 누가 날 발견하겠느냐는 생각이 든다'며 격무에 시달리는 자신의 건강을 크게 염려했다고 한다. 그럼에도 일을 멈출 수 없었던 판사의 처지를 잘 알기에 그의 죽음이 더욱 안타깝고 허망하게 다가온다.

2017년, 우리나라에서 지방법원의 법관 한 명이 1년에 처리해야할 사건이 약 675건으로 조사됐다. 한 법관이 휴일도 없이 1년 내내일한다면 하루에 사건 2건을 처리해야 하는 양이다. 더군다나 이는일본이나 미국, 독일 등 여러 OECD 회원국과 비교할 때 최대 3배가까운 업무량이라고 한다. 판사의 일은, 일이 많다고 해서 대충 할수 있는 성질의 것도 아니다. 누군가의 재산과 명예, 생명과 삶이 걸린 문제이기에, 판사가 한 건 한 건에 온 신경을 집중하고 마음을 쏟아야 하는 일이다. 게다가 업무량이 많아 심사숙고하려면 시간이 부족할 때 받는 심리적 압박감도 이만저만이 아니다. 나 역시 판사 시절 어깨가 내려앉을 듯한 육체적 피로도 문제였지만, 그보다 앞서는마음은 '시간이 조금만 더 주어진다면 사건을 더 세심하고 꼼꼼히 살필 수 있을 텐데' 하는 아쉬움과 안타까움이었다.

'저분은 몸이 고달파도 머리가 복잡하지는 않겠지?'

어느 날 나는 밤늦게까지 사무실에서 일하다가 집에 도착해 엘리베이터를 기다리며 아파트 경비실을 바라보았다. 경비 아저씨가 전기난로를 켜놓고 의자에 앉아 자고 있었다. 그때 불현듯 이런 생각이 들기도 했다.

그날도 잠자리에서 이리저리 뒤척이다가 사무실에서 기록을 읽으며 고민하던 사건의 결론과 이를 뒷받침할 만한 논리가 머릿속에 떠올랐다. 그러자 나는 슬며시 일어나 메모지에 이를 기록하고는 다시 잠을 청했다. 메모하지 않으면 다음 날 다시 생각나지 않을 수도 있기 때문이었다.

오랜 기간 이어진 격무에 몸과 마음이 모두 지친 나는 만성피로증후군까지 앓다가 결국 퇴직해 변호사의 길을 택했다. 변호사가 된 이후엔 나 자신을 돌보기 위해 힘들면 속도를 늦추거나 잠시 쉬었다가곤 했다.

오늘도 늦은 시각까지 불을 밝히며 사건기록과 씨름하고 있을 판사님들에게 위로와 응원의 박수를 보낸다.

아직도 머릿속에 맴도는 꿈

나는 20대 중반에 대학을 졸업하면서 바로 사법시험에 합격했다. 그리고 2년간의 사법연수원 과정과 36개월간의 군법무관 복무를 마친 다음 판사로 임관했다. 그 뒤로 16년 넘게 재판 업무를 수행하다가 지금은 변호사로 활동하고 있으니, 나는 비교적 순탄한 삶을 살았다고 할 수 있다.

이제 머리카락이 희끗희끗한 나이에 이르렀음에도 난 아직도 20대 시절의 꿈을 계속 꾼다. 그 꿈은 파릇파릇한 20대 청년이 꾸는 희망찬 미래에 대한 것이 아니다. 깨고 나면 '어휴, 꿈이길 다행이야!'라며 안도하는, 악몽에 가까운 꿈이다.

'아직 공부할 게 많이 남았는데 이제 사법시험은 며칠 남지 않았고…. 어떡하지?'

시험이 끝난 지 수십 년이 지났지만 난 요즘도 이런 꿈을 꾼다. 공부가 잘 되거나 합격한 순간 기뻤던 꿈이 아니라, 시험은 다가오는데 공부할 게 여전히 많아 초조하고 난감했던 수험생 시절의 꿈이다.

꿈에서 깨고 나면 '난 지금 변호사지?' 하며 안도하곤 한다. 나만 이런 꿈을 꾸는 걸까?

"아직도 수험생 시절의 꿈을 꾸는지요?"

주위 법조인들에게 이렇게 물어봤다. 자신도 그렇다고 대답하는 사람이 많았다. 그만큼 사법시험은 오랜 세월이 흐른 뒤에도 여러 법조인에게 트라우마로 남는 모양이다.

사법시험을 앞둔 수험생 시절 못지않게 이따금 꾸는 꿈이 초임 판사 시절의 꿈이다. 주로 판결 선고 기일이 코앞에 다가온 사건에 대해 아직 판단이 서지 않거나, 내일모레 판결을 선고해야 하는데 아직 판결문을 완성하지 못해 초조해하는 상황이다.

판사는 1주일 단위로 다람쥐 쳇바퀴 도는 듯한 생활을 한다. 만약 금요일이 재판기일이라면 배석판사는 금요일에 판결을 선고해야 하는 사건기록의 검토를 월요일까지 마쳐야 한다. 그리고 월요일 오후나 화요일 오전엔 재판장인 부장판사와 판결을 어떻게 선고할지 논의하고 합의해야 한다. 합의를 마치면 곧바로 판결문 작성에 들어가 수요일이나 목요일 오전에 판결문 초고를 완성해 부장판사에게 납품(?)해야 한다.

어떤 사실을 인정하고 어떤 논리로 결론 내릴지 합의를 마쳐도 판결문은 문구 하나하나가 아주 중요해서, 초임판사들에겐 판결문 작성이 여간 힘들고 까다로운 작업이 아니다. 썼다 지웠다를 끊임없이 반복한다. 내가 배석판사일 땐 컴퓨터도 없어 편지지 같은 판결 초고 용지에 손으로 판결문을 써야 했으니, 머리 못지않게 손도 아파서 정말 고역이었다. 두 줄을 연이어 쓰고 한 줄을 띄우는 방식으로 판결문 초안을 작성했는데, 그 이유는 빈 줄에 재판장이 문구를 수정하거나 보충할 수 있게 하기 위해서였다.

간혹 판결 선고날 아침에 판결문 초고를 재판장께 갖다 드리는 경우도 있었는데, 심지어 선고 전날 밤 부장판사님 댁에 찾아갔다는 선배도 있었다. 이보다 늦어지면 판결 선고를 연기하는 수밖에 없다. 그렇게 되면 자존심도 상하고, 납기를 어긴 하청업체 사장처럼 미안한 마음을 지울 수 없게 된다.

하루하루가 이러니 배석판사 시절엔 매주 시험 치는 기분으로 생활했다. 사법시험은 끝났지만 판사가 되고 나니 판결문 작성 시험이 매주 이어졌다. 한시도 마음을 놓을 수 없어 늘 긴장 상태로 지냈다. 그 시절의 초조함이 얼마나 컸던지 오랜 시간이 지나도 계속 꿈에 나타나는 것이다.

다행히 꿈에서 깨고 나면 나는 그 시절을 훌쩍 지나 지금에 와 있고, 더군다나 판사도 아닌 변호사로서 전혀 다른 삶을 살고 있음을 깨닫는다. 지금의 현실에 안도의 한숨이 나오기도 하지만 한편으론 그 시절이 그리워지기도 한다.

그래도 판사를 하고 싶으냐고 물으신다면

"판사 하시렵니까? 변호사 하시렵니까?"

누군가 내게 다음 생에 다시 법조인이 된다면 판사가 되고 싶은지, 변호사가 되고 싶은지 물었다. 나는 별다른 고민 없이 판사를 하겠다고 답했다.

삶의 질을 생각하면 내겐 변호사가 더 낫다. 변호사는 의뢰인의 요청과 주어지는 재판 일정에 맞춰 생활해야 하는 고충도 있지만, 그래도 일정을 조정할 여지는 있다. 일한 만큼 수입도 있다. 또 사람을 만날 때 신중해야 하는 판사와 달리, 남의 시선에 신경 쓰지 않고 누구든 편하게 만날 수 있다. 때론 최선을 다했음에도 의뢰인이 바라는 결과를 얻지 못하면 폭발하는 의뢰인의 불만을 달래고 차선책을 찾아야 하는 어려움도 있지만, 변호사는 법 시스템 안에서 의뢰인을 위해 최선을 다하면 된다.

이에 반해 판사는 사건마다 옳은 판단이 무엇인지 고민해야 하고, 한 사건을 가지고 계속 판단이 서지 않아 오랜 시간 고심하는 경우도 있다. 양심에 따라 법대로 판결했다면 설령 판단이 잘못됐다 해도 법적 책임을 지지는 않지만, 판결은 한 사람의 인생을 전혀 다른 방향으로 돌려놓을 수 있다. 그렇기 때문에 판사는 스스로 그 책임의 굴레를 지고 간다. 그러니 항상 옳은 판결을 하려 고민하고 고뇌할 수밖에 없다.

수많은 단점에도 불구하고 내가 변호사가 아닌 판사를 선택하는 이유는 판사 일이 주는 보람이 무엇보다 크기 때문이다. 휴일을 반납하고 밤잠까지 줄여가며 사건기록을 검토하고 당사자들의 속사정까지 살핀 후 최선의 판결을 내렸을 때, 양측 모두 화해하고 평온을 찾는 모습을 볼 때면 판사 하길 참 잘했다는 생각이 들곤 했다.

물론 변호사로 일하는 삶도 무척 보람 있다. 한번은 재판에서 바라던 결과를 얻자 의뢰인이 직원들과 나눠 먹을 떡을 정성스레 해주신 적이 있다. 온갖 종류의 떡을 맛보고 있자니 변호인의 보람이 진정 이런 게 아닐까 하는 생각이 들었다. 재판 결과에 의뢰인이 만족해하고 진심을 담아 고마운 마음을 표시하는 순간은 지친 변호사의 에너지를 채워주기에 충분하다.

어디 그뿐인가. 억울하게 형사재판에 휘말린 의뢰인이 무죄판결을 받아 기쁨과 안도의 눈물을 흘리는 모습을 볼 때면 변호사로서 최고의 보람과 뿌듯함을 느낀다. 또 소송이 아닌 화해를 이끌어낼 때도 그 만족감이 상당하다. 승소 가능성이 아주 낮은 사건이면 난 조목조목 이유를 짚으며 소송이 아닌 화해를 권한다. 그런데 사건을 의뢰하러 왔던 분들이 상담 후 궁금하고 답답했던 마음이 뻥 뚫린다며 환하게 웃고 나가시는 모습을 보면 나도 덩달아 마음이 상쾌해진다.

이처럼 보람으로 따지자면 변호사도 판사 못지않다. 그럼에도 "판사 하시렵니까, 변호사 하시렵니까?"란 질문에 판사를 선택한 까닭은 아쉬움이 크기 때문이다. 16년간 판사 업무를 하며 최선을 다했다고 생각하지만 변호사로서도 오랜 경험을 쌓고 나니, 다시 판사를 한다면 재판 업무를 할 때 사람을 좀 더 깊이 들여다볼 수 있으리라는 생각이 든다.

초임판사 시절엔 판결할 때 법 논리나 판례 따위에 많이 얽매였다. 물론 경험이 쌓이면서부터 사람들의 이야기를 최대한 많이 들으려 노력하고 좀 더 유연하게 법을 적용하려고 애썼다. 법은 편의상 정형화되어 있을 뿐, 결국 사람과 함께 흘러가야 한다는 사실을 깨달았기 때문이다.

지난 세월 동안 나는 서로 대등하지 않은 당사자들의 다툼을 그대로 용인하면서 '당사자 대등주의', '변론주의', '입증책임'이라는 논리로 나 자신을 합리화하지 않았는지 떠올리곤 한다. 또 시간이 부족하고 업무가 과중하다는 핑계로 당사자들의 주장을 세심히 살피지 않거나, 무죄를 입증할 기회를 가로막진 않았는지 되돌아보게 된다. 다시 판사를 하게 된다면 이전보다 더 많이, 더 세심하게 당사자들의 이야기에 귀 기울이고 공감하며, 그들이 나의 판결에 진심으로 고개를 끄덕이게 하고 싶다.

소송절차에서 주장과 입증을 온전히 당사자에게 맡기는 당사자 대등주의 혹은 변론주의에 너무 얽매이지 않고, 실체적 진실과 정의에 충실한 법관이 되고 싶다. 물론 소송 당사자 사이에 감정의 골이 너무 깊거나 이해타산에 지나치게 몰두하면 판사의 노력으로도 분쟁을 해결하는 데 한계가 있다. 그럼에도 충분히 자신의 입장을 이야기하고 하소연할 수 있도록 기회의 창을 활짝 열어준다면, 그분들이 재판 결과를 받아들이기가 조금 더 편해질 것이다.

양쪽 모두가 수긍하고 만족할 만한 합리적이고 공정한 판결로 분쟁을 끝내는 것이 판사의 가장 중요한 역할이자 보람 아닐까 한다.

기본을 세워서
길을 만든다

판사로 일하며 가정법원에서 소년재판을 맡은 적이 있었다. 때론 법정에 선 아이들과 그들의 부모를 보면서 화가 나 주먹을 불끈 움켜쥘 때도 있었지만, 안타까움에 눈시울을 붉힐 때도 많았다. 법정에 선 이들은 아프거나 아직 어린, 미성숙한 '아이'였다. 그래서 소년재판에선 개인의 선과 악의 문제를 넘어 사회 전체가 함께 고민해야 해결점을 찾을 수 있겠다는 생각이 들었다.

가정과 학교에서 가르치는 법의 기본

'본립도생本立道生'은 법과 원칙 등 '기본을 세워 길을 만든다'는 뜻으로, 기본의 중요성을 강조하는 말이다. 나는 이 말이 가정교육에도 그대로 적용된다고 생각한다. 자녀가 태어나 올바른 품성과 태도를 갖춘 성인으로 성장하기까지, 가정이 기본을 잘 세워야만 아이의 인생에 곧은 길이 만들어지기 때문이다.

건강한 아이가 자라 건강한 어른이 된다. 어릴 때부터 달고 짠 자극적인 음식, 인스턴트 음식 등 입에는 달지만 건강엔 해로운 음식을 즐겨 먹은 아이는, 성인이 되고 나서 식습관을 고치려면 몇 배의 노력이 더 필요하다. 성인이 돼서도 식습관을 개선하는 고된 과정을 거치지 않으면 언젠가 몸 여기저기가 무너져 내리고, 결국 뒤늦게 후회해도 돌이킬 수 없는 지경에 이르기도 한다.

마음의 건강도 마찬가지다. 어려서부터 올바른 품성과 태도를 기르고 법을 지키는 자세를 갖춘다면 성인이 돼서도 그럴 가능성이 높다. 어릴 때부터 부모와 가족에게서 듣고 보아온 것이 한 사람의 뼈대가 된다. 한 인간의 완성이 온전히 가정의 책임이라고 할 순 없지만, 여기서 가정의 역할이 중심이 된다는 사실은 아무도 부인할 수 없을 것이다.

우리는 최근 어느 재벌가의 딸이 직원들에게 괴성을 지르며 서류를 내던지는 모습을 뉴스에서 본 적 있다. 얼마 후엔 그녀의 어머니가 공사장에서 직원들에게 소리 지르며 물건을 집어던지는 모습이 보도되었다. 자식은 부모의 얼굴이라는 말이라든지 '부전자전', '모전여전'이라는 말이 틀리지 않았음을 오늘날에도 다시 확인하는 계기가 되었다.

물론 시대가 변하면서 가정의 형태나 자녀 양육 방식이 과거와 많이 달라졌기 때문에, 부모나 조부모 등 집안 어른이 자녀의 교육을 온전히 책임질 순 없다. 그럼에도 학교나 사회에 의무와 책임을 오롯이 떠넘길 수 없는 이유는, 자녀가 크고 작은 범죄를 저질렀을 때 그 고통이 부메랑이 되어 다시 가정으로 돌아오기 때문이다. 그러니 학교나 사회에 기대기에 앞서 가정에서 자녀를 올바르게 교육하는 데 먼저 힘쓰며, 언제나 가정이 자녀 교육의 중심이 돼야 한다. 결 좋은 땅이 양분을 잘 흡수하듯, 가정에서 자녀 교육의 기본을 잘 닦아두면 학교와 사회에서 시행하는 도덕이나 법 관련 교육도 잘 스며들 수 있다.

가정에서뿐만 아니라 아이들이 하루 중 긴 시간을 보내는 학교에서도 교육의 역할을 제대로 수행해야 한다. 학교는 경쟁을 부추기며 공부만 가르칠 게 아니라 아이들의 심성이나 윤리, 준법의식 등이 몸에 잘 배도록 교육할 필요가 있다. 특히 아이들이 온종일 손에서 놓지 않는 스마트폰은 잘못 사용하면 범죄와 쉽게 연결된다. 따라서 아이들이 인터넷 상에서 범법 행위를 저지르지 않도록 어릴 때부터 학교에서 제대로 가르쳐야 한다.

예방법학의 중요성

아이들은 본인이 드러나지 않는 인터넷이라는 가상의 공간에서 막말을 퍼부어 상대를 모욕하거나 명예를 훼손하는 행위, 음란한 사진을 유포하거나 남의 계정을 해킹해 사생활을 침해하는 행위 따위를 별다른 죄의식 없이 저지르곤 한다. 또 위법인지 아닌지도 모르고 남의 글을 함부로 퍼 나르거나 다운로드 받았다가 저작권 침해로 문제가 되기도 한다.

얼마 전, 저작권 침해 사례를 조사해 고발하는 업무를 하던 로펌으로부터 고소당한 한 고등학생이 자살한 사건이 있었다. 인터넷에서 소설을 불법 다운로드 받아 한 번 문제가 된 이 고교생은 같은 행위를 다시 저질렀다. 그러던 어느 날 저작권 침해로 고소당한 그는 공포감을 견디지 못하고 결국 자살이라는 극단적인 방법을 선택한 것이다.

이런 불상사를 막기 위해선 아이들이 당장 접할 수 있는 생활법률을 교육할 필요가 있다. 교과서에서 헌법이 어떻고, 형법이 어떻고 하는 이야기는 아이들의 마음에 잘 와닿지 않고 즉각적인 효과도 기대하기 힘들다. 그러니 당장 주변에서 일어날 수 있는 사안에 적용할 수 있는 실용적인 법을 아이들에게 가르쳐서 위법행위가 일어나지 않도록 예방해야 한다. 법을 잘 몰라서, 혹은 대수롭지 않게 여겨 법을 어기는 경우도 적지 않기 때문이다. 의학에서 병을 예방하는 예방의학이 중요하듯 법학에서도 예방법학이 중요하다. 예방법학의 기본도, 결국 한 사람의 뿌리가 되는 가정교육에서부터 마련돼야 한다.

가정과 학교에서 행하는 올바른 품행 교육 외에 범죄 예방을 돕는 또 다른 교육엔 아이들이 실제 재판을 방청하는 법정 체험이 있다. 드라마나 영화 속 재판 장면과 실제 재판에서 죄를 다룰 때를 비교하면 그 무게감이 다르다. 재판을 마치고 법정구속되는 피고인의 절규를 지켜보며 아이들은 그동안 막연하게만 느꼈을 법의 엄정함과 죄의 무게를 직접 체감할 수 있다.

가정법원에서 소년재판을 담당할 때 지인분이 사춘기에 이른 아들의 재판 방청을 부탁했다. 아들이 중학교에 진학한 뒤 불량한 친구들과 어울려 다니며 공부를 소홀히 하고 부쩍 반항한다며, 법의 엄정함을 제대로 느낄 수 있는 재판을 방청하면 경각심을 갖지 않겠느냐는 것이었다.

그렇게 아이는 재판을 참관할 기회를 얻었고, 아이가 법정에 다녀온 후 부모는 이렇게 말했다.

이번 법정 체험으로 아이가 많은 걸 느낀 모양이에요. 법원에서 직접 재판을 지켜보니 텔레비전에서 보던 것과는 달리 법이 무척 무겁게 느껴지더래요. 특히 제 또래 친구들 재판이다 보니 더 그런 듯해요.

아이는 하염없이 울던 소년범의 부모를 보면서 자식으로서 부모님께 저렇게 큰 고통을 안겨드려선 절대 안 되겠다고 생각했다 한다. 그런 모습을 보는 게 일상이 된 나도 매번 가슴이 먹먹한데 이를 처음 본 아이는 오죽했을까.

다행히도 아이에게 놓아준 예방주사는 아주 효과가 좋았다. 지인의 아들은 그날 이후 불량한 친구들과 어울리지 않고 학교도 충실히 다니기 시작했으며, 말이나 행동도 크게 달라졌다고 한다. 게다가 자기도 나중에 판사가 되고 싶다며 공부도 매우 열심히 한다고 했다.

요즘엔 법원에서 자체 견학 프로그램을 운영해 학생들이 직접 재판을 방청할 수 있다. 실제 법정에서 재판받는 피고인을 보며, 죄를 지으면 법에 따라 엄하게 처벌됨을 직접 보고 느끼면서 학생들의 준법의식이 크게 고취될 수 있기 때문이다.

법정 체험 외에도 형벌의 '일반예방 효과'를 적극 활용하는 것도 범죄 예방에 큰 도움이 된다. 형벌엔 크게 두 가지 효과가 있는데, '일반예방 효과'와 '특별예방 효과'가 그것이다. 이 중 '일반예방 효과'는 범죄자를 엄중히 처벌해 일반인이 경각심을 느끼게 함으로써 범죄를 저지르지 않도록 하는 걸 의미한다. 그리고 '특별예방 효과'란 범죄자 본인에게 법의 엄중함을 보여줌으로써 다시는 범법 행위를 저지르지 않도록 교육하는 걸 의미한다.

형벌이 일반예방 효과를 발휘하려면 언론보도를 적극 활용할 필요가 있다. 요즘엔 많이 변했지만 내가 판사로 근무하던 시절엔 대부분의 판사가 본인의 판결이 언론에 보도되길 꺼렸다. 기자들이 사실을 전달하지 않고 본인의 입맛에 맞춰 판결을 해석하는 바람에, 사실이 왜곡돼 보도되는 경우가 많았기 때문이다. 그러니 판사들이 기자들과의 접촉을 아예 피하고 판결도 외부로 잘 알려지지 않게 했다.

그런데 판결이 언론을 통해 정확히 전달되기만 한다면 유사한 범죄를 예방하는 데 큰 도움이 될 수 있다. 그래서 나는 기자들에게 적극적으로 판결 내용을 전하고, 어떤 취지에서 그런 판결을 했는지 구체적으로 설명했다. 대신 왜곡 보도는 허용하지 않겠다는 분명한 의지를 덧붙였다.

범죄도 예방할 수 있습니다

병에 걸리고 나서 수술이나 약으로 치료하기보다 미리 질병을 예방하는 일이 더욱 중요하다. 질병을 치료할 때 들이는 정신적, 육체적 노력 및 비용 등도 문제지만, 완치된다고 해도 결코 온전히 건강을 지켜낸 것보단 못할 것이기 때문이다.

법도 마찬가지다. 범죄가 일어난 뒤에 처벌로써 책임을 묻는다면 응징과 계도의 효과는 있을지 몰라도, 결코 사건이 일어나기 전의 평온한 상태로 되돌릴 순 없다. 피해자는 이미 피해를 입었고, 가해자 또한 법에 따라 처벌받고 뼈저리게 후회해야 한다. 게다가 수용시설의 운영 등으로 발생하는 사회적 비용도 감수해야 하니 세금 증가도 피할 수 없다.

이런 다양한 손실을 고려한다면 사건이 발생하기 전, 범죄 예방에 무게를 둔 복합적인 접근이 반드시 필요하다.

사람이 먼저 사람을 위하는
세상을 희망하며

우리 집 앞뜰엔 다양한 나무와 꽃이 있다. 시간 날 때마다 나무와 꽃을 심어 정성껏 가꾼 덕분이다. 물론 공동주택이니 엄격히 말하면 우리 집 뜰은 아니다. 게다가 이사하면서 나무나 꽃까지 옮겨갈 것도 아닌데 괜히 돈과 시간만 낭비한다고 생각할 수도 있다. 그럼에도 나와 가족의 만족은 물론이고 그곳을 지나는 이웃의 얼굴에 잠깐이나마 환한 미소가 번진다면, 나는 그것만으로도 충분히 행복하다. 훗날 이 집에 살 다른 가족이 내가 공들여 손질한 앞뜰에서 담소를 나누고 화목을 다진다면 이 또한 보람되고 흐뭇한 일이 아닐 수 없다.

아이돌이 어렸을 때 다함께 계곡으로 물놀이 간 적이 있다. 나는 기왕 하는 물놀이니 아이들이 좀 더 신나게 놀도록 주위의 큰 돌을 옮겨 물길을 막은 뒤, 야외 수영장을 만들어줬다. 가뜩이나 더운 날 낑낑대며 돌을 나르는 내가 안쓰러웠던지 아내는 '잠시 놀다 갈건데 뭐 하러 그리 애를 쓰느냐'고 했다. 나는 '이렇게 해두면 다음에 여기 오는 사람들도 더 편하고 재미나게 놀지 않겠느냐'고 했고, 아내도 이내 고개를 끄덕였다.

사람은 사회와 국가라는 공동체 속에 살면서 어떤 형태로든 서로가 서로에게 영향을 미친다. 나 역시 법조인으로든 이웃으로든 주위 사람들에게 영향을 끼칠 텐데, 이왕이면 그들에게 훈훈함을 전하는 사람이고 싶다. 작은 물놀이터 하나라도 다음 사람을 위한 마음으로 만들고 꽃 한 송이, 나무 한 그루도 이웃을 위해 가꾸며, 길 위의 쓰레기 하나라도 먼저 줍는다면, 그 작은 수고와 배려가 우리 사회를 좀 더 향기롭게 만들리라 믿는다.

나는 강원도 산골에서 농부의 자식으로 태어난 덕분에 자연과 사람을 사랑하고 감자 한 쪽이라도 서로 나눠 먹는 삶이 정겹다. 그래서인지 미약하지만 내 힘이 필요한 곳엔 서슴없이 두 팔을 걷어붙이곤 한다. 법조인의 삶을 살고 있는 30여 년의 세월 동안 정기적으로 후원하고 봉사하며 마음을 나누는 곳도 적지 않다. 감사하게도 내가 나누는 것이 단순한 물질과 시간이 아닌, 마음과 정성임을 알아주시는 듯해 더욱 힘이 솟아난다.

안동지원장으로 근무할 때 나는 소년 복지 시설에 사는 아이 셋을 후원했다. 하루는 아이들에게 서울 구경을 시켜주려고 주말을 활용해 다 같이 서울로 향했다. 남산타워, 서울대공원 등 서울의 명소를 구경하고 맛있는 음식도 배불리 먹은 아이들은 우리 집에서 꿀잠을 잔 뒤, 월요일 아침 나와 함께 비행기를 타고 안동으로 돌아갔다. 난생처음 비행기를 탄 아이들은 하늘 위에서 입이 귀에 걸릴 듯 즐거워했는데, 나는 그 모습을 보며 아이들의 앞날에도 환하게 웃는 일만 늘 가득하길 기원했다.

이런 추억이 있어서인지 안동을 떠나는 날 아이들에게 인사하며 선물을 전하고 돌아서는데 나는 괜스레 눈시울이 붉어졌다. 이젠 훌쩍 자라서 어른이 된 그 아이들이 내 얼굴과 이름은 잊었더라도 누군가 자신들을 위해 마음을 나눴던 기억은 잊지 않기를, 더 큰 희망과 기대감을 가지고 세상으로 성큼성큼 나아가기를 소망한다.

무엇이 성공인가

많이 그리고 자주 웃는 것.

현명한 사람들로부터 존경을 받고
아이들로부터 애정을 받는 것.

정직한 비평가로부터 좋은 평가를 얻고
잘못된 친구들의 배신을 견뎌내는 것.

아름다움을 한껏 느끼는 것.

사람들 안에 있는 가장 좋은 점을 발견하는 것.

건강한 아이를 낳든,

작은 정원을 가꾸든,

사회 환경을 개선하든,

세상을 조금이라도 더 살기 좋은 곳으로 만들고 떠나는 것.

당신이 살아있음으로 인해

단 한 명의 생명이라도 조금 더 쉽게 숨 쉴 수 있었음을 아는 것.

이것이 바로 진정한 성공이다.

— 랩프 왈도 에머슨Ralph Waldo Emerson

내가 가장 좋아하는 이 시는 오랜 세월 내 삶의 훌륭한 지침이

되고 있다. '당신이 살아있음으로 인해 단 한 명의 생명이라도 조금

더 쉽게 숨 쉴 수 있었'면 얼마나 감사하고 충만한 삶이겠는가.

　30년이 넘는 세월 동안 나는 법의 최전방에서 사회 정의와 사람

들의 행복을 지키는 일에 힘을 보태고 있다. 그러나 법이 최선인 사

회를 결코 희망하지 않는다. 법은 맨 뒤로 물러나 최악의 상황을 막

아 주는 든든한 울타리가 되어 주는 것만으로 충분하다고 생각한

다. 법대로 하기 전에 이웃에게 먼저 길을 터주고 손을 내밀고 마음을 나눠주는 귀한 마음을 베풀 때, 법도 비로소 존재할 가치가 있다고 믿는다.

사람이 먼저 사람을 위하는 세상을 위하여 오늘도 나는 희망과 사랑의 씨앗을 뿌리고 있다.

법에도 심장이 있다면

초판 1쇄 발행   2019년 8월 10일
초판 4쇄 발행   2020년 7월 30일

지은이   박영화

펴낸곳   (주)행성비
펴낸이   임태주

기획   (주)엔터스코리아 책쓰기브랜딩스쿨
책임편집   고여림
디자인   이유나

출판등록번호   제313-2010-208호
주소   경기도 파주시 문발로 119 모퉁이돌 303호
대표전화   031-8071-5913
팩스   031-8071-5917
이메일   hangseongb@naver.com
홈페이지   www.planetb.co.kr

ISBN 979-11-6471-006-5 03810

행성B는 독자 여러분의 참신한 기획 아이디어와 독창적인 원고를 기다리고 있습니다.
hangseongb@naver.com으로 보내 주시면 소중하게 검토하겠습니다.